죽은
자의
꿈

죽은 자의 꿈(리커버 에디션)

ⓒ정보라 2012

1판 1쇄 인쇄	2012년 6월 10일
2판 1쇄 발행	2022년 5월 31일
2판 3쇄 발행	2023년 9월 30일

지은이	정보라

펴낸이	박대일
교정	박준용
편집	이문영 · 임유리
마케팅	임유미 · 백소연
디자인	박현주

펴낸곳	파란미디어
출판등록	2004년 9월 14일 제313−2004−00214호

주소	03992 서울시 마포구 동교로23길 14 국제빌딩 6층
전화	02.3141.5589 영업부 070.4616.2012 편집부
팩스	02.6499.5589
전자우편	paranbook@gmail.com
카페	http://cafe.naver.com/paranmedia
인스타그램	@paranmedia

ISBN	978−89−6371−999−3(03810)

죽은
자의
꿈

정보라
장편
소설

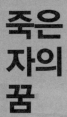

새파란상상

차
례

죽은 남자

첫 번째 꿈

그는 문을 열고 들어섰다. 넓은 방 안이었다.

어딘가에서 사람들이 몰려들어 왔다. 모두 남자들뿐이었다. 곧 방 안이 꽉 찼다. 발 디딜 틈도 없게 된 방 안을 남자들은 아무렇지 않다는 듯 돌아다니며 즐겁게 떠들어 댔다. 시끌시끌한 군중 속에서 그는 어쩔 줄 모르고 혼자 서 있었다.

"어! 너, 태경이 아냐? 김태경!"

누군가 그의 어깨를 툭 쳤다. 그는 깜짝 놀라 돌아보았다. 낯설지만 어디선가 본 듯한 얼굴이 눈앞에 불쑥 떠올라 싱글벙글 웃었다.

"나야, 나! 나 기억 안 나?"

친근한 낯선 얼굴이 뭐라고 이름을 말했지만 분명하게 들리지 않았다. 말소리는 또렷했으나 기묘하게도 그 이름만은 귀에 들어오지 않고 귓가에서 기름방울처럼 미끄러져 내렸다. 남은 것은 어디선가 들어 본 이름 같다는 인상과 익숙하게 끈적하고 찜찜한 이물감뿐이었다.

친근한 낯선 얼굴이 다시 그의 어깨를 툭 쳤다.

"진짜 오랜만 아니냐? 애들 이렇게 다 모이는 거……."

그 말을 듣고 그는 반사적으로 주위를 둘러보았다. 그제야 주변 사람들 모두가 언젠가 한 번쯤 보았던 얼굴들이라는 사실을 깨달았다. 그러나 사람이 너무 많은데다 주위가 왁자지껄 시끄러워서, 수없이 스쳐 가는 얼굴들을 정확히 언제 어디서 만났는지 하나하나 구별할 수는 없었다.

그런 얼굴들에게 밀리면서, 어쩌다 눈이 마주치면 누군지도 모르지만 인사하면서 그는 앞으로 나아갔다. 왜 가는지, 어디로 가는지는 알지 못했다. 그래도 어쨌든 나아가야 했다. 그렇게 그는 방의 한가운데에 이르렀다. 그곳에는 탁자가 하나 있었다. 그는 탁자 근처에 섰다.

돌연히, 한순간에, 그 많던 사람들이, 그렇게 시끄럽게 떠들어 대던 사람들이 모두 조용해졌다. 마치 텔레비전의 음향만 꺼 버린 것처럼, 그렇게 순식간에 침묵에 뒤덮였다. 그리고 갑작스러운 적막 속에서 사방 벽과 천장의 흰빛이 눈부실 정도로 강렬하게 느껴졌다.

그는 어리둥절해서 주위를 둘러보았다. 그러다 사람들의 시선을 따라 한 곳을 바라보았다.

벽의 한 부분이 무대의 막처럼 갈라졌다. 그리고 남자가 나타났다.

그는 남자를 알아보았다. 언제 어디서 처음 알게 되었는지, 마지막으로 만난 것이 언제인지 자기 스스로도 신기할 정도로 분명하게 기억하고 있었다. 다만 그다지 즐거운 기억이 아닐 뿐이다.

남자는 성큼성큼 탁자 쪽으로 걸어갔다. 탁자 뒤에는 어디서 나타났는지 알 수 없는 한 여자가 앉아 있었다. 하얀 드레스를 입은, 눈처럼 흰 여자였다. 목 뒤에서 하나로 묶은 머리카락만이 흑단처럼 윤기 있는 검은색으로 빛났다. 여자는 눈을 내리깔고 마네킹처럼 무표정하게 미동도 없이 앉아 있었다.

막 뒤에서 나타난 남자가 여자 옆으로 다가와서 멈춰 섰다. 여자의 어깨에 한 손을 얹었다.

여자는 여전히 움직이지 않았다. 남자가 그렇게 선 채로 입을 열어 말하기 시작했다.

"바쁠 텐데, 내 약혼식에 모두들 이렇게 와 줘서 고맙다."

목소리는 크지 않았다. 그러나 갑자기 조용해진 방 안에 쩌렁쩌렁하게 울렸다.

"이렇게 다들 모였으니 우선 같이 축배부터 들자."

그리고 남자는 손에 든 술잔을 높이 치켜들었다. 다른 사람들도 똑같이 술잔을 높이 들었다. 여자만이 그대로 인형처럼 앉아서 움직이지 않았다.

그는 당황했다. 그러나 손을 내려다보니 어디서 나타났는지 모를 술잔이 들려 있었다. 그래서 그도 엉겁결에 다른 사람들을 흉내 내어 팔을 치켜들었다.

탁자 뒤에 선 남자가 외쳤다.

"절대로 지키지 않을 약속을 위하여!"

그리고 남자는 들고 있던 술잔의 술을 단숨에 마셨다. 다른 사람들도 모두 따라 했다.

그는 굉장히 이상한 축사라고 생각하면서도 들고 있던 술잔의 술을 꿀꺽 삼켰다. 술은 아무런 맛도 향도 없이 기름처럼 끈끈하고 찐득하게 입안에 퍼져서 느릿느릿 목구멍을 타고 내려갔다.

축배가 끝나자 사람들은 다시 시끌벅적하게 떠들기 시작했다. 그는 탁자 뒤에 선 남자가 앉아 있는 여자에게 술잔을 건네는 모습을 지켜보았다. 여자는 웃지도 않고 고개를 돌리지도 않고 입을 열지도 않았다. 그저 남자가 건네주는 대로 고분고분 술잔을 받아 들더니 기계적으로 입가로 가져가서 무표정하게 전부 마셨다. 남자가 손을 내밀자 다시 고분고분 술잔을 돌려주었다. 그리고 아까처럼 아무 표정 없이 멍한 눈빛으로 딱히 어디라고 할 것 없이 앞쪽을 바라보았다.

도대체 어째서 저렇게 로봇 같은 여자와 약혼을 하는 걸까? 그는 의아해하면서 테이블 너머에 멀찌감치 서서, 탁자 뒤에 인형처럼 앉아 있는 여자와 그 곁에서 함박웃음을 지은 채 사람들과 서로 어깨를 툭툭 쳐 가며 이야기하는 남자를 번갈아 바라보았다.

갑자기 남자가 고개를 돌려 그를 쳐다보았다. 그는 깜짝 놀랐다. 눈이 마주치자 남자는 씨익 웃었다.

잘생긴 얼굴에 하얗고 고른 치아가 드러났다. 그 웃음은 오래전 그가 남자를 알던 때와 전혀 달라지지 않았다. 매력적이면서도 어딘지 모르게 야비해 보이는 웃음이었다.

"와 줘서 고맙다."

남자가 말했다.

그가 있는 곳에서 탁자 너머 남자가 서 있는 곳까지는 거리가 꽤 멀었다. 그러나 남자의 목소리는 주위의 소음을 뚫고 마치 바로 옆에서 귓가에 속삭이는 것처럼 똑똑하게 들렸다.

"너만 믿는다."

그 말이 떨어지자마자 마치 신호라도 받은 듯 여자가 눈을 들어 그를 쳐다보았다. 커다랗고 깊고 검은, 공허한 눈이었다.

그리고 그는 잠에서 깨어났다.

о

이야기를 끝낸 뒤에도 그는 한참 동안 말없이 천장을 쳐다보며 누워 있었다.

"꿈이 나를 계속 따라다녀."

그가 무겁게 입을 열었다.

"그 자식 목소리, '너만 믿는다.'면서 웃을 때 이빨만 하얗게 보이던 거⋯⋯, 그리고⋯⋯."

그가 잠시 말을 끊었다.

"그 여자⋯⋯, 눈⋯⋯."

여자의 눈은 바다 밑바닥처럼 깊고 검고 텅 비어 있었다고 했다. 그 눈이 머릿속에서 떠나지 않는다고 그는 말했다.

"안 좋은 꿈이네."

내가 말했다.

"응."

그가 동의했다.

"조심하는 게 좋겠어."

이렇게 말하고 나는 그의 어깨를 문질렀다.

그는 살짝 웃었다. 내 손을 잡고 입 맞추었다.

내가 그의 어깨를 문지른 것은 애정의 표현이 아니었다. 어깨에 묻은 검은 기름 자국 같은 것을 떼어 내려고 했을 뿐이다.

사실 그것은 기름이 아니다.

"조심하는 게 좋아."

내가 다시 말했다.

그의 어깨에 묻은 자국은 아무리 문질러도 사라지지 않았다.

그리고 그는 소식을 들었다.

어느 평범한 날이었다. 그는 여느 때처럼 일터에서 고객에게 신형 스마트폰의 기능과 요금제를 설명했다. 입이 아프도록 설명해도 고객은 무표정한 얼굴로 대답조차 한마디 없이 그저 고개만 끄덕이더니 말이 다 끝나자 좀 더 알아보고 다시 오겠다면서 그대로 나가 버렸다.

기운이 쭉 빠져서 그는 의자에 늘어졌다. 커피라도 한 잔 타 먹을까 궁리하고 있는데 핸드폰 판매점 사장(은 그의 고등학교 동창이다)이 심각한 표정으로 전화를 끊고는 그를 쳐다보았다.

"너 혹시 그 자식 기억나냐?"

"누구?"

뒤이어 사장의 입에서 나온 것은 남자의 이름이었다.

"강문석이라고……."

그 이름을 듣자마자 며칠 전의 꿈이 다시 떠올랐다. 로봇처럼 무감정하던 여자의 커다랗고 깊고 공허한 눈동자.

그는 침을 꿀꺽 삼켰다.

대답이 없는 것을 기억나지 않는다는 뜻으로 해석한 사장이 설명을 하려 했다.

"있잖아 왜, 우리 1학년 땐가……."

"알아."

그가 중간에 말을 끊었다.

"걔가 왜?"

목소리가 잘 나오지 않았다. 사장의 입에서 무슨 말이 나올지 대충 짐작할 수 있었다.

짐작은 틀리지 않았다.

"그 자식, 죽었대."

장례식장에는 조문객이 무척 많았다. 죽은 남자의 장인이 정부 어느 부서에선가 대단히 높은 자리에 있다고 했다. 빈소로 이어지는 복도에는 대형 화환이 줄줄이 늘어서 있었다. 화환의 리본에 장관, 국회의원, 대기업 회장들의 이름이 커다란 검은 궁서체로 적혀 있는 것이 유난히 눈에 띄었다. 동창들끼리 돈을 모을 때는 제법 두툼하다고 생각했던 부의금 봉투가 어쩐지 초라하게 느껴졌다.

그는 부의금을 내고 조문록에 이름을 적고 신발을 벗고 분향실에 들어갔다. 죽은 남자의 장인인 것이 분명한 나이 든 어른 남자와 누구인지 알 수 없는 젊은이 한 명이 일어섰다. 그는 향을 피우고 죽은 남자의 사진을 향해 절을 두 번 했다. 사진 속의 남자는 하얗고 고른 치아를 드러내고 웃고 있었다. 그가 한번도 본 적이 없는 순진무구한 웃음이었다.

절을 마치고 그는 일어섰다. 유가족에게 인사했다.

누구인지 알 수 없는 젊은이는 죽은 남자의 처남이었다. 인사하려고 고개를 숙였을 때 그는 소복 치마가 소리 없이 옆으로 다가오는 것을 보았다.

여자의 하얀 치마를 보자 꿈속에서 느꼈던 기름방울처럼 찐득하고 미끈미끈한 이물감이 다시 한 번 목구멍에서 치밀어 올랐다. 그는 마지못해 천천히 고개를 들었다.

여자는 키가 작았고 고개를 숙이고 있어 얼굴이 잘 보이지 않았다. 죽은 남자의 부인이라고 했다. 곁에 서 있던 죽은 남자의 처남이 말해 주어서 알았다.

여자 자신은 한마디도 하지 않았다. 그는 목구멍 안쪽의 찐득한 이물감이 더 진해지는 것을 느꼈다. 어쨌든 죽은 남자의 부인을 향해 고개를 숙였다.

"상심이 크시겠습니다."

"와 주셔서 감사합니다."

부인이 속삭이듯 말했다.

그 갈라진 목소리를 듣고 그는 흠칫 놀라 허리를 굽힌 채로 시선을 들었다. 부인과 눈이 마주쳤다.

꿈은 그냥 꿈이었을 뿐이다. 부인의 얼굴은 꿈속에서 보았던 여자의 얼굴이 아니었다.

조금 안도하며 그는 죽은 남자의 부인을 관찰했다. 부인은 창백했다. 얼굴이 푸르스름했고 입술마저 하얗게 보일 정도로 핏기가 없었다. 눈은 울거나 부은 흔적이 없었으나 퀭하게 들어갔고, 눈 아래 거무스름한 그림자가 깊이 져 있었다.

젊은 나이에 뜻하지 않게 과부가 되었으니 당연한 일이라고 그는 생각했다. 창백하고 어두운데도 부인은 상당한 미인이었다. 슬픔에 잠긴 모습이 오히려 어딘가 애잔해 보여서 보호 본능을 불러일으켰다.

그러나 부인의 얼굴을 본 뒤에도 목구멍 안쪽의 찐득한 느낌은 가시지 않았다. 오히려 그 창백한 얼굴이 앞에 나타났다가 사라진 뒤로 이물감은 더 집요하게 몸속 전체로 퍼져 나가는 것만 같았다.

분향을 마친 후 그는 동창들과 함께 접객실로 안내되었다. 별맛 없이 짜기만 한 육개장에 밥을 말아 기계적으로 입에 퍼넣으며 그는 자신이 대체 왜 이곳에 와서 돈과 시간을 낭비하는 것인지 새삼 궁금해졌다.

죽은 남자를 마지막으로 본 지 15년 가까이 되어 간다. 고등학교를 졸업하고 고향을 떠난 후 동창들과도 하나둘씩 연락이 끊어졌다. 동문회장은 죽은 남자의 장인이 정부 어느 부서에선가 대단히 높은 자리에 있다는 사실에 무척 관심이 많은 것 같았다. 그는 그런 데 관심이 없었다. 의례적인 안부 인사를 나누고 나니 동기들과 할 이야기도 별로 없고, 죽은 남자가 그립거나 슬프지도 않았다. 그저, 그 꿈 때문이었다. 그가 굳이 조문을 온 이유는 그것 하나뿐이었다.

"그런데 어떻게 죽었대?"

"교통사고일걸, 아마……."

"어쩌다가? 술 먹고 운전했어?"

"졸았대. 출장 갔다 새벽에 운전해서 집에 오는 길에……."

"밤길 운전이 무섭지……."

"햐, 우리 나이에도 사람이 죽는구나."

"사고 나는 데 나이가 따로 있냐? 갈 땐 그냥 한 방에 훅 가는 거야."

동창들이 두런두런 이야기하는 소리를 들으며 그는 말없이 맥주를 마셨다. 2차 가자는 소리가 나오기 전에 적당히 눈치 봐서 일어나야겠다고 생각했다. 그러나 맥주가 소주로 바뀌고 상

위에 빈 술병이 줄줄이 늘어섰건만 동창들의 이야기는 끝날 줄 몰랐다. 그가 몸을 일으키자 모든 시선이 일제히 그에게 쏠렸다.

"어디 가나?"

"벌써 가게?"

"가긴 어딜 가? 앉아, 앉아. 15년 만에 만났는데……."

"그래, 인마. 먹고살기 바빠서 누구 하나 죽기 전엔 얼굴도 못 보잖아."

그는 동기들을 안심시키기 위해 화장실 좀 다녀오겠다고 몇 번이나 되풀이해서 말해야 했다. 아무래도 한 짝이 보이지 않는 신발을 간신히 찾아서 꿰어 신고 접객실을 나왔다. 이대로 도망치면 좋겠다고 생각했다. 그러나 양복 상의와 그 안에 든 지갑이 인질로 잡혀 있었다.

남자 화장실 입구는 옆 빈소의 화환에 가려 잘 보이지 않았다. 그래서 실수로 화장실을 지나쳐 거의 복도 끝까지 걸어갔다가 되돌아와야 했다. 화장실 문을 당기자 안에서 누군가 걸어 나와 그의 옆으로 지나갔다. 검은 양복이 언뜻 보였다. 옆으로 비켜섰다가 안으로 들어가며 그는 검은 양복이란 병원 장례식장 건물 안에서는 일종의 제복 같은 것이라고 생각했다. 서로 직접적으로 모르는 사이라 해도, 심지어 옆 빈소의 유족이거나 다른 층의 조문객이라 해도, 검은 옷을 입고 장례식장에 모여 있는 동안만큼은 누군가를 잃었다는 사실로 인해 좋든 싫든 모두 연결되어 있다. 그렇게 생각하자 왠지 모르게 쓸쓸한 미소가 떠올랐다.

화장실에는 아무도 없었다. 손을 씻고 화장실에서 나오려고 문을 밀어 연 순간 밖에서 누군가 걸어 들어왔다. 하마터면 부딪칠 뻔했다. 그는 고개를 숙이고 문손잡이를 보고 있었기 때문에 상대의 검은 양복 상의밖에 보지 못했다. 그대로 오른쪽으로 비켜섰다. 동시에 밖에서 들어온 사람도 같은 쪽으로 비켜섰다. 그는 왼쪽으로 피했다. 밖에서 들어온 사람도 똑같은 순간에 왼쪽으로 한 걸음 옮겨 섰다. 그는 왼쪽으로 피한 후 아무 생각 없이 앞으로 한 걸음 나섰다가 상대방과 다시 부딪칠 뻔했다.

"아, 죄송합⋯⋯."

말을 하다 말고 그는 멈추었다.

상대방과 부딪칠 뻔한 것이 아니라 실제로 부딪쳤다. 다만 아무 느낌이 없었을 뿐이다. 그의 몸은 검은 양복 상의를 입은 상대방의 몸통 속에 반쯤 잠겨 있었다.

오래전부터 익숙했던 느낌, 장례식장에 발을 들여놓은 순간부터 내내 그를 따라다닌 그 끈끈하고 찐득한 이물감이 다시 목구멍을 타고 구토처럼 솟아올랐다. 그는 이를 악물고 억지로 침을 넘기며 뒤로 한 걸음 물러섰다.

「와 줘서 고맙다.」

검은 양복 상의가 말했다. 그는 잠시 눈을 감았다 떴다. 그리고 고개를 들었다.

죽은 남자가 그를 보고 웃었다.

「너라면 와 줄 줄 알았어.」

그는 뒤로 한 걸음 더 물러섰다.

접객실에 있을 때는 사방이 무척 시끄러웠다. 화장실 안에서도 한 층을 가득 채운 조문객들의 웅성거림과 상주들의 말소리, 상조 회사 직원들이 오가는 소리와 화환 배달과 관련해 빈소를 확인하는 소리 따위가 전부 그대로 전해졌다. 그러나 지금 이 순간, 그가 서 있는 화장실 안은 사방을 하얗게 칠한 다른 차원의 세계처럼 고요했다. 아무런 소리도 들리지 않았고 아무도 걸어 들어오지 않았다. 그 무엇도, 그 누구도 그를 구해 주지 않았다. 구해 줄 수도 없었다.

그는 고개를 돌리고 싶었다. 외면하고 검은 양복 상의를 피해 화장실에서 걸어 나가고 싶었다. 동기들과 어울려 모두 함께 취하도록 술을 마시고 싶었다. 살아 있는 사람들이 산 사람답게 먹고 마시고 떠드는 곳으로 돌아가 아무 생각 없이 그 소음과 생기 속에 잠기고 싶었다.

그러나 그는 얼어붙은 것처럼 선 채로 죽은 남자에게서 시선을 떼지 못했다.

죽은 남자가 그에게 한 걸음 다가섰다.

「나, 살해당했어.」

그는 얼마 전에 분당으로 이사 갔다고 소식이라도 전하는 것처럼 쾌활한 어조로 아무렇지 않게 말했다.

「어떻게 된 일인지 네가 좀 알아봐 줘야겠다.」

그리고 죽은 남자는 가볍게 고갯짓으로 자신의 몸을 가리켰다.

「보시다시피 나는 이런 꼴이 돼 버려서 말이야.」

그는 무심코 죽은 남자의 고갯짓을 따라 남자의 몸통 쪽으로 시선을 옮겼다. 검은 양복 상의 너머로 희미하게 화장실 문이 비쳐 보였다. 문손잡이의 형체를 알아보는 순간 문득 목구멍의 끈적한 기름 같은 느낌이 참을 수 없이 치받쳐 올라왔다. 그는 눈을 질끈 감고 고개를 돌렸다.

「너만 믿는다.」

어깨에 뭔가 가볍게 와 닿는 느낌이 들었다. 그는 눈을 뜨고 죽은 남자를 쳐다보았다. 죽은 남자는 이제 반투명해진 손을 그의 어깨에 올린 채 죽어서도 여전히 하얗고 고른 치아를 드러내며 살아 있을 때와 똑같이 입 끝을 올리고 씨익 웃었다.

옛날과 하나도 달라지지 않았다. 매력적이면서도 한편으론 어딘지 야비해 보이는 웃음이었다.

그리고 죽은 남자는 사라졌다.

복도와 빈소의 소음, 발소리, 이야기 소리가 화장실 안으로 전해져 왔다.

살아 있는 사람들을 향해 뛰쳐나오려다가, 그는 반대로 몸을 돌려 화장실 안으로 돌진했다. 변기에 머리를 박고 토했다. 그러나 위장 속에 있는 것을 전부 게워 낸 후에도 목구멍에 들러붙은 끈끈하고 찐득한 이물감은 사라지지 않았다.

。

장례식장을 떠나서 그는 나에게 왔다. 죽은 남자에게서 도망치려는 듯 한참이나 절박하게 나에게 매달려 있었다. 그리고 그는 나를 때렸다.

관계를 할 때 그는 나를 때린다. 나는 딱히 저항하지 않는다.

모든 욕망은 평등하다. 그가 나를 원한다는 사실을 받아들일 수 있다면 그가 욕망하는 부차적인 행동들도 받아들이지 못할 이유는 없다.

아무 느낌도 없는 것보다 때로는 아픈 쪽이 낫다. 격렬하게 아플 때도 있고 그다지 아프지 않을 때도 있다. 감각은 어쨌든 감각이다. 감각이란, 살아 있는 사람만이 느끼는 것이다.

그에게 제공한 설명은 그러했다.

살아난다는 것이 어떤 과정인지 그는 이해하지 못한다.

자신이 무엇을 빼앗기는지도, 그는 역시 이해하지 못한다.

"미안해."

나를 껴안고 그가 말한다.

"아프게 해서 미안해."

"괜찮아."

내가 대답한다.

언제나 비슷한 대화가 오간다. 미안하다는 그의 말은 진심이다. 괜찮다는 나의 대답 또한 진심이다.

사실 사과해야 하는 것은 내 쪽인지도 모른다.

오늘 그는 이전보다 훨씬 더 집요하게 나를 때렸다. 그래서 그는 전보다 더 애절하게 나를 껴안고 한 번 더 말한다.

"미안해……."

그리고 그는 나를 자기 품으로 끌어당겨 꽉 안는다.

뜨겁다. 살아 있는 인간의 온기가 내 몸으로 퍼져 나간다.

품에 안긴 채로 나는 몸을 떤다. 그는 흠칫 놀라며 나를 더 꼭 안고 속삭인다.

"왜 그래? 계속 아파?"

물론 아프다. 죽었다가 살아나기란 쉽지 않다.

살아난 뒤에 하는 생각이지만, 그 느낌은 어찌 보면 쾌감 같기도 하다.

그가 내 빗장뼈에 대고 속삭인다.

"찾아봤었어."

"뭘?"

"죽은 그 자식……, 어떻게 죽었는지. 사고였는지, 아니면 자기 말대로 살해당했는지 찾아봤었어."

"어떻게?"

"인터넷 검색했지. 그것 말고 내가 뭘 어떻게 찾아보겠어?"

보이지는 않지만 내 빗장뼈에 대고 말하면서 희미하게 웃는 그 입술의 움직임이 느껴졌다. 내가 물었다.

"어떻게 죽었대?"

그가 대답했다.

"없어."

"없다니? 뭐가?"

그가 내 어깨에서 얼굴을 떼고 고개를 들어 나를 본다.

"사고 기사가 없어."

죽은 남자의 이름으로 검색했을 때, 그의 인물 정보 한두 개 정도는 찾을 수 있었다. 동명이인도 꽤 많았다.

그러나 사고 기사는 없었다.

사람이 죽을 정도의 교통사고라면 사회면에 한 줄 정도는 실렸어야 했다. 그는 각종 포털 사이트를 돌아다니고 검색 엔진을 바꿔 가며 몇 번이고 찾아보았다.

"아무것도 없어."

그가 중얼거렸다.

나는 그의 왼쪽 어깨를 문질렀다. 검은 기름 자국 같은 것은 전보다 조금 더 커진 것 같았다.

그냥 그렇게 보이는 것일 수도 있다.

그래서 나는 그에게 말했다.

"물어볼 사람 없어?"

"뭘?"

"그 사람 진짜로 어떻게 죽었는지, 물어볼 만한 친구나 아는 사람 없어?"

"모르겠어. 동창들은 다 그냥 교통사고라고 하던데."

나는 그의 어깨를 안았다. 그는 순하게 안겨 왔다. 나는 그의 왼쪽 어깨를 문질렀다.

"그거, 알아내는 게 좋을 거 같아."

내가 말했다. 그는 품에 안긴 채로 어린아이처럼 고개를 흔들었다.

"싫어. 더 이상 엮이고 싶지 않아."

"그 사람이 쫓아올 거야."

나는 그의 어깨에 묻은 검은 자국을 손으로 살그머니 주물렀다.

"표시를 해 놨으니까, 계속 쫓아올 거야."

그가 번뜩 고개를 들고 나를 쳐다보았다. 그의 표정이 무슨 뜻인지 나는 잘 알 수 없었다.

그가 주먹으로 내 명치를 때렸다. 나는 몸을 반으로 접었다.

고통보다는 충격이 더 컸다. 숨을 제대로 쉴 수 없었다. 나는 웅크린 채로 헐떡거렸다.

그가 멋대로 내 몸의 자세를 바꾸었다. 내 양팔을 등 뒤로 모아서 손목을 꽉 잡고 내리눌렀다.

"손목⋯⋯."

내가 속삭였다.

"⋯⋯멍들어."

그가 얼른 팔을 풀어 주었다. 대신 어깨를 잡았다.

옷을 입었을 때 눈에 띌 만한 곳에 자국을 남기지 않는 것. 그는 그것만은 대체로 조심하는 편이었다.

아프다.

방금 보았던 그의 표정이 두려움이었다는 것을 나는 한 박자 늦게 깨닫는다.

아프다…….

○

　매장 안에는 사람이 없었다. 지나치게 세게 틀어 놓은 에어컨만 윙윙 소리 내며 돌아가고 있었다. 평일 오전, 게다가 비까지 세차게 내리는데 하필 이런 날을 골라서 핸드폰을 사러 오는 사람은 아주 급한 경우가 아니라면 거의 없다고 봐도 좋았다. 그래서 그는 손님용으로 내놓은 의자에 무료하게 널브러져 있었다. 사장도 맞은편의 의자를 끌어내어 털썩 주저앉았다.

　분위기는 쾌활하지 못했다. 고등학교 동창을 보내고 온 장례식장의 향냄새가 아직도 두 남자 사이를 떠돌고 있었다.

　갑자기 우웅, 우웅, 하는 진동 소리가 들렸다. 사장이 주머니에서 핸드폰을 꺼냈다.

　"어, 나야. 어, 그래. 음? 모르겠는데? 그래? 그럼 내가 찾아보지, 뭐."

　그러다가 사장의 목소리와 말투가 갑자기 바뀌었다.

　"주연이에요? 주연이, 아빠, 해 봐. 아빠. 우리 주연이 착하게 잘 놀고 있어요? 아빠가 주연이 많이 사랑해."

　쪽, 하고 뽀뽀하는 소리를 내더니 사장은 웃으며 전화를 끊었다. 동창이지만 사장은 이미 결혼해서 아이가 둘이다. 큰딸은 어린이집에 다니기 시작했고, 작은딸은 이제 막 돌이 지났다고 했다.

전화를 끊고도 사장은 핸드폰을 계속 꺼내 들고 화면 위로 손가락을 움직였다. 아마도 아내가 부탁한 뭔가를 검색하는 것 같았다.

그 모습을 말없이 보다가 그가 불쑥 물었다.

"너 혹시 걔 어떻게 죽었는지 아냐?"

"뭐?"

사장이 흠칫 놀라며 그를 돌아보았다.

"있잖아, 문석이. 어떻게 죽었는지 아냐고."

사장은 평소보다 유달리 짜증 난 표정을 지으며 그를 쏘아보더니 다시 핸드폰 화면을 들여다보며 건성으로 대답했다.

"교통사고라며. 너도 장례식장에서 들었잖아."

그가 다시 물었다.

"그게 다야?"

"그래, 인마. 졸음운전 하다가 사고 내서 그 자리에서 즉사했대잖아."

그리고 사장은 드디어 핸드폰에서 눈길을 들어 그를 쳐다보았다.

"넌 뭐 장례식 안 다녀왔냐? 거기서 다 들은 얘기를 왜 또 물어봐?"

"아니, 그냥……."

그는 우물거렸다.

"네가 애들하고 더 친하니까, 혹시 무슨 자세한 얘기 좀 들었나 싶어서……."

"자세한 얘기 듣고 말고 할 게 뭐 있어. 죽은 게 죽은 거지."

사장은 다시 시선을 핸드폰 쪽으로 향했다. 이제는 게임을 하고 있는 것 같았다.

빈 매장 안에 윙윙거리는 에어컨 소리와 억지로 즐거워하는 척하는 핸드폰 게임 음향이 뒤섞여서 울려 퍼졌다. 마치 보이지 않는 벌레들이 서로 다른 무리를 지어서 빈 공간을 채우고 돌아다니는 것 같다고 그는 생각했다.

"음악 틀까?"

그가 벌레 소리 같은 소음을 견디다 못해 물었다. 그러나 사장은 고개도 들지 않고 한마디로 잘라 말했다.

"그냥 둬."

그는 일어서려다가 엉거주춤하게 다시 앉았다.

사장은 한참이나 말없이 엄지손가락만 열심히 움직이다가 혼잣말처럼 중얼거렸다.

"쌔끼, 그렇게 허무하게 가냐⋯⋯. 동창 중에서 최고 잘나가더니⋯⋯."

그는 대답하지 않았다. 사장이 눈길을 들었다.

"너, 걔 와이프 봤지? 그런 마누라 두고 아까워서 어떻게 죽냐?"

그는 작게 한숨을 쉬었다. 사장은 다시 눈길을 핸드폰 화면 쪽으로 향하며 중얼거렸다.

"그런 퀸카는 어떻게 물고 사짜는 어떻게 달아서⋯⋯. 완전 쌩양아치 새끼가⋯⋯."

뜻밖이었다. '쌩양아치'라는 말은 동창들 사이에서 일반적으로 죽은 남자를 묘사할 때 쓸 만한 단어가 아니었다. 그는 대답하지 않고 사장을 쳐다보았다.

사장이 핸드폰 화면 위에서 엄지손가락을 더 바쁘게 움직였다. 더 이상은 아무 말도 하지 않을 것 같았다. 음료수라도 뽑아 올까 하고 일어서려던 찰나에 사장이 다시 입을 열었다.

"너, 그 새끼 대학 붙고 나서 어쨌는지 모르지? 애들한테 자기 명문대 들어갔다는 거 빌미로 돈 빌리고 돌아다니면서 그 돈으로 여자 후리고 술 처마셨다. 나한테서도 20만 원인지 30만 원인지 꿔 가서, 갚는다 갚는다 하고 결국 안 갚았어. 딴 애들도 다 최소 10만 원씩은 꿔 줬을걸. 말이 10만 원이지 고등학교 갓 졸업한 애들한테 그게 얼마나 큰돈인데, 도둑놈의 새끼……."

"걔가 그랬어?"

그는 놀랐다. 장례식장에서 상에 둘러앉아 마치 무척이나 그리운 듯 남자를 추억하던 동창들이 사실 알고 보니 모두 조금씩은 뜯겼다는 사실이 놀라우면서 한편으로는 통쾌했다. 고작 10만 원이라면 자신이 당했던 것에 비해 얼마 안 되지만 그래도 은근히 기뻤다.

그런 그와 달리 사장은 점점 더 냉소적인 표정이 되어 갔다.

"죽은 사람 욕하는 거 아니라지만 그 새끼는 욕 좀 먹어도 돼. 친구들 불러내서 술 마시다가 돈 없다고 먼저 내빼서, 하나씩 하나씩 따라서 도망치다가 마지막에 걸린 놈이 홀랑 다 뒤집어쓰고 술값 내준 게 한두 번이 아냐. 도망치다가 걸려서 술

집 주인이 무전취식으로 경찰에 신고한다고 난리 쳤는데, 그러다가 그 새끼 최고 명문대 다니는데다 법대생이라고 그러니까 갑자기 설설 기면서 보내 준 적도 있고. 일류 명문대 법대가 좋긴 좋더라."

그로서는 전부 금시초문이었다. 하긴 고등학교를 졸업한 이후로 그는 자신이 태어나 자란 곳이나 동창들과는 거의 연락을 끊고 지냈다.

"씨발 새끼……, 그래도 고시도 붙고 장가도 갔다고 해서 사람 된 줄 알았는데……. 그렇게 가냐……."

사장이 길게 한숨을 쉬었다.

그는 대답하지 않았다.

핸드폰의 게임 음향이 에어컨의 서글픈 윙윙 소리와 함께 무거운 침묵을 흩뜨렸다.

○

그가 나에게 전화했다.

— 오늘 가도 돼?

그는 요즘 부쩍 자주 찾아온다.

"오늘은 안 돼."

— 왜?

"일이 있어."

— 무슨 일?

"안 가르쳐 줘."

이렇게 말하면 그는 대개 더 이상 묻지 않는다. 그러나 이번에는 계속 묻는다.

— 왜 안 가르쳐 주는데?

"가르쳐 주기 싫으니까."

그는 잠시 아무 말도 하지 않는다. 전화를 끊으려는 것일까? 그러나 그는 다시 묻는다.

— 내가 싫어?

"아니."

— 그런데 왜 안 가르쳐 줘?

나는 질문을 이해할 수 없다. 그를 싫어하지 않는 것과 내 일상생활에 대해 일일이 보고하는 것은 전혀 다른 문제다. 싫어하지 않는 사람에게는 이런 것도 말해야 하는 것일까? '보통 사람'이란 이런 경우에 어떻게 행동하는지 잘 알 수 없다. 그래서 나는 대답한다.

"직장에서 일이 있어."

— 그러니까 그게 무슨 일인데?

나는 대답하지 않는다. 그가 다시 묻는다.

— 성연 씨 직장이 어딘데? 도대체 무슨 일 해?

언제나 그렇듯이 '안 가르쳐 줘.'라고 대답하려다가 나는 되묻는다.

"내가 무슨 일 하는 거 같아?"

— 퇴마사.

그가 곧바로 대답한다.

"진담이야?"

— 응.

그는 진지하다. 그래서 나도 진지하게 대답해 준다.

"그거 아닌데."

— 그럼 룸살롱.

"그것도 진담이야?"

— 응.

나의 직업 능력에 대한 그의 평가는 그다지 높지 않은 모양이다.

나는 시계를 본다. 새벽 4시 56분이다.

"나, 가야 돼. 끊을게."

— 끊지 마.

그의 목소리가 어두워진다.

— 끊지 마. 멋대로 전화 끊으면 맞는다.

"항상 때리잖아."

그리고 나는 전화를 끊는다.

다시 전화가 걸려온다.

— 끊지 마. ……또 꿈을 꿨어.

그가 이야기한다.

두 번째 꿈

어두운 밤이었다. 그는 차를 몰아 달리고 있었다. 사방은 고요했고, 차의 전조등 외에는 불빛이 전혀 보이지 않았다.

차의 전조등 불빛이 비추어 준 바깥 풍경은 버려진 거리였다. 주위에 사람이 전혀 없었다. 창문으로 지나쳐서 뒤쪽으로 사라지는 것처럼 보이는 건물들도 모두 불이 꺼졌고 인적이 없었다. 출입문은 전부 셔터가 내려져 있었다. 창문에 군데군데 나무판자를 X자로 대서 막아 놓은 것이 보였다.

옆에 지나가는 차도 없었다. 길가에 버려진 쇳덩어리처럼 드문드문 주차되어 있을 뿐이었다. 가로등 기둥에 묶어 놓은 주인 없는 자전거나 차들 사이에 쓰러져 있는 오토바이도 지나가면서 흘끗 보였다.

그런 거리를 계속 운전해서 가다가 그는 문득 자신이 같은 자리를 빙글빙글 돌고 있음을 깨달았다. 모퉁이가 나오면 오른쪽으로 꺾고, 인적 없는 거리를 계속 달리다가 또 모퉁이가 나오면 다시 오른쪽으로 꺾었다. 모퉁이에도 교차로에도 신호등은 없었다. 아니, 자세히 보면 있는 것도 같았지만 불은 들어오지 않았다.

그래서 그는 모퉁이가 나오면 오른쪽으로 꺾어졌다. 같은 곳을 몇 번이나 돌았는지 알 수 없었다. 그러나 어쨌든 모퉁이가 나오면 오른쪽으로 가야만 했다.

그렇게 몇 번이고 몇 번이고 같은 거리를 빙글빙글 돌다가 다시 교차로가 나타났다. 그는 이번에도 오른쪽으로 꺾어지려 했다. 브레이크를 밟아 속도를 조금 줄였다.

막 운전대를 돌리려는데 신호등에 불이 들어왔다. 초록색 화살표는 왼쪽을 가리키고 있었다.

그는 순간적으로 망설였다. 오른쪽으로 가야만 했다. 그것이 옳았다. 그러나 신호등은 왼쪽을 가리키고 있었다.

그때, 여자의 희고 차가운 손이 그의 팔뚝을 건드렸다.

그리고 그는 잠에서 깨어났다.

그는 숨을 몰아쉬며 침대에서 튕겨 나오듯이 일어나서 방 안의 불을 전부 켜고 팔뚝을 몇 번이나 문질렀다.

— 팔에서 그 감촉이 없어지질 않아.

그가 말했다.

— 손가락이 차가워……. 눈동자가 까맣고 공허하고……. 그게, 머릿속에서 사라지질 않아.

그가 중얼거렸다.

— 아직도 그 손가락이 팔뚝을 만지는 것 같아.

나는 대답하지 않았다.

그 손가락은 사실 아직도 그의 팔뚝을 만지고 있다. 전화기를 통해서, 그의 목소리를 통해서 냉기가 전해져 온다.

그러나 여자는 아직 완전히 그에게 오지 않았다. 꿈일 뿐이다……. 꿈이니까, 곧 사라질 것이다.

그가 물었다.

— 나, 지금 가도 돼?

"지금은 안 돼."

내가 대답했다. 그리고 덧붙였다.

"미안해."

그 한마디에 그는 더 이상 조르지 않았다.

그래서 나는 조금 놀랐다. 예상외로 효과적인 한마디다. 앞으로도 종종 써먹어야겠다고 나는 생각했다.

"좀 더 자. 출근 시간까지 한참 남았잖아."

— 잠이 안 와.

그가 투덜거렸다.

그는 누운 채로 천장을 쳐다보고 있다고 했다. 피곤했지만, 다시 잠들고 싶었지만 잠이 오지 않았다. 출근 시간이 걱정되어 마음 놓고 다시 잠들어 버릴 수도 없다. 깨지도 잠들지도 않은 몽롱한 머릿속을 여러 가지 생각들이 두서없이 헤매고 돌아다녔다.

여자는 누구일까?

여자는 죽은 남자의 아내가 아니다.

그렇다면 누구일까?

여자는 과연 실제로 존재했을까?

창밖으로 부옇게 동이 트기 시작했다. 길에 다니는 자동차 소리가 점점 더 커지고 잦아졌다.

누군가 죽어도 산 사람은 살아가고 세상은 돌아간다. 그런데 그는 이미 죽은 남자와 정체 모를, 실제로 있었는지 없었는지도 알 수 없는 여자에게 이유 없이 쫓기고 있었다.

— 다른 사람들은 현실 속에서 살아가는데, 나 혼자만 삶과 죽음 사이 어딘가에 빼도 박도 못한 채로 매달려 있는 것 같아.

나는 전화기에 대고 고개를 끄덕였다. 그에게 보였을 리는 없지만.

— 살아 있기는 하지만 이건 사는 게 아냐. 대체 여기서 어디로 가야 하는지, 더 중요한 건, 어떻게 가야 하는 건지 전혀 모르겠어…….

뭐라고 대답해 줘야 할지 알 수 없다. 그런 것은 나 자신도 알지 못한다.

— 오늘 저녁엔 가도 돼?

그가 묻는다.

— 오래 붙잡진 않을게. 잠깐이라도 좋아. 얼굴만 봐도…….

"알았어."

내가 대답한다.

"저녁에 봐."

o

그는 버스 정류장에 서 있었다. 비는 오지 않았지만 날이 흐렸다.

전광판에 의하면 버스가 도착할 때까지 11분이 남아 있다고 했다. 자칫하면 늦을지도 모르지만, 어차피 사장도 언제나 늦게 나온다. 애초에 출근 시간 1~2분을 다투는 빡빡한 직장이 아니었다. 그런 마음 편한 점이 좋아서 다니는 직장이기도 했다.

현재 핸드폰 판매점의 사장이며 그의 고등학교 동창이기도 한 친구는 고등학교 때까지는 그렇게까지 친한 사이가 아니었다. 고등학교 2학년 때인가 한 번 죽은 남자와 그와 함께 모두 같은 반이었을 뿐이다. 학창 시절에도 사장은 서글서글하고 농담을 좋아하고 분위기 띄우는 데 일가견이 있었다. 한마디로 어느 반에나 한 명씩은 있는 소위 비공식 '오락부장'이었다. 사람을 좋아하고 노는 것을 좋아하고 오지랖도 넓고 참견하기도 좋아하는 성격이라, 고등학교 때부터도 이미 동네에 모르는 사람도 없고 모르는 일도 없는 걸로 유명했다.

그런 성격이 그는 불편했다. 그가 느끼기에 서로 그다지 친하지 않은데도 들러붙어서 친한 척을 하려 들고, 조금만 상대를 해 주면 이쪽의 사정을 꼬치꼬치 캐려고 든다. 가장 피하고 싶은 유형이었다. 그래도 그는 죽은 남자와 함께 섭슬려 다니는 바람에 어쩔 수 없이 친한 척하고 지내야 했다.

졸업하고 도망치듯 다른 지방으로 떠나면서 이제 평생 다시는 얼굴 볼 일 없을 거라고 생각했지만, 명절 때라든가 생일이 되면 이 친구 쪽에서 잊지도 않고 먼저 꼬박꼬박 연락을 해 왔다. 그래서일까. 대학을 중퇴한 뒤에 한참 동안 이것저것 손만 대면서 헤매다가 정말로 다급해졌을 때 먼저 생각난 것도 이 친구였고, 전화했을 때 무턱대고 반가워하더니 선뜻 같이 일해 보자고 해 준 것도 이 친구였다.

근본적으로 물건 파는 일이다 보니 경기에 따라 수입도 불규칙했고, 또 사람을 상대하는 일이 적성에 안 맞기도 했다. 하지만 지난 몇 년간 일을 잘하든 못하든 친구는 사장과 직원이라기보다는 동업자처럼 그를 대해 주었고, 그렇게 둘은 매출이 많으면 많은 대로 적으면 적은 대로 탈 없이 버텨 왔다. 직업 자체가 딱히 마음에 들지도 않았고 가끔은 손에 쥐는 돈이 터무니없이 적다는 생각도 들었지만, 요즘 같은 세상에 자기처럼 보잘것없는 학력이나 경력으로 이렇게 마음 편한 일자리를 찾기 쉽지 않다는 것 정도는 그도 알고 있었다. 그래서 그는 친구에게 고맙게 생각했고, 할 수 있는 한 성실하게 일했다.

그리하여 지금 그는 제시간에 출근하기 위해 버스를 기다리며 별생각 없이 도로를 응시하고 있는 것이다.

일부러 뭔가에 집중하지 않을 때면 죽은 남자, 하얀 팔뚝과 공허한 검은 눈의 여자, 그리고 장례식의 장면 장면들이 어쩔 수 없이 다시 머릿속에서 피어올랐다. 죽은 남자의 부인, 그녀의 소복을 입은 창백하고 핏기 없는 모습이 떠올랐다. 그늘지고 지친 듯했지만 한 번도 운 것 같지 않은 메마른 부인의 얼굴, 그리고 분향실에서 손님을 맞이하던 죽은 남자의 처남과 정부의 어느 부서에서 몹시도 높은 직위에 있다는 장인…….

문득 그는 장례식장에서 죽은 남자 쪽 가족은 아무도 보지 못했다는 것을 기억해 냈다.

'가족'이라고 해 봐야 어머니뿐이었다. 최소한 그가 아는 한은 그랬다. 죽은 남자는 가족사가 복잡했다. 본인의 말에 따르면 복잡하다고 했다. 그것이 사실인지 아닌지는 알 수 없었고, 알아보려고 한 적도 없었다. 어쨌든 확실한 직계가족은 죽은 남자의 어머니였다.

「돈이면 못 할 게 없지.」

목소리가 들린 쪽을 무심코 돌아보려다가 그는 순간적으로 굳어졌다.

「원래부터 그렇게 모성애가 넘치는 성격도 아니었으니까.」

썩은, 기름이, 뱃속에서부터, 치받쳐 오는 듯한, 이물감, 그리고 오싹한 냉기가 등 뒤에서 느껴졌다. 가볍고 투명하고 불길한 냉기. 실재하지 않는 기운.

그는 심호흡을 하며 고개를 들었다. 정류장의 전광판에 자신이 기다리는 버스의 번호와 함께 '곧 도착'이라는 글자가 보였다. 그러나 읽기는 했지만 그 글자가 무슨 뜻인지 그는 이해하지 못했다.

전광판을 아무리 쳐다보아도, 의미 없는 버스 번호와 몇 분 뒤에 도착한다는 숫자들을 아무리 열심히 응시해도 등 뒤의 냉기는 좀처럼 사라지지 않았다.

그래서 마침내 그는 천천히 목소리가 들린 쪽을 향해 고개를 돌렸다.

죽은 남자는 기다렸다는 듯이 그의 어깨 위로 얼굴을 내밀었다. 뺨이 맞닿았다. 죽은 남자가 말없이 씨익 웃는 것이 느껴졌다. 그는 반사적으로 펄쩍 뛰어서 피했다.

끼익! 찢어지는 듯한 소리가 울렸다.

"미친 새끼야, 죽고 싶어? 자살하려면 딴 데 가서 혼자 조용히 곱게 죽지, 아침부터 버스 앞에 뛰어드는 건 무슨 심보야!"

그는 깜짝 놀라서 고개를 들었다. 자신이 도로에 내려와서 방금 도착한 버스 바로 코앞에 서 있는 것을 알았다. 정류장에 서 있던 사람들의 눈길이 일제히 자신에게 쏠려 있었다.

그는 황급히 보도로 올라섰다. 사람들은 그를 한 번씩 힐끗힐끗 쳐다보면서 버스에 올라타기도 하고 다음 버스를 기다리며 줄을 바꾸어 서기도 했다. 그는 사람들이 버스에 오르는 모습을 멍하니 보면서 서 있었다.

죽은 남자는 더 이상 보이지도 들리지도 않았다.

버스는 그를 정류장에 남겨 둔 채 출발했다.

○

사장은 먼저 출근해 있었다. 정확히 말하자면 그가 그만큼 늦었다는 뜻이다.

"웬일이냐, 지각을 다 하고?"

사장은 심드렁하게 말하며 컴퓨터 모니터에서 고개를 돌렸다. 언뜻 보인 화면에는 아기 사진이 큼지막하게 떠 있었다.

사장은 그를 보더니 표정이 조금 진지해졌다.

"너, 얼굴이 왜 그래? 밤새 술 먹었냐?"

"아니……, 그냥 좀……."

그는 얼버무리며 우산을 접어 우산 꽂이에 꽂았다. 밖에는 다시 비가 내리기 시작했다. 정류장에서 그는 버스가 몇 대나 지나가 버릴 동안 그대로 멍하니 서 있다가 차가운 물방울이 얼굴을 때리기 시작했을 때에야 정신을 차리고 주섬주섬 가방 안에 넣어 두었던 우산을 꺼냈다.

혹시나 죽은 남자가 따라올까 봐 몇 번이고 등 뒤를 돌아보았다. 함께 버스 안에 갇혀 몇 정거장이나 같이 타고 가는 상황은 생각만 해도 구역질이 날 정도로 싫었다. 그러나 다행히도 죽은 남자는 첫 번째 버스와 함께 사라져 출근길 내내 다시 나타나지 않았다.

"음악 틀까?"

그가 지난번처럼 물었다. 사장은 건성으로 대답했다.

"그냥 둬 봐. 나중에 내가 틀게."

장례식에 다녀온 이후로 사장은 어쩐지 매장 음악이 신경에 거슬리는 모양이었다. 평소 같으면 외부 매대라도 음악을 틀어 뒀겠지만, 장마가 시작된 이후로 앰프나 전선이 비를 맞아 고장 날까 봐 전부 안으로 들여놓았다. 그는 더 이상 음악 얘기는 꺼내지 않았다.

썰렁한 매장 안에는 어제처럼 지나치게 세게 틀어 놓은 에어컨의 윙윙 소리만 울려 퍼졌다. 사장은 이제 인터넷으로 뭔가 아기 용품을 검색하는 것 같았다. 그런 모습을 쳐다보며 그는 머릿속에 자꾸 떠오르는 죽은 남자에 대한 생각을 지우기 위해서 핸드폰 게임이라도 하는 게 낫지 않을까 생각했다.

갑자기 사장이 벌떡 일어섰다.

"어서 옵셔어!"

그는 사장을 따라 반사적으로 벌떡 일어나며 고개를 돌렸다. 들어온 손님은 젊은 여자였다. 대학생이거나 대학을 갓 졸업한 나이 정도로 보였다. 머리카락과 옷에서 빗물을 털어 내며 우산을 수습하느라 다분히 정신이 없는 듯했다.

우산을 우산 꽂이에 꽂고 나서도 한참이나 매무시를 다듬은 후에야 여자는 진열장으로 다가왔다.

"엄마 핸드폰 좀 바꿔 드릴까 해서요. 스마트폰은 말고 피처폰이어야 되구요. 액정 크고 버튼도 큰 걸로……."

"피처폰은 공짜 단말기 없는데요."

'피처'라는 두 음절을 듣자마자 그는 반사적으로 불쑥 내뱉었다. 여자 손님은 말이 중간에 가로막히자 당황한 얼굴로 그를 쳐다보았다. 그는 손님의 얼굴을 잠시 마주 들여다보다가 갑자기 정신을 차렸다.

"아, 그게, 보조금 지원이 끊어져서요……. 요즘에는 어머님들도 다 스마트폰 잘 쓰세요……."

그는 허둥지둥 전화기를 몇 개 손님 앞에 꺼내 놓았다.

"이제 4G가 대세인데, 괜히 피처폰 사시면 돈만 많이 들고 얼마 못 쓰세요. 여기 이런 기종 보시면 어르신들 많이 쓰시는데, 화면도 크고 사용도 쉬워서……."

여지 손님은 진지한 표정으로 설명을 들으면서 전화기를 이것저것 만지작거렸다. 그러다가 주머니에서 핸드폰을 꺼내 전화를 걸었다.

"응, 엄마. 나 지금 대리점 와 있는데, 보조금 끊겨서 일반폰 사려면 기계값 내야 된대. 스마트폰만 공짜고……. 응?"

여자는 얼른 고개를 돌려 그에게 물었다.

"아저씨, 그럼 스마트폰은 다 공짜예요? 결국은 요금에 할부금 포함되는 거잖아요."

"그건 기종하고 요금제에 따라서 다른데요. 일단 보여 드린 기종은 다 공짜고요. 지금 쓰시는 요금제를 알려 주시면 거기에 맞춰서……."

여자는 그의 말을 끝까지 듣지도 않고 다시 핸드폰에 대고 말했다.

"아, 엄마? 응, 지금 공짜 기종 몇 개 봤는데……. 응? 엄마 그거 내가 하지 말랬잖아. 별로라니깐. 응? 그런 거야 어플 받아서 깔면……. 아니, 그건 그런데……. 아, 정말?"

통화가 길어졌다. 그는 이제 완전히 매대에서 등을 돌리고 웃으면서 수다를 떠는 여자 고객을 멍하니 쳐다보고 있었다.

「너도 전화해 봐.」

등 뒤에서 문득 들려온 목소리가 말했다.

그는 그대로 굳어졌다.

「부모님이든 동생이든 내 장례식에서 백만 년 만에 만난 동창이든, 생각나는 사람은 전부 해 봐.」

본능적으로 고개를 돌리려다가 그는 아침의 버스 정류장을 생각하고 참았다. 그 투명하고 차갑고 비현실적인 얼굴과 다시 한 번 뺨을 맞대고 싶지는 않았다.

「너만 믿는다고 했잖아.」

그러더니 죽은 남자는 그의 왼쪽 어깨를 친근하게 툭툭 쳤다.

여자 손님이 전화를 마쳤다.

"아저씨, 저희 엄마가 지금 월 4만 원 정도 쓰시는데요, 단말기를 이걸로 하면……. 아저씨?"

그는 듣고 있지 않았다.

사장이 눈치 빠르게 다가와서 여자 손님을 맡았다.

"아 예, 지금 사용하시는 통신사가 어디시죠? 2년 약정을 하시면……."

여기까지 듣고 그는 밖으로 뛰어나갔다. 그리고 쏟아지는 비를 그대로 맞으며 거리에서 토했다.

○

"그래서 일찍 온 거야?"

내가 그에게 안긴 채로 가슴에 대고 물었다.

"응."

그가 대답하고 내 이마에 입을 맞추었다.

그가 찾아왔을 때 나는 자고 있었다. 현관의 초인종 소리를 듣지 못해서 처음에는 문을 열어 주지 못했다. 초인종 소리가 문을 두드리는 소리로 바뀌었다. 그리고 점점 커졌다. 그래서 나는 문을 열었다.

문을 열자마자 그는 내 목을 졸랐다. 나는 뒷걸음질 치다 쓰러졌다. 그도 그 서슬에 같이 넘어졌다. 그러나 곧 일어나서 내 머리채를 휘어잡고 침대로 끌고 갔다.

옷이 어떻게 벗겨졌는지는 잘 기억할 수 없다. 애초에 잠옷만 입고 있었으니까 그다지 복잡한 과정은 아니었을 것이다. 그가 허리띠를 풀어 때리는 동안 나는 얼굴에 상처가 남지 않도록 양팔로 가리고 있었다.

"왜 전화 안 받았어?"

허리띠를 휘두르면서 그가 속삭였다. 이럴 때 그는 절대로 소리치지 않는다. 언제나 속삭인다.

"아침에 전화했을 때 왜 안 받았어?"

나는 그가 전화한 줄 몰랐다. 일을 끝내고 돌아오는 길이었거나 돌아와서 자고 있었을 것이다.

"내가 전화했는데 왜 안 받아? 너, 나 무시해?"

그리고 그는 다시 내 머리채를 잡는다.

"잘못했다고 빌어."

"잘못했어."

그가 내 목을 잡는다.

"어디서 반말이야? 그게 비는 태도야?"

"잘못했어요."

내가 말했다. 목을 잡혀서 말하기가 힘들다.

"안 들려. 다시 말해."

"잘못했어요."

"더 크게 말해."

"잘못했어요."

"용서해 달라고 빌어."

"잘못했어요. 용서해 주세요."

그는 나를 침대 위로 내던졌다. 때리던 허리띠로 내 양 손목을 묶었다. 거칠게 몸 안으로 들어왔다.

아프다. 불에 타는 것 같다.

그는 멈추지 않는다.

나도 그가 멈추기를 원하지는 않는다.

"미안해."

그가 나를 조심스럽게 끌어당겨 품에 안고 사과한다.

"괜찮아."

내가 대답한다.

"미안해……. 내가 너무 심했어……."

"괜찮아."

내가 다시 속삭인다.

"그럴 때만, 살아 있는 것 같아서……. 당신한테 그렇게, 온몸으로 부딪칠 때만……."

그의 말이 무슨 뜻인지 나도 안다.

"너무, 무서웠어……. 오늘……, 정말로, 무서웠어……."

그가 중얼거렸다.

버스 정류장에서 죽은 남자와 마주친 후에 그는 곧바로 내게 전화했다. 내가 전화를 받았다면 그는 아마 출근하지 않았을 것이다.

"미안해. 전화 온 줄 몰랐어."

"아냐……. 내가 미안해."

그가 나를 더 힘주어 껴안는다. 꽉 안기면 맞은 곳이 아프다. 그가 함부로 때렸기 때문에 온몸이 다 아프다.

아프고, 그의 체온은 따뜻하다.

그의 품 안에서 나는 조금씩 더 뜨거워진다. 그리고 그는 조금씩, 자기도 모르게 더 차가워진다.

"여기 계속 있어도 돼?"

그가 묻는다.

나는 고개를 젓는다. 그가 꽉 붙들고 있어서 고개를 움직이기 힘들다.

"나 저녁에 나가야 돼."

"그럼 혼자 있을게. 성연 씨 기다리고 있으면 되잖아."

그가 혼자 여기 있으면 뭐가 쫓아올지 알 수 없다. 나와 함께 있으면 내가 문단속을 하면 된다. 그러나 혼자 있으면 그가 감당할 수 없을 것이 확실하다. 지저분한 것들이 집 안으로 들어오는 것은 반갑지 않다. 새로 살 곳을 구하는 것은 귀찮은 일이다. 그리고 그의 몸에서 더 이상 온기를 얻을 수 없게 되면 나는 몹시 아쉬워질 것이다.

그의 어깨에 붙은 검은 기름 자국은 여전히 사라지지 않았다.

"여기 혼자 있는 건 좋지 않아."

그가 안았던 몸을 떼고 내 얼굴을 들여다본다.

"나한테 화났어?"

"아니."

그는 계속 내 얼굴을 들여다본다. 갑자기 고개를 숙인다. 손가락으로 미간을 누른다.

"왜 그래?"

내가 묻는다. 그는 대답하지 않는다.

"아파?"

내가 다시 묻는다. 그가 속삭이듯 말한다.

"어지러워……. 아까 너무 흥분했나 봐."

"좀 자."

내가 그의 머리를 쓰다듬는다.

그는 머리를 쓰다듬는 내 손을 잡고 손등에 살짝 입 맞춘다.

건강한 젊은 남자니까 자고 일어나면 다시 따뜻해질 거라고, 나는 잡힌 손의 온도를 머릿속으로 가늠하며 생각한다.

○

욕을 하며 때리던 남자가 있었다. 그런 남자들이 있었다. 거의 모두 그런 남자들이었다.

남자들은 죽었다.

폭력은 반복될수록 익숙해지고 익숙해질수록 강노가 심해진다. 몸의 폭력만이 아니라 말의 폭력도, 마음의 폭력도 마찬가지다.

나는 내 생존의 형태나 방식을 스스로 선택하지 않았다. 필요한 것은 신체의 접촉과, 궁극적으로는 그런 접촉을 통한 에너지의 전달이다. 그것은 고통스러운 과정이었고 언제나 즐겁다고는 할 수 없었다. 견뎌 낼 수 있었던 것은 오로지 그 뒤에 살아나는 순간이 찾아왔기 때문이다.

품위 없는 자세를 강요당하거나, 모욕적인 언설을 일상적으로 듣거나, 전반적으로 인간성을 비하하거나 무시하는 대우를 오랜 시간 참아 내는 것은 생명력의 전달과는 아무런 관계가 없다. 그러나 몸의 폭력은 언제나 다른 형태의 폭력을 동반했다. 내가 특정한 종류의 폭력을 필요로 하는 것을 눈치 챈 남자들은 나의 필요가 당연히 모든 종류의 폭력을 정당화한다고 생각했다.

나는 기다렸다.

내가 어째서 폭력을 필요로 하는지, 생명력이 방출될 수 있는 한계점이 어디인지 자세한 부분은 굳이 설명하지 않았다. 폭력은 반복될수록 강도가 심해졌고, 자기 행동을 돌아보거나 상황에 제동을 걸 만한 분별력이 없는 남자들은 언제나 지나친 폭발, 지나친 분출의 지점을 스스로 넘어섰다.

그러면 나는 기다렸다는 듯 꽃처럼 피어나서 더 따뜻한 체온을 찾아 나섰다.

○

그는 저녁까지 잘 잤다. 저녁에 일하러 나가기 전에 음식을 먹었다. 나는 요리를 하지 않는다. 집에 있는 약간의 먹을 것은 간식거리 정도일 뿐이고 전부 인스턴트식품이다. 그래서 그는 나를 찾아올 때면 언제나 먹을 것을 사 가지고 온다.

나는 보통 사람들의 음식을 잘 먹지 않는 편이다. 그는 나를 어르고 달래며 어떻게든 음식을 먹이려고 애쓴다.

"더 안 먹어? 그거 먹고 돼?"

그가 묻는다. 나는 고개를 젓는다. 그는 내가 조금 건드리다 만 나머지를 가져가서 마저 먹는다.

"나 정말로 여기서 그냥 성연 씨 올 때까지 기다리면 안 돼?"

먹으면서 그가 다시 한 번 묻는다. 나도 다시 한 번 고개를 젓는다.

그가 잠시 나를 쳐다보다가 물었다.

"진짜로 나한테 화난 거 아니지?"

"화 안 났어."

그는 다시 음식을 먹기 시작한다. 그러나 먹다 말고 묻는다.

"내가 때리는 거 싫지 않아?"

먼저 살고 볼 일이다. 싫고 좋고의 문제가 아니다.

"아프지 않아?"

물론 아프다.

"아픈 게 좋아?"

좋거나 싫다고 생각해 본 적은 없다. 아프다는 것도 감각이다. 그냥 감각일 뿐이다.

그러나 강렬한 감각이다. 그것은 살아 있는 사람의 가장 근원적이고 폭발적인 에너지와 함께 전해져 온다. 그 감각은 겪어 보지 않은 사람에게는 언어로 묘사할 수 없다. 그래서 나는 간단하게 대답한다.

"좋아."

그는 조금 씁쓸하게 웃는다.

"성연 씨, 변태구나."

"몰랐어?"

내가 대답한다. 그는 다시 웃는다.

그리고 조금 뒤에 또 묻는다.

"자존심 상하지 않아? 내가 그렇게 못되게 구는데……."

나는 대답 대신 그의 얼굴을 들여다본다.

많은 남자들이 때린 뒤에 사과했다. 정말로 미안했다면 애초에 때리지 않았을 것이다. 대부분의 경우 그들이 원한 것은 용서가 아니라 용납이었다. 마음속의 죄책감이나 현실적인 책임은 면제받으면서 마음대로, 하던 대로 계속하고 싶은 것이다. 그런 가책 따위 없이 냉혹하게 폭력적인 쪽이 차라리 덜 비겁하다고 생각될 때도 있다.

어찌 됐든 그가 선을 넘는다면 그 자신의 운명은 스스로 결정하게 될 것이다. 나는 그냥 두고 보면 된다.

내가 대답하기를 기다리다가 그는 포기했다. 그리고 말했다.

"나가자."

버스 정류장까지 그는 내 곁에서 말없이 걷는다. 버스를 타려는 내게 묻는다.

"내일 또 와도 돼?"

"전화할게."

그리고 나는 버스에 오른다.

버스가 출발할 때 창밖으로 보니 그는 핸드폰을 꺼내서 만지고 있다. 조금 뒤에 내 핸드폰이 진동한다.

미안해. 일 끝나면 전화해 줘.

나는 답을 하지 않는다.

조금 뒤에 다시 핸드폰이 진동한다.

꼭 전화해 줘.

나는 여전히 답을 하지 않는다.

까맣게 죽어 버린 핸드폰 액정을 쳐다본다. 그의 질문들이 이상하게 마음에 남는다.

폭력을 거부한 남자들도 물론 있었다. 나는 사람의 마음을 읽는 초능력 따위 타고나지 못했다. 그리고 세상에는 비뚤어진 사람만큼이나 그렇지 않은 사람도 많다. 때리는 관계를 원하지 않는 남자들은 무엇보다도 불쾌해했다. 더러는 겁을 내기도 했다. 정신과에 가 보라고 진지하게 충고한 남자도 있었다.

내 존재의 방식에 대해 무심하게 익숙해졌다고 생각했었다. 가끔은 작은 즐거움도 느낄 수 있게 되었다. 그래서 나는 정상적인 삶이라는 것에 대해 깊이 고민하지 않으려고 의식적으로 애쓴다. 해답이 없는 문제에 대해서 마음이 움직이기 시작하면 결국 곤란해지는 것은 나 혼자다.

전화기가 진동한다. 받지 않는다. 가방 안에 집어넣는다.

나는 아마, 한동안 그에게 전화하지 않을 것이다.

ㅇ

내가 없는 밤에 그는 세 번째 꿈을 꾸었다.

주위는 칠흑 같은 어둠이었다. 죽은 남자는 차를 몰아 달리고 있었다. 사방은 고요했고, 차의 전조등 외에는 불빛이 전혀 보이지 않았다.

차의 전조등 불빛이 비추어 준 바깥 풍경은 버려진 거리였다. 주위에 사람이 전혀 없었다. 창문으로 지나쳐서 뒤쪽으로 사라지는 것처럼 보이는 건물들도 모두 불이 꺼졌고 인적이 없었다. 출입문은 전부 셔터가 내려져 있었다. 창문에 군데군데 나무판자를 X자로 대서 막아 놓은 것이 보였다.

옆에 지나가는 차도 없었다. 길가에 버려진 쇳덩어리처럼 드문드문 주차되어 있을 뿐이었다. 가로등 기둥에 묶어 놓은 주인 없는 자전거나 차들 사이에 쓰러져 있는 오토바이도 지나가면서 흘끗 보였다.

죽은 남자는 그런 거리를 계속 운전해 갔다. 차의 뒷좌석에 앉아서 그는 문득 죽은 남자가 같은 자리를 빙글빙글 돌고 있음을 깨달았다. 모퉁이가 나오면 오른쪽으로 꺾고, 인적 없는 거리를 계속 달리다가 또 모퉁이가 나오면 다시 오른쪽으로 꺾었다. 모퉁이에도 교차로에도 신호등은 없었다. 아니, 자세히 보면 있는 것도 같았지만 불은 들어오지 않았다.

그래도 죽은 남자는 모퉁이가 나오면 오른쪽으로 꺾어졌다. 같은 곳을 몇 번이나 돌았는지 알 수 없었다. 어쨌든 모퉁이가 나오면 오른쪽으로 꺾었다.

그렇게 몇 번이고 몇 번이고 같은 거리를 빙글빙글 돌다가 다시 교차로가 나타났다. 죽은 남자는 이번에도 운전대를 오른쪽으로 돌리려 했다. 브레이크를 함부로 밟아 속도를 갑자기 줄였다. 뒷좌석에 앉은 채로 그는 이리저리 쏠렸다.

쏠리면서 그는 보았다. 앞좌석 사이의 룸미러에 여자의 이마와 왼쪽 눈이 비쳤다. 차 안까지 스며들어 온 어둠 속에서 희미하게 보이는 여자의 이마는 종잇장처럼 창백했다. 오로지 커다란 한쪽 눈동자만이 바닥을 알 수 없을 정도로 검게 빛났다.

신호등에 불이 들어왔다. 초록색 화살표는 왼쪽을 가리키고 있었다.

오른쪽으로 갈 줄 알았는데, 운전석에 앉은 남자가 운전대를 왼쪽으로 틀었다.

차가 거칠게 좌회전을 하면서 몸이 오른쪽으로 확 쏠렸다. 머리가 창에 부딪쳤다. 조수석 바깥쪽 사이드미러에 비친 여자의 얼굴이 잠깐 보였다. 정확히 말하면 얼굴의 오른쪽 절반이었다.

깊고 검은 절반의 눈동자와 시선이 마주쳤다.

거울에 반쪽만 비친 여자의 새빨간 입술이 애원하듯 벌어졌다.

내가 전화를 받지 않았기 때문에 그는 사장에게 전화했다. 다섯 번째 전화를 걸어서 한참이나 전화벨이 울린 뒤에야 사장이 전화를 받았다. 졸음과 짜증이 잔뜩 밴 목소리였다.

— 여보세요.

그는 다짜고짜 물었다.

"문석이 혹시 여자 있었냐?"

— 뭐?

"문석이 말이야, 죽은 강문석이. 혹시 결혼하기 전에 여자 있었냐고."

— 내가 그런 걸 어떻게 알아? 이 자식이 꼭두새벽부터 전화해 가지고 무슨 개소리야? 끊어!

옆에서 '누구야? 무슨 일인데?' 하고 묻는 여자의 목소리가 들렸다. 본의 아니게 부부를 모두 깨운 것이 정말로 미안해져서 그는 다급하게 물었다.

"네가 모르면 혹시 알 만한 사람 없냐? 문석이랑 친했던 애 누구였는지 알아?"

— 죽은 놈 여자관계는 캐서 뭐하게? 너나 잘해, 인마!

그리고 전화는 끊어졌다.

그는 핸드폰 액정의 시계를 확인했다. 새벽 3시 23분이었다.

누군가에게 전화하기에는 너무 이른, 혹은 너무 늦은 시각이다. 그러나 그는 산 사람의 목소리가 듣고 싶었다. 살아 있는 다른 사람의 목소리가 절실했다.

나에게 전화했지만 나는 받지 않았다. 여러 번 전화했지만 나는 받지 않았다.

지난번처럼 내 집으로 무작정 찾아와서 문을 두드리려다가 그는 참았다. 침대에 그대로 누워서 천장을 쳐다보았다.

여자의 소리 없이 벌어진 붉은 입술과, 검은 눈과, 신호등의 빨간 불빛과 초록색 화살표와, 이 모든 것을 감싼 어둠과…….

젊은 여자 손님이 사 갔던 주황색 핸드폰과……, 파란색 핸드폰과……, 분홍색…….

그는 퍼뜩 잠에서 깨어났다. 시계를 보았다. 4시 37분.

그는 다시 나에게 전화했다. 나는 이번에도 받지 않았다. 그는 한숨을 쉬며 전화를 끊었다.

아직도 다른 누군가에게 전화하기에는 조금 무리가 있는 시각이다.

다시 천장을 쳐다보다가, 다시 졸다가…….

그렇게 그는 잠들었다 깨어나기를 반복했다. 눈을 떴을 때는 6시 2분이었다. 몸은 차라리 잠을 전혀 자지 않고 밤을 새운 것보다도 더 피곤했다.

어쨌든 지금은 부모님 두 분 중 한 분은 깨어 있을 시각이다. 그래서 그는 가능성이 좀 더 높은 아버지에게 전화했다.

아버지의 반응은 그의 예상과 거의 비슷했다.

— 네가 웬일이냐, 이렇게 일찍? 누구? 아니, 걔가 죽었어?

어이구, 어쩌다가 그 젊은 나이에⋯⋯. 교통사고? 쯧쯧⋯⋯. 너는 절대로 밤길에 차 몰지 마라⋯⋯.

그는 탄식이 잦아들기를 한참이나 기다렸다. 이후의 대화도 그가 생각한 것과 비슷한 방향으로 흘러갔다.

— 주말에 집에 와? 그럼 언제 올래? 영영 안 올 거냐?

그는 '알았어요, 갈게요.' 하고 평소처럼 전화를 끊게 될 줄 알았다. 그때 옆에서 '태경이야? 나 좀 바꿔 줘요.' 하는 어머니 목소리가 들렸다.

— 여보세요, 태경이니?

"응, 엄마."

그가 대답했다. 어머니가 불쑥 말했다.

— 얘, 너 선볼래?

"예?"

상대는 어머니의 아는 사람의 친구 딸이라는 복잡한 관계였다. 어머니는 무척 마음에 든 모양이었다.

— 나이도 딱 맞고, 사진 보니까 예쁘게 생겼더라. 집안도 괜찮고⋯⋯.

"엄마, 저 만나는 사람 있어요."

그가 어머니의 말을 중간에서 잘랐다. 그러나 어머니는 개의치 않았다.

— 그 말 들은 지가 언젠데, 있으면 집에 데리고 와서 보여 줘야 할 거 아냐! 선보기 싫으면 그냥 싫다고 해.

"그런 거 아니에요. 진짜 만나는 사람 있어요."

— 그래서 어떻게 할 건데? 평생 그냥 만나기만 하다 말 거야? 네가 먼저 길을 터 줘야 네 동생도 장가를 가지!

"태준이 결혼한대요?"

그는 '드디어?'라고 덧붙이려다 말았다.

동생에게는 아주 오래된 여자 친구가 있다. 몇 년 전부터 간간이 결혼 얘기도 나오기는 나왔다. 그러나 정작 당사자들은 좀 더 기다리자는 분위기였다. 동생이 대학 졸업 후 취업에 몇 번 실패하고 지금은 시험 준비를 하고 있기 때문일 것이다. 그래서 어머니는 우물쭈물 말을 흐렸다.

— 아니, 걔가 당장 하겠다는 건 아니고……. 우선 취직을 해야지 결혼이든 뭐든…….

"그럼 뭐, 급할 것도 없잖아요."

— 너는 지금 나이가 몇 살인데 그런 한가한 소리가 나오니!

어머니가 빽 소리를 질렀다. 매번 있는 일이다. 그는 태평하게 대답했다.

"태준이 먼저 결혼하겠다고 하면 그냥 보내 버리세요."

어머니는 뭔가 더 야단을 치려고 했던 것 같지만 옆에서 아버지가 아침 먹자고 부르는 소리가 들렸다. 어머니는 결국 그러고 살다가 혼자 노총각으로 늙어 죽든 말든 알아서 하라고 신경질을 부리고는 전화를 끊었다.

그는 핸드폰을 손에 쥔 채로 침대에 벌렁 누웠다. 기지개를 켰다. 동생 이야기가 나온 김에 오랜만에 전화나 해 볼까 하다가 그는 망설였다.

딱히 동생과 사이가 나쁘기 때문은 아니다. 정확히 말하자면 그 반대였다. 그러나 가족은 그냥 가족이다. 언제나 그냥 거기 있고 언제나 편한 사이다. 새삼스럽게 따로 연락해서 챙기거나 하지 않는 쪽이 그가 느끼기에 더 자연스러웠다. 게다가 동생은 현재 수험생이다. 24시간 공부만 하는 건 아니라는 사실을 알면서도 전화할 때마다 어쩐지 방해하는 것 같아서 조심스러웠고, 그래서 웬만하면 연락하지 않게 되었다.

그는 침대에 누워서 한참이나 천장을 쳐다보면서 망설였다. 핸드폰 액정의 시계를 확인했다. 동생은 수험 생활을 시작한 후로 일부러 더 일찍 일어나고 규칙적으로 생활했다. 지금쯤은 깨어 있을 시각이었다. 계속 고민하다가 어쨌든 그는 동생에게 전화했다.

— 어, 형.

동생은 늘 '어, 형.'이다. 사흘에 한 번 전화해도 '어, 형.'이고 석 달에 한 번 전화해도 '어, 형.'이다. 물론 그는 전자보다는 후자 쪽이었지만, 석 달 아니라 3년에 한 번 전화하더라도 동생은 똑같이 '어, 형.' 하고 받을 것이고, 자신은 그것이 편안하고 익숙하리라고 늘 생각했다. 마찬가지로 동생이 3년 만에 전화하더라도, 그도 언제나 똑같은 '어, 태준.'으로 받을 것이다.

동생은 뛰고 있었는지 숨을 헐떡였다. 그래서 대화는 토막토막 이어졌다.

"운동하냐?"

— 어.

"공부 잘돼?"

— 그냥 그래.

"뭐 먹고 싶은 거 없어?"

— 됐어.

"요새도 지영이 만나냐?"

— 가끔.

"지영이는 뭐 하냐?"

— 맨날 똑같지. 회사 다니고.

"너넨 언제 결혼하냐?"

— 내가 시험 붙어야지. 알면서 왜 물어봐?

대답하는 동생 목소리는 무심했다. 대화는 건조했지만 아버지에 이어 동생의 목소리를 듣고 나니 꿈에서 깬 뒤로 계속 울렁거리던 뱃속과 머릿속이 드디어 가라앉는 것 같았다. 그래서 그는 물어보았다.

"야, 태준."

— 어.

"너, 강문석이라고 혹시 아냐?"

— 몰라.

대답이 다분히 무심하고 지나치게 빠르게 나왔기 때문에 그는 설명했다.

"있잖아. 나랑 남고 동기인데 명문대 법대 붙은 놈…….."

거기까지 말하자 동생은 금방 알아들었다.

— 1년 내내 교문 앞에 현수막 걸려 있던 그 형?

그는 반가웠다.

"그래, 그 자식."

동생이 무뚝뚝하게 되물었다.

— 그 형이 왜?

"걔 혹시 여자 있었는지 아냐?"

동생의 반문은 더더욱 무뚝뚝했다.

— 형 친군데 그걸 왜 나한테 물어?

"나도 잘 몰라서, 혹시 졸업하고 나서 동네에서 누구 사귀었나 해서……."

말을 꺼내 놓고 그는 갈수록 희망이 없다는 것을 깨달았다. 동기인 자신도 모르는데, 동생 입장에서 잘 알지도 못하는 졸업한 선배가, 그것도 근 15년 전에 누구를 사귀었는지 아닌지 기억할 리가 없다. 동생의 대답도 역시 그대로였다.

— 나야 모르지.

그는 조금 실망했지만 별수 없었다.

"알았어."

끊으려다가 그는 혹시나 하고 물어보았다.

"주말에 시간 돼? 지영이랑 셋이 한번 볼래?"

— 주말?

동생은 잠깐 생각했다. 공부해야 한다고 거절할 줄 알았는데 동생은 의외로 이렇게 대답했다.

— 지영이한테 물어보고.

"그래라."

통화는 그렇게 종료되었다.

통화를 마치고 그는 다시 침대에 길게 누웠다. 울렁거리던 속은 가라앉았지만 대신 긴장이 풀리면서 다시 피로가 몰려왔다. 며칠이나 중노동이라도 한 것처럼 온몸이 녹지근했다.

그는 천장을 쳐다보았다. 다시 한 번, 꿈속의 차 안에서 룸미러에 비쳤던 여자의 핏기 없이 새하얀 이마와 바닥없이 검고 깊은 눈, 애원하듯 벌어지던 새빨간 입술이 떠올랐다. 그 표정이 무엇을 말하는지 이제는 알 수 있었다. 절망, 더 이상 갈 곳도 돌아설 방법도 없는, 끝 간 데 모를 절망이었다.

"당신 대체 누구야?"

그는 천장을 향해서 중얼거렸다.

"도대체 뭐가 어떻게 된 거야……."

○

나는 머리맡에 두고 잔 핸드폰의 진동 때문에 잠이 깼다. 깨어났지만 그의 전화를 받지는 않았다. 화면에 떠오른 그의 이름을 가만히 쳐다보았다. 전화기는 진동하다가 잠잠해지고, 조금 뒤에 다시 그의 이름을 화면에 띄우며 진동하다가 또 잠잠해지기를 반복했다.

누운 채로 나는 창밖을 쳐다보았다.

창문의 유리에 사람의 손이 매달려 있었다. 어두워서 그냥 윤곽만 희끄무레하게 보이지만 그래도 손은 손이다. 팔이나 어깨로 연결되지도 않았다. 그냥 사람의 오른손 하나가 마치 흡착기라도 쓴 듯이 유리창에 붙어서 매달려 있었다. 움직이지도 않고, 기어 올라가거나 내려가거나 창문 안으로 들어오려 하지도 않았다. 마치 건물 벽에 앉아 쉬는 나비처럼, 손은 창유리에 붙은 채로 방 안의 풍경과 침대에 누운 내 모습을 가만히 감상하는 것 같았다.

그리고 나는 그렇게 가만히 나를 응시하는 손을 응시했다. 정체 모를 오른손과 어쩐지 눈싸움을 하는 듯한 기분이 든다.

그러다가 손은 마치 안녕, 하고 인사하듯이 활짝 펴졌다. 하얗게 손바닥을 보인 채로 창유리에서 그대로 떨어져 나가서 어딘지 모를 어둠 속으로 사라져 버렸다.

손이 사라진 후에도 나는 한참 동안 창유리 너머의 어둠을 응시하고 있었다.

겁이 나거나 두려웠던 것은 아니다. 그러기에는 손이 너무 가늘었고 움직임이 태평했다. 하얗게 펼쳐져 어둠 속을 떠가는 그 찰나의 광경은 심지어 아름다워 보였다.

본래는 몸의 나머지 부분을 찾고 있었던 것 같다. 그러나 범인이 잡히면서 몸의 나머지 부분도 다 발견되었고, 결국 수사 종결 이후 장례까지 치른 지금은 저 손만 남아서 이승도 저승도 아닌 공간을 자유롭게 떠돌고 있는 것이다.

이승도 저승도 아닌 공간.

나도 함께 떠돌고 있었다.

자유롭게······?

자유로운 건가······.

o

그가 문자를 보냈다.

어머니가 선보래.

내가 대답했다.

봐.

그가 곧바로 되물었다.

진짜?

응.

내가 대답했다.

그가 물었다.

내가 선봐서 결혼해 버리면 성연 씨 어떡할 건데?

늘 하던 대로 다음 사람을 찾아 나서면 될 것이다. 그렇게 생각하니 갑자기 귀찮아진다. 계속되는 전화도, 문자 메시지로 이어지는 소모적인 연인 놀이도 돌연히 몹시 귀찮아진다. 그래서 나는 대답한다.

각자 잘 살겠지.

그가 전화했다.

나는 받지 않았다.

저녁에 그가 집으로 찾아왔다. 초인종 소리를 들었으나 문을 열어 주지 않았다. 다시 초인종이 울렸다. 나는 대답하지 않았다.

문을 두드리거나 화를 낼 줄 알았는데 그가 문자를 보냈다.

문 열어 봐. 할 얘기 있어.

그래서 나는 문을 열었다. 문이 열리자마자 그가 물었다.

"선봐서 결혼하라는 거 진담이야?"

"응."

"어떻게 말을 그렇게 하냐?"

그가 화를 냈다.

"나 안 볼 거야? 그만 만나고 싶어?"

어째서 이야기가 그쪽으로 연결되는지 나는 이해하지 못했다.

"그런 말은 한 적 없는데."

그는 더 화를 냈다.

"딴 여자랑 선보라는 게 그만 만나자는 말이지 뭐야?"

"그럼 선보지 마."

내가 간단하게 대답했다.

그는 뭔가 계속 화를 내려다가 그만두었다. 한숨을 쉬었다.

"나하고 어떻게 되든 성연 씨한텐 아무 상관도 없어? 대체 나랑 왜 만나는 거야?"

"태경 씨는 따뜻하니까."

내가 대답했다.

직설적인 답변이었지만 그에게는 뜻밖이었던 것 같다. 그가 아무 말도 하지 않았기 때문에 내가 덧붙였다.

"그렇지만 다른 사람하고 결혼해서 평범하게 사는 걸 원한다면 말리지는 않을 거야. 태경 씨 원하는 대로 해."

그는 잠시 나를 쳐다보다가 물었다.

"내가 따뜻해?"

나는 고개를 끄덕였다. 그가 안으로 들어와서 문을 닫았다. 나를 끌어당겨 꽉 껴안았다.

나를 안은 채로 그는 한참이나 움직이지 않았다.

그리고 그는 갑자기 나를 돌려세웠다. 한 팔을 등 뒤로 꺾고 벽으로 몰아붙였다.

"못되게 굴었으니까 맞아야 돼."

치마를 걷어 올리며 그가 속삭였다.

o

"따뜻하다는 말은 처음 들어 봐."

그가 말했다.

"내가 멍청하거나 이상하거나 무섭다는 생각은 많이 해 봤지만……."

1학년 2학기 기말고사 첫날이었다. 시험이 시작되고, 선생님이 들어왔다. 앞에서부터 차례로 시험지와 답안지가 넘어왔다.

그는 분단의 중간에 앉아 있었다. 시험지와 답안지를 넘겨받아 자기 몫으로 한 장씩 남기고 나머지를 뒷자리에 넘겨준 후

답안지에 이름과 번호를 썼다. 시험지의 1번 문제부터 읽기 시작했다. 그때 맨 뒷자리에 앉은 학생이 말했다.

"선생님, 시험지랑 답안지 하나씩 모자라요."

"그래? 딱 맞춰서 줬는데……."

선생님은 시험지와 답안지를 한 장씩 더 뽑아서 맨 앞자리 학생에게 주면서 말했다.

"뒤로 전달."

앞에서부터 차례로 맨 뒷자리 학생의 시험지와 답안지가 넘어왔다. 그도 앞사람에게 넘겨받아 뒷사람에게 넘기기 위해 몸을 돌렸다. 뒤에서 두 번째 자리에 앉아 있던 자살한 학생의 귀신과 눈이 마주쳤다.

시험지와 답안지를 내던지듯 뒷사람에게 넘기고 그는 얼른 돌아앉았다. 목구멍 안쪽에서 끈끈하고 찐득한 기름 같은 것이 치받쳐 올라왔다. 다시 시험 문제를 읽기 시작했지만 글자가 눈에 들어오지 않았다.

뒤에서 드륵, 하고 의자 다리가 바닥을 긁는 소리가 났다. 이어서 스슥, 스슥, 하고 뭔가 끄는 소리가 들려왔다.

그는 돌아보지 않았다. 고개를 한껏 숙이고 시선은 시험 문제에 고정시켰다. 귀를 막고 싶었지만 손이 움직이지 않았다.

스슥, 스슥, 하는 소리가 바로 옆에서 멈췄다. 그는 이마가 거의 책상에 닿을 정도로 고개를 더 깊이 숙였다.

「너, 내가 보이지?」

갈라지고 새된 목소리가 귓가에서 가느다랗게 속삭였다. 그는 눈을 감았다.

「주관식 마지막 문제 답이 뭐야?」

그는 눈을 더 꽉 감고 이를 악물었다. 얼어붙었던 팔이 이제는 덜덜 떨리기 시작했다.

「가르쳐 줘. 주관식 마지막 문제…….」

가느다랗고 새된 목소리가 귓가에 더 가까이 다가와서 속삭였다.

「객관식은 다 맞았는데, 전부 다 맞았는데, 만점이었는데, 주관식 마지막 문제를 틀렸어. 그래서 놓쳤어, 전교 1등. 만점이었는데, 그래서 놓쳤어…….」

귓바퀴에 차가운 것이 닿았다. 거기서부터 마치 전류가 흐르듯이 등줄기로 한기가 흘러내렸다.

「아까워……. 전교 1등이었는데……. 만점이었는데……. 가르쳐 줘, 주관식 마지막 문제…….」

가느다랗고 새된 목소리는 이제 그의 귀 안쪽에서 속삭이는 것 같았다.

「주관식 마지막 문제……. 만점이었는데…….」

냉기가 귓바퀴를 통해 턱으로 전해져 왔다. 이가 저절로 딱딱 맞부딪쳤다. 자살한 귀신의 얼음처럼 차갑고 미끌미끌한 목소리가 머릿속으로 스며들었다. 그 목소리는 천에 스민 얼룩처럼, 흰 옷에 스며든 핏자국처럼, 머리의 피부 속으로, 뼈 속으로, 뇌의 혈관과 주름 사이사이로 스며들어 영원토록 끔찍하게 머릿속을 헤집고 다니며 끝없이 같은 말을 반복할 것만 같았다.

「주관식 마지막 문제…… . 가르쳐 줘…… .」

그는 덜덜 떨리는 손을 억지로 움직여 시험지를 뒤집었다. 마지막 문제를 들여다보았다. 주관식 문제는 없었다. 문제는 전부 객관식이었다.

「가르쳐 줘…… . 주관식 마지막 문제…… .」

그는 다시 한 번 시험지를 뒤집었다. 앞뒤를 모두 들여다보았다. 주관식 문제는 없었다.

「주관식…… , 마지막 문제…… .」

"없어."

그는 옆을 보지 않으려고 애쓰면서 시험지를 향해서 중얼거렸다.

"주관식 문제는 없어."

"거기 너, 조용히 해라."

선생님이 주의를 주었다.

"시험 시간에 떠들면 부정행위로 간주해서 0점 처리한다."

그러나 지금 그의 귀에 들리는 목소리는 단 하나뿐이었다.

「주관식…… , 마지막 문제…… .」

"주관식 없다니까!"

그는 버럭 소리를 질렀다. 발작적으로 고개를 들었다가 바로 옆에 서 있던 자살한 귀신과 정면으로 마주 보게 되었다.

자살한 귀신은 얼굴과 몸의 반쪽이 뭉그러져 형체를 알아볼 수 없었다. 그리고 나머지 반쪽은 부패해 있었다. 얼굴에 말라붙은 피는 검은색이었고 피부는 초록색을 띤 갈색이었다.

반 아이들이 모두 그를 돌아보았다. 선생님이 뭐라고 큰 소리로 말하면서 다가왔다. 그에게는 보이지도 들리지도 않았다. 그는 자리에서 일어나 복도로 뛰쳐나왔다. 화장실 근처에도 가기 전에 그대로 복도에 무너지듯이 엎드려서 뱃속에 있는 것을 전부 토했다.

"그때 본 게 처음이야?"
내가 물었다.
"아니."
그가 대답했다. 그리고 이야기를 계속했다.

선생님이 어머니에게 연락했고, 그는 집으로 갔다. 남은 하루 동안 누워 있다가 다음 날 나머지 시험을 보러 학교에 갔다. 교실 문을 열고 들어가서 주위를 보지 않고 곧장 자기 자리로 갔다. 아이들이 그에게 인사를 하거나 말을 걸었지만 그는 대답하지 않았다.

종이 울리고 시험이 시작되었다. 담임선생님이 시험지와 답안지를 들고 들어왔다. 그를 보고 선생님이 뭔가 반갑게 말을 걸었다. 그는 간신히 불분명한 소리를 내는 것으로 대답을 대신했다.

다시 시험지와 답안지가 앞에서부터 넘어왔다. 그는 기계적으로 답안지에 이름과 번호부터 썼다. 1번 문제를 들여다보았다. 신경은 온통 등 뒤에 가 있었다.

그러나 뒤에서는 아무런 소리도 들리지 않았다. 끝자리 학생까지 숫자를 정확히 맞춰서 시험지와 답안지를 받았다. 선생님이 시험 시작을 선언했다.

그는 일단 안도했다. 마음을 가라앉히고 문제 풀이에만 집중하려고 애썼다. 어쨌든 쉽지는 않았다.

간신히 앞장을 다 풀었다. 선생님이 시간을 공지했다.

"20분 남았다. 시간 배분 잘해라."

그는 시험지를 뒤집었다. 뒷장 첫 문제를 풀기 시작했다.

"……경."

옆에서 누군가 불렀다. 그는 듣지 못했다.

"김태경!"

그는 깜짝 놀랐다. 돌아보았다.

"너, 지금 뭐 하는 거냐?"

담임선생님이 옆에 와서 반쯤은 화가 난 것 같고 반쯤은 어이없다는 표정으로 그를 내려다보며 물었다.

"예?"

그는 선생님의 시선을 따라 자기 책상을 보았다.

자기도 모르게 그는 컴퓨터용 수성 사인펜을 칼처럼 쥐고 있었다. 책상 위에 시험지와 답안지를 가로질러 검은 선을 하나 가득 직직 그어 놓았다.

"아……."

그가 당황해서 어쩔 줄 모르는 사이에 담임선생님이 그의 답안지를 빼앗았다.

"야 인마. 시험 문제가 어렵다고 답안지에 낙서하면 되냐, 안 되냐?"

쳐다보던 아이들이 킥킥 웃었다. 선생님은 교탁으로 가서 답안지를 한 장 더 가져다가 그의 앞에 던져 놓았다. 그리고 누구랄 것 없이 반 전체를 향해서 말했다.

"뭘 쳐다봐? 시험지에서 눈 떼지 마라. 눈알 굴리는 소리 들리거나 답안지에 이상한 거 써 놓는 놈들은 다 부정행위로 0점 처리한다."

아이들은 다시 시험지에 머리를 묻었다.

그도 안도의 한숨을 쉬며 시험지를 들여다보았다.

책상 표면에서, 시험지에서 절반이 뭉그러지고 절반이 부패한 갈색 얼굴이 불쑥 솟아올랐다.

「너, 내가 보이지?」

한쪽은 으깨지고 다른 한쪽만 남은 눈이 그의 바로 앞까지 다가왔다. 썩은 살 냄새가 코에 훅 풍겼다.

그는 비명조차 지르지 못했다. 의자를 뒤로 젖히려 했지만 뒷자리 책상에 걸렸다. 그는 자리에서 일어섰다. 의자 다리에 발이 걸려서 옆으로 쓰러졌다. 넘어지면서 옆 책상에 부딪쳤다. 그러나 그는 아픈 것도 알지 못했다.

책상에서 솟아난 시신이 그를 향해 뭉개지지 않은 한쪽 팔을 뻗었다. 살갗은 녹색을 띤 갈색이었고, 썩은 피부 속으로 보이는 뼈는 누르스름했다.

「가르쳐 줘.」

그는 앉은 채로 뒷걸음질 치려 했다. 그러나 누군가의 의자 다리가 등 뒤에 있어서 움직일 수 없었다.

뼈만 남은 손가락이 그의 얼굴을 향해서 뻗어 왔다.

「가르쳐 줘.」

"저리 가."

그는 속삭였다. 목소리가 잘 나오지 않았다.

"저리 가. 저리 가."

되풀이하다 보니 목소리가 점점 커졌다.

손가락이 바로 눈앞까지 다가왔다. 그는 양팔을 휘둘러 자신을 향해 다가오는 죽은 손가락을 뿌리치며 젖 먹던 힘까지 다해서 소리쳤다.

"저리 가! 저리 가라고!"

손가락이 어깨를 잡았다.

"으아아악! 저리 가! 저리 가란 말이야!"

"김태경!"

얼굴에 뜨끔한 충격이 느껴졌다. 그는 소리 지르며 팔을 휘두르던 것을 멈추고 앞을 바라보았다. 담임선생님이 따귀 때린 손을 내렸다.

"김태경, 너 왜 그래?"

그는 숨을 몰아쉬며 주위를 둘러보았다. 반 아이들이 모두 자신을 쳐다보고 있었다.

그 낯익은 얼굴들 속에서 반은 뭉그러지고 반은 부패한 갈색 얼굴의 한쪽만 남은 눈과 시선이 마주쳤다. 그는 고개를 돌릴 사이도 없이 교실 바닥에 토했다.

그는 잠시 말을 끊었다. 벌써 오래된 이야기인데도 아직도 생각하면 속이 메슥거리는 모양이었다.

"괜찮아?"

그가 말없이 고개를 끄덕였다.

내가 물었다.

"그래서 어떻게 됐어?"

담임선생님이 그를 업다시피 해서 양호실로 데려갔다. 어머니가 학교로 급히 불려 왔다. 그는 다시 어머니에게 끌려 이런저런 병원을 다니며 이것저것 검사를 받기 시작했다.

기말시험이 끝날 때까지 그는 학교에 가지 않았다. 겨울방학이 시작되었다. 실제 방학은 일주일뿐이었다. 그리고 보충수업이 시작되었다. 그는 여전히 학교에 가지 않았다.

병원에서 아무리 검사를 해도 별 이상이 없었다. 그는 학교 이야기만 나오면 폭발적으로 거부반응을 보였다. 어머니는 그를 한의원에 데려갔다. 별 차도가 없었다. 이번에는 어머니가 그를 용하다는 무속인에게 데려갔다. 무속인은 굿을 권했다. 솔깃해하던 어머니는 굿에 들어가는 비용을 듣고 즉시 입을 다물었다. 그날 저녁에 그는 부모가 크게 싸우는 소리를 들었다.

그는 부모가 싸우는 것이 자기 탓이라고 생각했다. 죄책감을 느꼈다. 그리고 무서웠다. 감당할 수 없을 정도로 몹시 무서웠다.

누군가 이야기할 사람, 위로해 줄 사람이 절실하게 필요했다. 그때, 남자가 그를 찾아왔다.

"친한 사이였어?"

그가 대답했다.

"아니."

죽은 남자는 1학년 2학기가 시작되던 무렵에 전학을 왔다.

처음 등장할 때부터 죽은 남자는 남들의 이목을 끌었다. 어머니와 단둘이 내려왔다는 사실만으로도 조용한 지방 소도시에서는 모든 동네 사람들의 입방아에 오르내리기에 충분했다. 게다가 그 어머니는 무척이나 화려한 사람이었다. 아들과 함께 커다란 검은색 외제차를 직접 몰고 등장해서 차의 트렁크에서 번쩍이는 로고가 박힌 명품 여행 가방을 몇 개씩 꺼냈다. 그리고 천천히 차에서 내려 집의 현관까지 유유히 걸어가면서 자신에게 쏠리는 온 동네의 눈길을 노골적으로 즐겼다.

죽은 남자도 키가 크고 잘생겼다. 뿐만 아니라 고등학생답지 않게 어른스러운 데가 있었다. 그리고 잘 웃고 스스럼없이 아이들에게 먼저 다가가서 붙임성 있게 섞여 들었다. 전학 온 지한 달도 지나지 않아 죽은 남자는 반 아이들을 거의 다 자기편으로 만들었다.

죽은 남자가 재벌가의 숨겨진 2세이며 그 어머니가 모 그룹 회장의 정부라는 소문이 떠돌기 시작한 것도 이 무렵이었다.

죽은 남자의 집에 있는 가구란 가구는 모두 다 이태리제 수입산이고 화장실의 변기에는 금칠이 되어 있다느니, 서울대학교 각 학과의 수석 합격자만 모은 특급 선생들에게 입주 과외를 받고 있다느니 하는 소문들이 이어서 떠돌았다.

죽은 남자와 그 어머니는 이런 소문에 대해 긍정도 부정도 하지 않았다. 서울대 출신의 특급 과외 선생에 대한 소문은 죽은 남자가 동네 아이들과 함께 근처에 있는 영어 학원에 다녔기 때문에 사실무근으로 여겨져 흐지부지 사라졌다. 그러나 이태리제 수입 가구와 금칠한 화장실에 대한 소문은 마침 죽은 남자의 어머니가 그 소문이 돌던 무렵에 여봐란 듯이 새 가구를 사들이고 차까지 더 크고 더 비싸고 더 눈에 띄는 외제차로 바꾸는 바람에, 적어도 동네 아이들 사이에서는 사실인 것처럼 굳어져 버렸다.

물론 죽은 남자의 집에 찾아가서 그 이태리제 가구를 직접본 사람은 아무도 없었다. 집에 놀러 가자는 이야기가 나올 때마다 죽은 남자는 비밀스러운 미소를 지을 뿐 아무 말도 하지않았다. 그리하여 이태리제 가구 이야기가 거짓말일지도 모른다는 의견이 아이들 사이에서 제기될 무렵, 또 다른 소문이 떠돌기 시작하여 수입 가구 이야기는 쑥 들어가 버렸다.

그 또 다른 소문이란 밤중에 죽은 남자의 집 앞에 커다란 검은색 외제차가 몇 대나 줄줄이 들어오더니, 양복을 입은 남자들이 우르르 내려서 웬 나이 든 남자를 둘러싸고 호위하며 집안으로 모셔 가더라는 소문이었다.

동네 주민들은 그 나이 든 남자가 바로 그 모 재벌 그룹의 회장일 거라고 추측했다. 이어서 그룹의 회장이 아니라 조직폭력배의 대부라는 소문도 함께 떠돌기 시작했다. 그러나 어쨌든, 이런 소문이 돌기 시작하자 죽은 남자의 집에 놀러 가자고 나서는 사람은 어쩐지 없게 되었다.

그는 죽은 남자의 집에 가 본 적이 있었다. 그것도 여러 번 있었다. 친구들 중에서 죽은 남자의 집에 들어가 본 사람은 그가 유일했다.

죽은 남자가 어머니와 함께 살던 집은 동네에서는 부자들만 산다는 지역에 있었다. 실제로 집은 크고 넓었다. 그러나 그 안에 이태리제 수입 가구는 없었다. 어떤 가구는 고등학생이었던 그의 눈으로 보기에도 값싸 보였다. 화장실도 그냥 보통 화장실이었다.

"평범하지?"

죽은 남자는 친근하게 옆에 다가앉아서 예의 그 미소를 지었다.

"동네 사람들이 왜 그렇게 난리인지 난 잘 모르겠어. 우리 집은 그냥 집인데."

그는 대답하지 않았다. 그 모든 소문이 거짓이라는 사실을 그는 알고 있었다. 그런 소문의 씨앗을 죽은 남자와 그 어머니가 직접 교묘하게 흘리고 다닌다는 사실도.

"……이거."

그는 눈을 내리깔고 가방에서 책을 꺼내 죽은 남자에게 내밀었다.

"아, 그렇지. 매번 고맙다."

책을 받으면서 죽은 남자는 다시 입 끝을 올려 씨익 웃었다.

그의 이런 행동은 처음에 죽은 남자에게 모종의 비디오테이프를 구해다 주는 것으로 시작했다. 좀 더 지나자 수업 시간에 필기한 노트를 넘겨주게 되었다. 그보다 조금 더 지나서는 노트 필기와 함께 숙제도 대신해 주면서 죽은 남자가 원하는 책을 사다 주었다. 문제집, 학원 교재, 서울에 있는 유명 학원의 모의고사 문제, 그리고 모종의 비디오와 성인 잡지도 당연히 목록에 포함되어 있었다.

그가 사는 지역에서 구할 수 없는 자료는 수업을 빼먹고 부모님과 선생님에게 거짓말을 해 가면서 시외버스를 타고 서울을 오가며 죽은 남자가 말만 꺼내면 어떻게든 구해다 주었다. 가끔은 죽은 남자의 무료 과외 선생 노릇도 해 주었다. 고등학교 2학년 겨울방학부터 대학 입시가 끝날 때까지 꼬박 1년 동안 그는 죽은 남자의 개인 비서이자 비디오 대여점이고 사설 도서관이었다.

그는 귀신을 볼 수 있었다. 그리고 죽은 남자는 다른 사람의 약점을 볼 수 있었다.

"죽은 사람을 볼 수 있다는 게, 약점인가?"

내가 물었다. 그는 대답하지 않았다.

어렸을 때 나와 당시의 내 친구들은 모두 죽은 사람을 볼 수 있었다. 사람뿐만 아니라 죽은 동물도 볼 수 있었다. 그것은 우리에게 일상적인 일이었다. 죽은 개나 고양이와 함께 놀기도 했고, 주변에 죽은 사람이 있으면 필요에 따라서 살아 있는 사람들에게도 이야기해 주었다.

시간이 지나면서 함께 놀던 아이들은 모두 수명이 다해 사라지고 나만 남았다. 나는 여전히 죽은 사람과 동물들을 볼 수 있었다. 그러므로 죽은 생물의 검은 표식을 몸에 묻히고 다니는 아이가 눈에 띄면 나는 말해 주었다. 너희 집에 목매달아 죽은 사람이 함께 지내고 있다. 언제나 지나다니는 길목에 그 부근에서 살다가 그곳에서 죽은 사람이 아직도 서 있다. 굶어 죽은 고양이가 담벼락 아래에서 아직도 먹을 것을 찾고 있다.

지금에 와서 기억을 더듬어 보면 듣는 사람들은 이런 이야기를 그다지 반가워하지 않았던 것도 같다. 그러나 나에게는 일상이었으므로 아무렇지 않았다.

"나도 그런 게 일상이었으면 좋았을 텐데."

그가 말했다.

"우리 부모님은 나를 정신병원에 데려가려고 했어."

기말고사 사건 이후로 집에 틀어박혀 있었다. 학교 친구가 찾아왔다고 어머니가 알려 주었을 때 그는 일단 아무도 만나고 싶지 않다고 생각했다. 방에 들어와서 씨익 웃는 남자의 얼굴을 보자 더욱더 강하게 거부감을 느꼈다.

그러나 사람은 상대가 좋은 사람이라고 생각하다가 어느 순간 실망했을 때보다, 나쁜 사람이라고 생각하다가 어느 순간 호의를 느꼈을 때 훨씬 더 쉽게 경계심을 풀고 이전보다 훨씬 더 큰 신뢰감을 갖는 경향이 있다. 남자는 선생님이 시켜서 온 것도, 다른 친구에게 끌려서 온 것도 아니었다. 같은 반 학우로서 진심으로 그가 걱정되어 찾아온 것 같았다. 최소한 그런 인상을 주었다. 남자는 그런 데 아주 능숙했다.

처음 찾아와서 남자는 아무것도 하지 않고 그저 이것저것 소소한 잡담을 늘어놓다가 금방 가 버렸다. 일주일쯤 지나고 남자는 다시 찾아왔다. 그의 방에 들어와서는 비밀스럽게 문을 닫더니 가방 속에서 만화책과 성인 잡지를 꺼냈다. 잡지에 나온 여배우의 몸매를 품평하고 만화책을 들여다보며 낄낄거리다가 이번에도 가기 전에 다음번에는 비디오를 가져오겠다고 약속했다.

며칠 뒤에 남자가 전화했다. 그는 어머니가 외출하고 없을 때 다시 전화했다. 그러자 남자는 정말로 모종의 비디오를 가지고 왔다. 과자와 음료수를 차려 놓고 둘은 비디오에 정신이 팔려서 손도 대지 않았다. 비디오가 끝나고 나서 김빠진 음료수를 마시면서 그는 어쩐지 정상으로 돌아온 것 같은 기분이 되었다. 평범한 남자 고등학생이 부모가 집을 비운 사이 단짝 친구와 함께 성인 비디오를 본다. 부모님에게 걸리면 야단을 맞겠지만, 그것조차도 너무나 평범한 일이다. 그렇게 생각하자 갑자기 마음이 푹 놓였다. 방학은 즐겁고, 이대로 앞으로도 아무 일 없이 정상적인 날들이 이어질 것만 같았다.

그리고 며칠 뒤에 남자는 다시 찾아왔다. 이번에는 어머니가 집에 있었기 때문에 그는 살짝 걱정했다. 남자가 당연하다는 듯이 가방 속에서 꺼낸 것은 만화책이었다. 같이 앉아서 무료하게 만화책을 뒤적이다가 남자가 갑자기 물었다.

"야, 근데 뭐 하나만 물어봐도 되냐?"

그는 어쩐지 긴장했다. 그러나 남자가 곤란한 표정을 지으며 가방 속을 뒤져 꺼낸 것은 보충수업 교재였다.

"이 문제, 왜 이렇게 되는 건지 모르겠어."

그다지 어려운 문제는 아니었다. 그래서 그는 설명해 주었다. 남자는 주의 깊게 귀를 기울였다. 그리고 감탄했다.

"너, 진짜 잘한다."

진심인 것처럼 들렸기 때문에 그는 조금 기분이 좋아졌다.

"나도 너처럼 공부 좀 잘했으면 좋겠어."

남자가 한숨을 쉬었다.

"왜, 너 잘하잖아?"

그가 되물었다.

사실 그는 남자가 공부를 잘하는지 못하는지 전혀 몰랐다. 반에는 언제나 순위권 안에 드는 인간과 언제나 순위권 밖에 있는 인간이 있다. 그리고 가끔은 상태가 너무 유동적이라서 어느 부류에 넣어야 할지 알 수 없는 인간도 있다. 남자는 그중 어느 쪽도 아니었다. 어느 쪽인지 아무도 정확히 알지 못했다는 편이 옳을 것이다. 그저 꽤 잘한다는 인상만 떠돌 뿐이었다.

남자가 바닥을 내려다보며 말했다.

"서울대 가려면 한참 멀었어."

나한테까지 그 근거 없는 잘난 체를 들이대려는 것인가, 하고 그는 살짝 긴장했다. 남자가 말을 이었다.

"서울대라도 가지 않으면 아버지가 절대로 날 인정 안 해 줄 거야."

그리고 남자는 시선을 들어 슬쩍 그를 쳐다보았다.

"우리 집 사정 복잡한 거, 너도 알지?"

그는 뭐라고 대답해야 할지 몰라서 애매하게 고갯짓을 했다. 남자는 다시 한숨을 쉬며 바닥을 내려다보았다.

"소문 빠르다. 그게 뭐 그렇게 재미있는 일이라고……."

남자는 계속 바닥을 내려다보며 중얼거렸다.

"사람들은, 참 잔인해. 자기 일 아니라고 그런 걸 떠들어 대고……."

그는 정말로 뭐라고 말해야 할지 모르게 돼 버렸다. 남자는 여전히 바닥을 향해서 말했다.

"울 엄마는 내가 서울대 경영학과 나와서 아버지 회사 들어가는 게 꿈이야. 그렇게 못 하면 엄마 인생은 의미가 없으니까 죽어 버리겠대."

남자는 다시 한숨을 쉬었다.

그는 무슨 말이든 해야겠다고 생각했다. 그러나 머릿속에 떠오르는 것은 '괜찮아, 다 잘될 기야.'라든가, '열심히 하면 성공할 거야.' 등등 하나같이 자기가 생각해도 멍청하게 들리는 말뿐이었다.

남자가 그를 돌아보았다. 조금 웃었다.

"아픈 사람한테 이상한 소리만 해서 미안하다. 못 들은 걸로 해 줘. 갈게."

그리고 남자는 불쑥 일어서더니 그가 어리둥절해서 보고 있는 사이에 서둘러 방을 나가 버렸다.

그도 허겁지겁 일어섰다. 배웅하기 위해 따라 나갔다. 남자는 그의 어머니에게 역시나 서둘러 인사를 한 뒤에 급하게 사라졌다. 그가 잘 가라고 말할 새도 없이 현관문이 쾅, 하고 닫혔다.

"저 자식도 인간이었네."

"뭐?"

그는 뒤돌아보았다. 어머니가 의아하다는 표정으로 그와 현관문을 번갈아 쳐다보았다.

"쟤, 왜 저러니?"

"학원 늦었대."

그가 둘러댔다. 어머니는 잠시 서서 현관문을 계속 쳐다보았다.

"쟤, 서울에서 전학 왔다는 걔지?"

"응."

그는 짧게 대답했다.

어머니가 중얼거렸다.

"애는 괜찮은가 보네. 걔 엄마는 좀 이상하던데……."

그는 조금 놀랐다. 어머니는 이웃의 험담을 하는 일이 거의 없었다. 동네를 떠도는 뒷소문이나 입방아 같은 것도 아주 싫어했다.

어머니가 갑자기 그를 보고 말했다.

"쟤도 전학 와서 자기 나름대로 외로웠던 모양이지. 잘해 줘라. 너 아프다고 찾아와 주는 친구 쟤밖에 없는 거 봐라. 어려울 때 친구가 진짜 친구야. 커서도 남는 건 그런 친구다, 너."

그는 대답하지 않고 애매하게 고갯짓을 했다. 그러면서도 속으로는 어머니의 말에 동의했다. 보기보다 꽤 괜찮은 놈 같다고 생각했다.

겨울방학은 짧았다. 12월이 지나고 1월이 왔다. 그의 부모님은 개학을 걱정하기 시작했다.

그는 전학을 주장했다. 그러나 그가 사는 도시에서는 선택의 폭이 거의 없었다. 실업계로 전학가든가, 인문계를 원한다면 다른 도시로 이사를 가야 했다. 아버지와 어머니는 양쪽 모두 반대했다. 그는 아무래도 상관없다고, 지금 다니는 학교만 아니라면 실업계라도 좋다고 외쳤다. 그러자 아버지가 언성을 높였다. 평소 같았으면 겁을 먹었겠지만 그는 절박했다. 굽힐 수 없었다.

아버지는 점점 더 흥분했다. 금방이라도 손찌검으로 이어질 것만 같은 분위기가 되었다. 그때 아버지가 정신과를 제안했다. 어머니도 조심스럽게 동의했다.

부모가 자신을 정신병자로 생각한다. 그로서는 한 번도 상상

조차 하지 못했던 일이었다. 차라리 얻어맞는 쪽이 나았을 것이다. 그는 더 이상 아무 말도 하지 않고 집에서 뛰쳐나왔다.

물론 집을 나왔다고 해서 갈 데가 있는 것은 아니었다. 그는 자기 또래의 고등학생이 집을 나오면 어디로 갈 수 있는지 전혀 몰랐다. 집 나온 고등학생이 보통 어떤 행동을 하는지는 어렴풋이 짐작 정도밖에 못 했지만, 극단적인 행동을 할 생각은 전혀 없었다. 그래서 그는 일단 시내에 있는 패스트푸드점으로 갔다.

돈은 얼마 없었고 음식은 생각보다 비쌌다. 날은 무척 추웠지만 따뜻한 음료는 커피밖에 없었다. 그래서 그는 커피를 주문했다. 통유리 창문 옆에 앉아서 김이 나는 종이컵을 손으로 감싸 쥐고 밖을 바라보았다.

지나가는 사람들이 모두 무심하고 바빠 보였다. 나도 지금 내가 아니라 저렇게 지나가는 사람이었으면 좋겠다고 그는 생각했다.

……그러다가 지나가던 남자와 눈이 마주쳤다.

남자는 잠시 놀라서 눈을 크게 떴다. 그리고 손가락으로 가리켰다. 입 모양을 보아 '어? 너, 김태경 아냐?'라고 말하는 것 같았다. 통유리 너머로 하는 말이라 전혀 들리지는 않았다. 그래도 남자는 창밖에 서서 혼자서 팬터마임 하듯이 손을 휘저으며 말을 이었다. '너, 거기서 뭐 하냐? 누구 기다려? 여자 만나냐? 누구야? 예뻐? 어떻게 나 빼 놓고 혼자서 여자를 만날 수가 있냐?'

물론 과장된 몸짓과 입 모양을 보고 추측한 내용일 뿐 그에게는 전혀 들리지 않았다. 그는 남자의 행동이 우스워서 킥킥 웃기 시작했다. 그리고 손가락으로 귀를 가리켰다. '안 들려. 전혀 안 들려. 들어와서 얘기해.'

남자가 가게 안으로 들어왔다. 그의 맞은편에 털썩 앉았다.

"뭐 하냐, 이런 데 혼자 앉아서? 여자 기다리냐?"

추측한 내용과 너무나 정확하게 들어맞는 질문이라 그는 다시 웃었다.

"어쭈, 이 자식이 웃어? 대답 안 하는 거 봐라? 누구야? 예뻐?"

점점 더 똑같이 들어맞는 질문이라 그는 어이가 없어서 좀 더 웃었다. 남자가 진지하게 말했다.

"어느 학곤데? 걔는 친구 없냐? 나도 좀 소개시켜 줘라."

"여자 아냐."

그가 대답했다. 남자는 과장되게 의심하는 표정을 지었다.

"이 자식, 시치미 떼는 거 보니까 정말 예쁜가 보네. 누군데?"

"정말이야. 여자 아냐."

"그럼 뭐야?"

"부모님이랑 싸웠어."

대답이 너무 쉽게 나와서 그는 말해 놓고 스스로 깜짝 놀랐다. 남자는 피식 웃었다.

"가출 청소년이냐? 제법이네."

"나, 장난할 기분 아냐."

남자는 그의 얼굴을 들여다보았다.

"왜? 무슨 일인데?"

그는 남자의 눈을 쳐다보았다가 곧 시선을 피했다.

"좀 그런 일이 있어."

남자가 계속 그의 얼굴을 들여다보다가 불쑥 물었다.

"너, 기말고사 때 소리 지르고 난리쳤던 그거랑 상관있는 일이야?"

그는 당황해서 남자를 쳐다보았다. 그러나 남자는 계속 그의 눈을 뚫어져라 들여다보면서 말했다.

"어떻게 된 건지 말해 봐."

그는 대답하지 않았다.

남자는 다시 그의 얼굴을 뚫어져라 들여다보다가 아까처럼 불쑥 물었다.

"너, 혹시 귀신 같은 거 보이냐?"

그는 정말로 당황했다. 남자가 그의 표정을 살피더니 확인했다.

"맞아? 진짜야?"

그는 대답하지 못했다. 남자는 하얗게 질린 그의 얼굴을 다시 한 번 살폈다. 그리고 불쑥 일어섰다.

"가자."

"가? 어, 어딜?"

그가 어리둥절해서 되물었다. 남자가 그의 어깨를 툭 쳤다.

"기분 풀러."

그는 여전히 어리둥절해서 남자를 올려다보았다. 남자가 입 끝을 올려 씨익 웃었다.

"어이, 가출 청소년. 가출했으면 비행도 좀 해 봐야지?"

남자가 그를 데려간 곳은 호프집이었다. 그곳에서 그는 생전 처음으로 취했다. 술은 전에도 마셔 본 적이 있었지만, 명절 때 친척 어른들이 장난삼아 권해 주는 것을 한두 모금 받아 마셔 본 정도였다. 남자가 익숙한 듯 호기롭게 맥주와 안주를 주문 하는 것을 보고 그는 처음에는 놀라고 살짝 겁도 났다. 그러나 마시다 보니 점차 기분이 좋아졌다.

얼마나 어떻게 마셨는지 기억이 나지 않는다. 정신을 차려 보니 그는 화장실에서 토하고 있었고, 남자가 그의 등을 두드 려 주고 있었다. 부모님이 호프집으로 와서 그를 데려갔다. 나 중에 들은 바에 의하면 남자가 그의 부모님에게 전화해서, 그 가 호프집에서 술을 마시다 불러내서 달려 나와 보니 이 모양 으로 취해 있었다고 말한 모양이었다. 부모님은 남자에게 고맙 다고 치하하고 술값을 대신 내주었고, 그는 집에 와서 또 열심 히 토한 후에 정신없이 쓰러져 잤다.

다음 날 그는 예상대로 부모님에게 크게 혼이 났다. 그러나 아버지에게 야단맞던 도중에 그가 정신병원 이야기를 하며 엉 엉 울었기 때문에 사태가 일변했다. 아버지는 화를 내다 말고 말을 멈추었고, 어머니가 달래기 시작했다. 그리하여 그는 부 모님과 화해했고, 집안에 다시 일시적이나마 평화가 돌아왔다. 개학을 했고, 그는 별말 없이 다시 학교에 나갔다.

호프집 사건 이후로 남자는 그의 집에 찾아오지 않았다. 부모님께 거짓말한 것이 미안해서일 거라고 그는 짐작했다. 그러나 학교에서 마주쳐도 남자는 그에게 말을 걸지 않았다. 인사를 하면 아주 내키지 않는다는 듯이 받아 주는 정도였다. 반의 다른 아이들과 즐겁게 이야기를 하다가도 그가 다가가면 갑자기 말을 멈추었다.

그는 조금 섭섭했지만 크게 신경 쓰지 않았다. 그러다가 종업식이 얼마 남지 않은 어느 날, 남자와 복도에서 단둘이 마주쳤을 때 남자가 불쑥 물었다.

"너, 그때 왜 그랬냐?"

"내가 뭘?"

그가 어리둥절해서 되물었다. 남자가 주위를 살핀 후에 목소리를 낮추었다.

"그때, 호프집에서……."

그는 긴장했다. 남자가 다시 주위를 살피고 나서 물었다.

"……도대체 뭘 본 거야? 나한테 그런 말은 왜 했어?"

"뭐가? 내가 무슨 말을 했는데……."

그는 불안해져서 캐물으려고 했다. 그러나 때마침 복도에 다른 사람이 지나갔고, 남자는 재빨리 입을 다물고 시선을 돌려 버렸다. 그래서 그는 더 이상 말할 수 없었다. 대화는 그것으로 끝났다.

종업식을 하고 봄방학이 올 때까지 남자는 더 이상 그에게 아무 말도 하지 않았다.

나는 그때 무엇을 본 것일까?

술김에 남자에게 대체 무슨 말을 한 것일까?

불안감이 점점 커졌다. 너무 불안해서 물어볼 수 없었다.

이후로 학교에서 남자는 이전처럼 그를 평범하게 대했다. 그러나 봄방학 동안 남자는 그의 집에 한 번도 놀러 오지 않았다. 그에게 연락조차 하지 않았다.

개학을 하고 2학년이 되면서 그는 남자와 같은 반이 되었다.

같은 반인 것을 알았을 때 그는 마음이 편하지 않았다. 그러나 남자는 이전처럼 쾌활하게 그를 대했다. 아이들과 둘러앉아 떠들다가 그가 눈에 띄면 일부러 부르고 말을 걸었다. 밥을 먹을 때도, 매점에서 군것질을 할 때도, 운동장에서 축구를 할 때도 반드시 그를 불러서 끼워 주었다. 아이들 사이에서 남자는 언제나 중심적인 인물이었고, 그런 남자가 친하게 대했기 때문에 반 아이들은 그에게도 친하게 대해 주었다.

남자는 전에 그의 집에 놀러 왔을 때 했듯이 가끔 모종의 잡지나 성인용 만화책을 가져와서 반 아이들에게 돌렸다. 쉬는 시간에 아이들이 모두 함께 모여서 그런 잡지를 들여다볼 때면 그는 어쩐지 쑥스러워서 굳이 끼어들지 않았다. 남자가 그를 불렀을 때 반 아이들 중 하나가 옆에서 말했다.

"태경이는 이런 거 안 보잖아, 샌님이라서."

"야, 샌님이라서 안 보는 게 아니고 너무 유치해서 안 보는 거다."

남자가 예의 매혹적인 미소를 지으며 그 말에 반박했다.

"태경이 집에 이런 거 시리즈로 다 수집해 놨어. 컬렉션 완전 빵빵하다. 너 어제 봤던 그 비디오 2편도 있어."

그 말에 아이들은 너도나도 덤벼들었다.

"어, 진짜? 야, 김태경, 너 그거 다 봤으면 나 좀 빌려 주라."

"나도."

그는 당황했다.

"아, 저기……."

그러나 그가 뭐라고 입을 열기도 전에 남자가 말을 가로챘다.

"그것뿐인 줄 아냐? 얘 혼자 호프집 가서 술도 마셔. 소주 완전 세다니까."

'호프집'이라는 말에 그는 입을 다물었다. 아이들은 다시 제멋대로 떠들기 시작했다.

"정말이야? 아저씨가 안 잡아?"

"근데 호프집엘 왜 혼자 가냐?"

"혼자 가면 많이 마실 수 있잖아."

"김태경, 너 술 그렇게 세냐?"

쉬는 시간이 끝나고 모두 자리에 앉았을 때, 남자는 아까 말했던 비디오의 제목을 쪽지에 적어서 그에게 말없이 건네주었다. 방과 후에 그는 동네 비디오 가게를 뒤져 비디오를 찾아냈다. 하지만 주인이 그가 고등학생인 걸 알아보고 빌려 주려 하지 않았다. 그는 다음 날부터 며칠 동안 집에서 좀 떨어진 동네의 비디오 가게들에 진출했다가, 결국 주말에 서울까지 올라가

용산을 뒤져 문제의 성인 비디오를 구입해서 월요일에 학교에 가져가서 남자에게 넘겨주었다.

그러니까 그런 식으로 시작되었던 것이다.

"난 남자 고등학생들은 뭐든지 싸움으로 해결하는 줄 알았는데."

내가 논평했다. 그가 고개를 저었다.

"걔가 그런 걸 안 했어. 안 하고도 이기는 요령 같은 게 있었다고 해야 되나."

"그렇구나."

내가 중얼거렸다.

그런 성향의 사람들도 언젠가 오래전에 마주쳐 본 적이 있었던 것 같다. 지금은 기억도 희미해져 잘 생각이 나지 않는다.

어린 시절 함께 놀던 친구들이 수명이 다해 도로 죽은 뒤에도 나는 그들의 흔적이 땅에 머무르는 한 볼 수 있었다. 그러므로 그들은 죽었든 죽지 않았든 내 친구였다. 처음에는 그런 아이들과 별 차이 없이 어울려 놀 수 있었다. 그러나 죽은 아이들은 죽은 나이에 그대로 머무르는 데 반해서 나는 죽지 않았으므로 계속 성장했다. 몸의 크기나 생각의 크기 양쪽 다 그들과 계속 어울려 놀 수 없을 정도로 성숙해 버렸다는 사실을 나 스스로 의식하는 순간이 어쩔 수 없이 찾아왔다.

그렇다고 살아 있는 아이들과 친하게 지낼 수 있었던 것도 아니었다. 나와 내 친구들이 어떠한지를 동네 사람들 거의 모두 알고 있었기 때문에, 스스럼없이 먼저 다가와 친구가 되려는 아이는 없었다. 그래서 그때 나는 처음으로 외로웠던 것 같다.

대신 나에게 다가와서 재수 없다고 침을 뱉거나, 내 물건을 빼앗거나 숨기거나, 아니면 나를 때리려는 아이들은 몇 명 있었다.

"그래서 어떻게 했어?"

그가 물었다.

딱히 어떻게 했다는 기억은 없다. 그런 아이들이 어째서 그런 행동을 하는지, 나에게 공격적으로 행동함으로써 구체적으로 무엇을 얻어 내려고 하는 것인지 나는 이해할 수 없었다. 그다지 우습지 않은 일을 애써 비웃고, 별로 화나지 않은 걸 아는데도 일부러 화를 내며 덤벼드는 이유를 잘 알 수 없었다.

내 물건을 숨기면 어디에 있는지 죽은 친구들이 가르쳐 주었으므로 금방 찾을 수 있었다. 침을 뱉거나 때려도 나는 울지 않았고 그다지 화를 내거나 두려워하지도 않았으므로 별 효과가 없었다. 물건을 빼앗겨도 별로 신경 쓰지 않았다. 언제나 사용하던 물건이 없어지면 그냥 없는 대로 가만히 있었다. 혹시 어른들이 물어보면 사실대로 빼앗겼다고 말했다.

이런 모든 일이 특별히 귀찮게 느껴지는 날에는 동리를 떠나서 멀리 나갔다. 내가 어디를 가든 아무도 간섭하거나 야단치지 않았으므로 내 마음대로 할 수 있었다. 그런 날이면 오랜만에 죽은 친구들과 놀았다. 죽은 친구들은 기뻐했다.

어느 날엔가 나는 그렇게 함께 놀다가 다른 아이들과 있었던 일을 이야기했던 것 같다. 그리고 그때부터 나는 가장 열심히 나서서 나를 괴롭히려고 노력했던 아이를 내 죽은 친구들이 따라다니는 것을 보았다.

"그래서 어떻게 됐어?"

"죽었어."

내가 대답했다.

죽은 사람이 붙어서 따라다니면 산 사람은 죽는다. 죽은 사람 하나가 아닌 여럿이 따라다니면 더 빨리 죽는다. 내가 이해할 수 없는 이유로 나를 특별히 괴롭히려고 노력했던 문제의 그 아이는 몸이 급격히 약해지기 시작했다. 행동하는 것도 이상해졌다. 대낮에도 자주 졸았고, 그렇게 졸면서 자기도 모르게 돌아다니거나 헛소리를 했다. 그러다가 어느 날 밤에 집을 나와 멀리 걷다가 길가에 웅크리고 앉은 채로 죽었다.

"아마 내 친구들한테 쫓겼던 것 같아."

내가 말했다.

다음 날 발견되었을 때 그 아이의 시체는 마치 죽은 지 몇 년이나 지난 것처럼 바짝 말라 있었다고 한다.

그 아이와 그 아이의 친구들이 나를 괴롭히려고 노력했던 것과 똑같은 방식으로, 나의 죽은 친구들은 그 아이와 그 아이의 친구들을 괴롭혔다. 차이점이 있다면 살아 있는 아이에게는 부모가 있고 형제가 있으며 일상생활이라는 것이 있어서 잠도 자야 하고 밥도 먹어야 하고 주변 어른들과 친구들의 보는 눈도 있는 반면, 죽은 아이들에게는 전혀 아무런 제약도 없다는 사실이다. 나를 괴롭히려고 애쓰던 다른 아이들 역시 병에 걸리거나 돌연히 기괴한 일을 당했다. 그중 한 명은 히죽히죽 웃으며 옷을 입은 채로 아무 데나 대소변을 보기 시작했기 때문에 가족이 서둘러 동네를 떠났다.

사람이 다른 사람보다 더 우월한 존재인 것처럼 행동해서는 안 되는 이유가 여기에 있다. 자신만은 마치 사람이 아닌 것처럼 행동을 하다 보면 정말로 사람이 아닌 것을 만나는 경우가 생긴다.

그는 잠시 아무 말도 하지 않았다. 나를 안고 있던 팔을 풀었다.

"왜?"

"성연 씨 이럴 때 보면 가끔 무서워."

나는 그를 쳐다보았다.

"무서우면 가도 돼."

그리고 나는 덧붙였다.

"선봐서 결혼해야지."

그가 내 얼굴을 들여다보았다.

"화났어?"

"아니."

그는 다시 내 어깨에 팔을 둘렀다.

"화내지 마. 미안해."

그의 기분이 복잡한 것처럼 보였기 때문에 내가 물었다.

"때리고 싶어?"

"아니."

그가 대답했다. 나를 끌어당겨 더 꽉 안았다.

그러나 그는 조금 뒤에 생각이 바뀐 것 같았다. 일어나 앉아서 이불을 걷었다. 그리고 때리기 시작했다.

때린 뒤에 그는 한동안 움직이지 못했다. 그가 식어 가는 동안 나는 따뜻해졌다. 그래서 나는 그를 껴안았다.

잠시 안겨 있다가 그가 물었다.

"그래서 성연 씨 친구들은 어떻게 됐어?"

"누구?"

"죽은 친구들."

죽은 아이들은 이미 가야 할 곳으로 갔다. 벌써 오래전의 이야기다.

그가 한참이나 말없이 내 목과 어깨 사이에 얼굴을 파묻고 있다가 중얼거렸다.

"그 자식도 가야 할 곳으로 가 버리면 좋을 텐데."

o

주말에 그는 동생과 동생의 여자 친구를 만났다.

동생의 여자 친구는 동글동글한 이목구비에 날씬하고 조용하고 얌전한 아가씨였다. 말수가 적고 수줍은 성격이라 처음에 동생과 셋이 만났을 때는 거의 한마디도 하지 않았다. 그래서 그도 내심 무척 긴장했었다. 그러나 시간이 지나면서 동생의 여자 친구가 사실은 엉뚱하고 재미있는 면도 있는 사람이라는 것을 나중에 알게 되었다.

셋이 뭘 먹을까 고민하다가 동생의 제안으로 피자집에 갔다. 음식이 나올 때까지 침묵이 흘렀다. 동생의 여자 친구는 고개를 약간 숙인 채로 가만히 앉아 있었다. 그와 동생만 가끔가다 한마디씩 주고받았다. 언제나 일어나는 일이었으므로 딱히 불편하지는 않았다.

음식이 나왔다. 배가 고팠던 참이라 그는 스파게티와 샐러드, 피자를 열심히 먹었다. 동생의 여자 친구도 그의 예상대로 음식이 나오자마자 갑자기 돌변해서 눈을 빛내며 마구 먹기 시작했다. 그 모습을 한두 번 본 게 아닌데도 그는 볼 때마다 웃음이 나왔다. 몸매는 가느다란데 먹는 양은 그와 비슷하다. 먹는 속도가 느린 동생만 언제나 손해였다.

추가로 주문한 피자까지 무서운 속도로 사라졌다. 후식으로 음료가 나왔다. 각자 음료를 홀짝이는 동안 또다시 테이블에 침묵이 감돌았다.

그러다가 그가 동생의 여자 친구에게 불쑥 물었다.

"저기, 혹시 강문석이라고 알아?"

"예?"

찻잔 속에 거의 코를 박다시피하고 녹차를 마시던 동생의 여자 친구가 고개를 반짝 들었다.

"한 15년 넘었는데, 남고에서 명문대 법대에 합격했다고 교문에 현수막까지 걸렸던 친구 있었거든. 혹시 기억해?"

동생의 여자 친구는 무슨 말인지 전혀 알아듣지 못하는 표정이었다. 동생이 옆에서 핀잔을 주었다.

"형, 지영이 그때 잘해 봤자 중학교 들어갔을 땐데 그런 걸 어떻게 알아?"

"아, 그런가?"

그가 조금 무안해져서 중얼거렸다.

"혹시 여고에서 누가 그 친구 사귄다는 얘기 없었나 해서."

동생의 여자 친구는 좀 당황한 표정이었다. 동생이 옆에서 시금떨떨한 표정으로 말했다.

"형, 그 얘긴 하지 마. 기분 좋은 얘기도 아닌데."

"그래도 한번 물어나 보자. 진짜 중요한 일이란 말이야."

여기에 대하여 동생이 뭐라고 반박을 하려고 했으나 동생의 여자 친구가 옆에서 끼어들었다.

"오빠 친구분 공부를 잘하셨나 봐요."

"사실 그 정도로 잘하는 줄은 나도 몰랐어. 근데 일류 명문대 가겠다고 하더니 진짜 가더라. 남고에서 20년 만에 처음 명문대에 합격했다고 완전히 난리가 났었어."

그가 대답했다. 동생의 여자 친구가 고개를 끄덕였다.

"그렇구나……. 지금도 연락 자주 하세요?"

"아니. 그 자식 얼마 전에 죽었어."

그가 불쑥 대답했다.

"아……."

동생의 여자 친구가 몸을 움츠렸다. 동생이 옆에서 투덜거렸다.

"형은 왜 밥 잘 먹고 나서 그런 얘기를 하고 그래?"

"어떻게 돌아가셨는데요?"

동생의 여자 친구가 물었다.

"교통사고."

그가 간단하게 대답했다. 동생의 여자 친구가 다시 고개를 끄덕였다.

"안됐다……. 오빠 친구분이면 아직 한창 젊은데……."

"응. 장례식에 갔는데, 진짜 안 좋았어."

그가 천천히 말했다.

"동창들 오랜만에 모였는데, 분위기가 참……."

동생도 동생의 여자 친구도 아무 말도 하지 않았다. 침묵이 흘렀다. 이번에는 무거운 침묵이었다.

"우울한 얘기 그만하자."

동생과 동생 여자 친구의 표정을 눈치 채고 그가 말했다.

"우리 노래방 가자."

동생의 여자 친구가 동생을 향해 제안했다. 동생도 동의했다.

피자집에 들어갔을 때는 비가 오지 않았는데, 나와 보니 빗발이 후드득 떨어지기 시작했다. 동생도 여자 친구도 우산이 없었다. 바로 옆 건물의 노래방 간판이 눈에 띄어서 셋은 아무렇게나 뛰어 들어갔다.

방을 잡았다. 동생의 여자 친구가 화장실에 간 사이에 동생이 음료수를 샀다. 그가 일부러 시끄러운 노래를 골라서 동생에게 마이크를 들이밀었다. 동생은 모르는 노래라고 했다. 그러자 동생의 여자 친구가 마이크를 뺏었다. 그리고 기운차게 노래를 부르기 시작했다. 놀 때는 잘 노는 아가씨다.

그리하여 두 시간이 상당히 즐겁게 흘러갔다. 여자 친구가 신나게 노래를 불러서 동생도 같이 흥이 난 모양이었다. 내친김에 그가 맥주를 사려 했지만 동생도 여자 친구도 거절했다. 거대한 새우깡 봉지와 음료수 깡통을 앞에 놓고 그와 동생과 동생의 여자 친구 셋이서 그야말로 목이 터지도록 노래를 불렀다.

노래방을 나왔을 때는 아직도 비가 내리고 있었다. 그가 노래방 옆의 편의점에 가서 일회용 우산을 사 왔다. 동생과 동생의 여자 친구는 택시를 태워서 먼저 보내고, 그도 일회용 우산을 쓰고 지하철을 타고 집으로 돌아왔다.

샤워를 하고 나와서 보니 동생이 문자를 보냈다.

지영이가 노래방 2차 가재. 목 아파.

그는 웃었다.

○

비는 계속 내리고 있었다.

매장 안은 시끄러운 음악 소리로 쿵쿵 울렸다. 그는 머릿속이 어질어질해질 지경이었다. 그러나 사장은 요 며칠간의 장례식 분위기에서 이제 완전히 벗어난 모양이었다. 핸드폰 게임에 완전히 빠져서 화면 위로 손가락을 열심히 움직이며 게임 음향에 박자를 맞춰 발끝을 까딱거리고 있었다.

그는 핸드폰과 컴퓨터 화면을 오가다가 지쳐서 일어섰다. 눈이 아팠고, 너무 시끄럽게 틀어 놓은 음악 때문에 머리도 아팠다. 화면이 아닌 다른 것을 보고 싶어서 그는 출입문 옆 통유리 벽으로 다가가 밖을 내다보았다.

그때 그는 통유리에 사람의 손이 붙어 있는 것을 보았다.

하얗고 매끄러운, 그냥 보통의 오른손이었다. 마치 매장 안을 구경이라도 하고 싶은 것처럼 유리에 손바닥을 바짝 대고 붙어 있었다. 그러다가 그가 쳐다보자 눈이라도 마주친 것처럼 살짝 떨어져서 손가락을 까딱까딱 움직였다.

그는 자신도 모르게 다가갔다. 그러나 그가 한두 걸음 앞으로 움직이자마자 하얀 손은 유리에서 떨어지더니 인사라도 하듯이 주먹을 쥐었다 펴 보이고는 활짝 펼친 채 바깥의 빗속으로 사라져 버렸다.

그는 멍하니 얼어붙은 듯이 서서 하얀 손이 사라져 버린 곳을 오랫동안 바라보고 있었다.

○

"그거, 이 부근에서 돌아다니던 거야."

내가 말했다.

"자기한테 옮겨 갔나 보네."

그런 것이 옮겨 붙으면 그는 조금 더 빨리 차가워진다. 앞으로는 그가 나를 찾아오는 횟수를 줄이는 편이 낫겠다.

"그런 것도 옮겨 오나?"

그가 중얼거리면서 커피를 마셨다. 그가 나를 위해 끓여 준 커피는 세 모금 정도 마신 채로 탁자 위에서 식어 가고 있었다.

그는 일찍 가게를 나와 나에게 왔고, 나는 이제 일하러 가야 할 시간이었다. 옷을 챙겨 입고 귀걸이를 달고 있는 나를 향해 그가 물었다.

"정말로 무슨 일 하는지 안 가르쳐 줄 거야?"

"안 가르쳐 줘."

내가 무심하게 대답했다.

그가 화장대로 다가와서 나를 일으켜 세웠다. 치마를 걷고 스타킹과 속옷을 내렸다. 내 머리채를 쥐고 목덜미를 눌러 화장대 위에 엎드리게 하더니 때리기 시작했다.

"똑바로 말 안 할래?"

나는 대답하지 않았다. 대답을 듣기 위해서 하는 질문이 아니다.

그는 내 왼팔을 뒤로 돌려서 꺾었다. 그리고 온몸으로 나를 내리눌렀다.

"손, 괜찮아?"

그가 뒤에서 내 어깨를 안은 채로 물었다. 나는 왼쪽 손목을 몇 번 돌려 보았다.

아프다.

"미안해. 앞으로는 그런 짓 안 할게."

나는 손목을 몇 번 더 돌려 보았다.

"미안해."

그가 다시 사과했다. 나는 대답하지 않았다. 손목을 내려다 보고 있었다.

열기가 손목을 태우며 팔 전체로 퍼져 나갔다. 그의 손이 움켜쥐었던 곳에 눈에 확 띄는 자국이 남았다.

바로 그 주변부터 피부 색깔이 달라진다. 살아 있는 사람의 피부색이다.

"주말에 동생이랑 동생 여자 친구랑 셋이 만나서 놀았어."

옷매무시를 가다듬는 나를 보면서 그가 말했다.

"그래? 뭐 하고 놀았는데?"

내가 거울을 노려보면서 건성으로 물었다. 그가 거칠게 걷어 올리는 바람에 치마에 구김이 생겼다. 그냥 입고 나갈지 아니면 갈아입는 편이 나을지 궁리했다. 시간이 없기 때문에 빨리 결정해야 하는데 갈아입는다면 어느 것으로 갈아입어야 할지 마음을 정할 수 없었다.

"같이 한번 만날래?"

대답 대신 그가 물었다.

"나? 내가 왜?"

그는 대답하지 않았다.

나는 그를 돌아보았다.

"같이 만나고 싶어?"

"싫어?"

그가 되물었다.

나는 옷장 쪽으로 돌아섰다. 그가 등 뒤에서 말했다.

"엄마도 성연 씨 집에 한번 데리고 오라는데."

나는 몸을 돌려 그를 똑바로 쳐다보았다.

"자기, 나하고 결혼하고 싶어?"

"싫어?"

그가 아까처럼 되물었다.

"나하고 결혼하면 정상적으로 살 수 없어."

내가 대답했다.

결혼이라는 것을 해서 한집에서 함께 생활해야 한다면 그가 얼마나 버틸지 알 수 없다. 혹은 내가 얼마나 버틸지도 알 수 없다.

나는 내 수명이 얼마나 남았는지 알지 못한다. 일반적인 여성의 평균수명만큼 살 수도 있지만 내일 아침 깨어나 보니 죽어 있을 수도 있다. 내가 아이를 가질 수 있는지 없는지, 가질 수 있다면 과연 그 아이가 보통의 평범한 아이로 태어나 정상적으로 살아갈지, 그런 것도 알지 못한다. 태어나는 아이도 나와 같다면 삶은 여러모로 무척 복잡해질 것이다.

내가 이런 생각을 하고 있다는 사실에 스스로 조금 놀란다.

"그런 건 아무래도 상관없어."

그가 말했다.

"나랑 결혼하는 게 싫어?"

"모르겠어."

내가 대답했다.

"그냥 지금처럼 이대로 지내면 안 돼?"

그는 한숨을 쉬었다. 다 마신 자신의 커피잔과 반 이상 남아 있는 내 커피잔을 가져다가 부엌의 개수대에 내려놓았다.

"가자."

그가 이렇게 말했기 때문에 나는 구겨진 치마를 갈아입지 못하고 집을 나섰다.

그는 엘리베이터 안에서 전화를 받았다.

"어, 태준. 어. 응. ……뭐? 그래서?"

그의 표정이 심각해졌다. 그는 한동안 말없이 귀를 기울였다.

"……알았어. 들어가라."

전화를 끊고 핸드폰을 주머니에 넣고 나서 그는 잠시 바닥을 내려다보며 아무 말도 하지 않았다. 가족의 일이었으므로 나도 굳이 묻지 않았다.

건물을 나와서 버스 정류장으로 가면서 그가 먼저 말을 꺼냈다.

"동생 여자 친구 있잖아. 지영이. 걔가 여고 나왔거든."

"응."

그가 태어나 자란 도시에서 제대로 인정받는 학교다운 고등학교는 도시 이름을 딴 남고와 여고 각각 하나씩 있을 뿐이었다. 그래서 그곳 출신 사람들은 굳이 학교 이름을 붙이지 않고 '남고', '여고'라고만 말해도 모두 알아들었다. 나도 그가 그런 식으로 말하는 데 익숙해 있었다.

"그래서 내가 지난번에 동생이랑 셋이서 만났을 때 죽은 문석이 그 자식이 여고에서 누구 사귄 적 있는지 아냐고 물어봤어."

"뭐래?"

"지영이는 당연히 모르지. 졸업한 지 오래됐으니까."

"응."

"근데 지영이가 그 얘기를 자기 어머니한테 물어봤나봐. 걔네 어머니가 좀 동네 소식통이거든. 그 어머니 말씀이, 7년인가 8년 전인데, 여고 다니는 어떤 여자애가 문석이한테 과외를 받았다는 거야."

"둘이 사귄 거야?"

"지영이네 어머니 말씀으로는 그 여자애가 문석이한테 홀랑 반해서 쫓아다녔대. 지영이네가 지금 사는 아파트에서 10년 넘게 살았는데, 그때 그 여자애도 같은 단지에 살았다는 거야. 그때 단지 안에 소문 쫙 나고 되게 시끄러웠나 봐. 그것 때문에 그 여자애 가족들 결국 이사가 버렸고."

그가 흥분해서 말했다.

"문석이 그때 막 제대해서 복학하기 전에 집에 내려와 있을 때였는데, 나중에 복학한다고 서울로 가 버리니까 그 여자애가 자기도 문석이 따라가서 결혼하겠다고 가출을 했대. 그 여자애네 부모님이 경찰서에도 가고 찾으려고 별짓 다 했는데 결국은 소식이 완전히 끊어졌나 봐."

그가 나를 쳐다보았다.

"그 애가 꿈에 나오는 그 여자일까?"

"그럼 그 여자애가 자기 친구 죽인 거야? 아니면 자기 친구가 그 여자애를 죽인 거야?"

내가 불쑥 물었다. 그는 순간적으로 말문이 막힌 것 같았다.

"거기까진 모르지. 꼭 그 여자애가 아닐 수도……."

그러나 그 순간 버스가 도착했기 때문에 그는 하던 말을 끝낼 수 없었다.

"나, 갈게. 뭐 더 알게 되는 거 있으면 전화해."

"성연 씨……."

나는 버스에 올랐다.

○

나는 핸드폰을 바꾸러 갔다가 그를 만났다. 생각해 보면 당연한 이야기다.

"저기요, 제가 쓰던 폰이 맛이 가서 새로 바꿀까 해서 왔는데요……."

그는 대답하지 않고 나를 말없이 쳐다보았다. 내 말을 알아듣지 못했다고 생각하고 나는 다시 천천히 말했다.

"제가 쓰던 폰이 망가졌는데요, 번호 이동해서 신규 가입하면 기계값……."

그가 아무 말 없이 나를 쳐다보기만 했기 때문에 나는 문장을 완성하지 못하고 말을 끊었다. 뭔가 이상해서 나는 그의 눈앞에 대고 손을 흔들어 보였다.

"저기, 제 말 안 들리세요?"

"사용하시던 핸드폰이 망가졌다구요?"

그제야 그가 나를 뚫어져라 쳐다보면서 입을 열었다. 어딘지 미심쩍다는 말투였다.

"무슨 폰 쓰셨는데요?"

나는 더 이상 켜지지 않게 된 핸드폰을 꺼내서 매대 위에 올려놓았다. 그는 계속 나를 뚫어져라 쳐다보면서 핸드폰 쪽으로 손을 뻗었다. 망가진 핸드폰을 손에 꽉 쥐고 주물러 보았다. 기능을 시험해 보는 것이 아니라 말 그대로 '주물렀다.' 핸드폰이 실제로 존재하는지 확인하는 듯한 행동이었다.

나중에야 그는 실토했다. 내가 죽은 사람인 줄 알았다고 했다.

"맨 처음에 딱 봤을 때는 죽은 사람인 줄 알았는데, 말할 때 보니까 살아 있는 거 같고……. 그런데 귀신은 핸드폰을 쓰지 않으니까……."

전화기는 장만한 지 정확히 이틀 만에 쓸 수 없게 되었다. 다시 가게를 찾아갔을 때 그는 핸드폰을 내미는 내 손을 덥석 쥐었다. *그것*도 같은 이유였다고 했다.

"진짜로 살아 있는 사람인지 확인하고 싶어서 그랬어."

"그때부터 흑심이 있었던 건 아니고?"

내 질문에 그는 대답하지 않고 웃었다.

저쪽과 통하는 사람들은 대체로 주위에 있는 기계류를 자주 고장 낸다. 그래서인지 나도 핸드폰에 걸핏하면 이상이 생겼다. 그때마다 그를 찾아갔고 그러면서 얼굴이 익었다. 며칠에 한 번씩 전화기를 바꾸러 오는 사람은 사실상 없을 테니 그에게는 내가 최고의 고객이었을 것이다. 그리고 결정적인 계기는 핸드폰 판매점 앞에서 일어난 오토바이 사고였다.

멀쩡하게 잘 가던 오토바이가 아무 이유 없이 오른쪽으로 방향을 꺾더니 가게 바로 앞에 있는 가로수를 들이받았다. 누가 봐도 오토바이 운전자의 잘못이었다.

그러나 그 전에 나는 멀리서부터 달려오는 오토바이의 앞부분에 상체만 있는 남자가 붙어 오는 것을 보았다. 남자는 오토바이 운전자의 헬멧을 양손으로 붙들고 매달려서 머리로 운전자의 시야를 완전히 가리고 있었다.

곧 사고가 나겠다고 나는 생각했다.

오토바이 운전자는 비틀거리다가 가로수를 들이받았다. 운전자의 다리가 쓰러진 오토바이 아래에 깔렸다. 운전자에게 매달려 있던 상체만 있는 남자는 사람들이 몰려들기 시작하자 재빨리 오토바이 아래에서 기어 나와 눈에 보이지 않을 정도의 속도로 양팔을 움직여 골목 안쪽으로 도망쳐서 사라져 버렸다.

"도망가네……."

나도 모르게 중얼거렸던 모양이다. 그가 옆에서 불쑥 물었다.

"봤어요?"

"예?"

내가 되물었다.

그는 처음 만났을 때처럼 나를 뚫어져라 쳐다보았다.

"방금 도망치는 거, 봤냐구요."

나는 대답하지 않았다. 그가 다시 물었다.

"사고 나기 전부터 보고 있었죠?"

"뭘 봐요?"

그는 계속 나를 뚫어지게 쳐다보며 물었다.

"봤잖아요. 운전하는 사람 앞에 매달린 거……."

나는 이럴 때 말을 돌리거나 피하는 방법을 알지 못한다. 그 래서 나도 그를 똑바로 쳐다보면서 물었다.

"아저씨도 보셨어요?"

대답 대신 그가 다시 물었다.

"아가씨 산 사람이에요?"

"예?"

"살아 있냐고요."

나는 그의 얼굴을 관찰했다. 그는 진지했다.

그래서 나도 진지하게 대답했다.

"살아 있어요. 그러니까 핸드폰도 바꾸러 오죠."

"하긴……."

그가 마지못해 수긍했다.

그 뒤로 나는 핸드폰이 고장 나면 본사의 고객 센터로 갔다. 거리가 멀고 교통이 불편했으며 전화기를 완전히 수리할 수 있 다는 보장은 없었다. 그러나 고객 센터에서는 내 핸드폰의 이상 상태와 내가 수리비를 지불했는지 안 했는지에만 신경을 썼고 나의 생사 여부에는 아무도 관심을 갖지 않았다.

그는 내가 더 이상 나타나지 않자 전화하기 시작했다.

— 지난번에 바꾸신 핸드폰, 잘 쓰고 계시죠? 또 고장 안 나요?

— 언제 놀러 오세요. 사은품 챙겨 드릴게요.

— 기본 요금제 계속 쓰실 거예요? 새 요금제 나왔는데 바꿔보실 생각 없어요?

마침내 아주 고전적인 멘트도 등장했다.

— 시간 있으면 커피 한 잔 하실래요? 제가 살게요.

어째서 나와 커피를 마시고 싶은지 물었을 때 그는 이렇게 대답했다.

— 죽은 사람들 이야기를 하고 싶어서요.

그래서 나는 그와 커피를 마시며 이야기했다.

태어났을 때 나는 죽어 있었다. 어머니는 일반적으로 전해 내려오는 관습에 따라 살아 있는 어떤 것과 함께 나를 마당에 묻었다. 며칠 뒤에 나는 싹을 틔웠고 어머니는 물을 주었다. 그렇게 나는 햇볕과 비와 바람을 맞으며 자라났다. 그러다가 다섯 살이 되었을 때 나는 뿌리를 뽑았다. 드디어 내 힘으로 마당의 흙을 헤치고 걸어 나왔다. 그리고 그때부터 다른 보통의 아이들이 살아가는 모습처럼 살아가기 시작했다. 어머니는 젖 먹이고 기저귀 갈아 주고 안아 키웠던 나의 언니와 오빠에 비해서 나는 참 쉬운 자식이라고 몇 번이나 말했다. 말하면서 한숨을 쉬었다.

죽은 채로 태어났다가 살게 되었다는 이유 때문에 내 삶은 완전한 자유였다. 그 어떤 일을 하더라도 아무도 내게 '안 돼.'라고 말하지 않았다. 집에 있고 싶으면 있고, 나가고 싶으면 나가고, 다른 아이들과 놀고 싶으면 놀고, 밥을 먹고 싶으면 먹고, 잠을 자고 싶으면 잤다. 그리고 날씨가 흐리거나 비가 오는 날은 툇마루 구석에 앉아서, 혹은 마당 구석에 서서 비와 바람을 맞았다. 그 누구도 내게 아무 말도 하지 않았다. 특히 마당 구석에 서서 비를 맞을 때면 모두들 나를 그냥 내버려두었다. 그때의 나에게는 식사와 수면보다도 비와 바람과 햇볕이 더 필요했다.

나와 같은 방식으로 태어난 아이들은 함께 묻은 살아 있는 것의 수명이 다할 때쯤 죽었다. 어렸을 때는 함께 비를 맞고 바람과 햇볕을 받던 친구들이 있었으나 시간이 지나면서 그 숫자는 빠르게 줄어들었다. 궁금해져서 나는 어머니에게 그때 마당에 나와 함께 묻은 것이 무엇이었는지 물어보았다. 그러나 어머니는 사람이 자기 수명을 아는 것은 좋은 일이 못 된다고만 대답하고 한 번도 가르쳐 주지 않았다. 그래서 나는 보통 사람들이 그러하듯이 죽을 날을 알지 못한 채로 살아갔다.

사실 다른 모든 면에서도 나는 보통 사람들처럼 살아갔다. 자신이 보통 사람들과는 다르다는 사실을 알고 있었기 때문에 나는 보통 사람과 같은 모습으로 살아가는 법을 애써 배웠다.

그러나 '살아가는 것'이 정말로 무엇인지 나는 알지 못했다. 비와 바람과 햇볕을 받아 죽지 않은 상태를 유지하는 것, 생존하는 것이 무엇인지는 알고 있었으나 생명이 무엇인지, 살아간다는 것이 무엇인지 느낄 수 없었다.

들은 바에 따르면 인간의 삶이란 희로애락과 오욕칠정의 물결이 떠오르고 가라앉는 격랑의 바다와도 같다고 했다. 그런 것이 삶이라면 내 삶은 진정한 삶이 아니었다. 삶은 내게 냉담했고 나 자신도 삶에 무관심했다. 나는 죽지 않은 채로 생존해 있었지만 삶을 살아가고 있지 않았다.

그것도 그것대로 나쁘지 않았다. 나는 서늘하고 평온했다.

그가 물었다.

"그래도 가끔은 남들처럼, 보통 사람들처럼 살고 싶지 않아요? 그러니까……, 살아 있고 싶다는 생각, 안 들어요?"

그럴 때도 있었다. 그저 가끔이었다.

하지만 그를 만난 뒤로는 그런 생각을 조금 더 자주 하게 되었다.

그가 죽은 사람을 처음 본 것은 다섯 살 때였다고 했다.

친척 형이 암에 걸려 죽었다. 젊은 사람의 죽음이라서 장례식장 분위기는 몹시 가라앉아 있었다. 그곳에서 그는 죽은 친척 형을 보았다. 요절한 것이 자기 스스로도 억울했던지 매우 성난 표정으로 장례식장을 서성거리고 있었다.

어른들에게 이야기했지만 물론 아무도 진지하게 들어 주지 않았다. 제단 위에 놓인 영정 사진 속의 인물이 장례식장을 돌아다니고 있었기 때문에 그는 어린 나이에 장례식이 무엇인지에 대해 잘못된 인상을 받았다. 그래서 이후로도 꽤 오랫동안 혼란스러웠다고 했다.

그런 이야기를 나누면서 그와 나는 가까워졌다.

처음 관계를 가질 때 그는 몹시 조심스러웠다.

그렇게까지 조심스러울 필요는 없었다. 나는 아무것도 느끼지 못한다. 그 점은 미리부터 말해 두었다.

신체적으로나 심리적으로 무언가 결함이 있기 때문은 아니다. 육체관계란 살아 있는 사람들의 일이다. 그리고 나는 그렇게까지 살아 있지 않을 뿐이다.

내가 얻은 것은 아주 약간의 온기였다. 그것만으로도 나쁘지는 않았다.

언젠가 그가 절박하게 나를 찾은 날이 있었다. 연락도 없이 집에 찾아와서 부술 듯이 문을 두드렸다. 문을 열자마자 그는 내게 덤벼들어 찢어 내듯이 옷을 벗겼다. 관계하는 내내 때렸다. 고통과 쾌감 속에서 나는 그의 절박한 공포를 빨아들여 마치 물에 빠져 죽어 가던 사람이 간신히 머리를 물 밖으로 내밀 듯이 그렇게 한껏 살아났다.

예상하지 못했던 일이었다. 몸속도 머릿속도 몹시 복잡해졌다.

그는 잠시 움직일 수 없게 된 채로 누워 있다가 힘겹게 몸을 일으켜 나에게 사과했다.

"지하철을 탔다가……, 피투성이로 죽은 여자를 봤어요. 썩어 문드러졌고, 냄새가 지독했어요……."

그가 보았던 죽은 사람들은 대부분 살아 있을 때와 비슷한 모습이었다. 부패한 시체의 모습으로 돌아다니는 죽은 사람을 처음 보았기 때문에 그는 공포에 질렸다. 공포에 질렸기 때문에 그는 그대로 얼어붙었다. 시선을 돌릴 수 없었다. 그리고 죽은 여자와 눈이 마주쳤다.

"하필 여기저기 들를 데가 많았는데……, 따라왔어요, 계속……."

눈앞에 보이지 않더라도 그는 등 뒤에서, 바로 옆에서 풍겨 오는 추악한 시체 썩는 냄새를 맡을 수 있었다. 그래서 그는 가는 곳마다 토했다. 몇 번이고 위장을 쥐어짜다 못해 나중에는 역겨운 쓴맛이 나는 위액 말고는 아무것도 토해 낼 수 없었지만 그래도 계속 토했다.

주변의 살아 있는 사람들 중에서도 몇 명은 여자를 보지 못하면서도 그 냄새는 맡을 수 있는 것 같았다. 그가 다가가면 얼굴을 찡그리며 코를 움켜쥐는 사람들이 있었다.

결과적으로 그는 그날의 일정을 거의 대부분 망쳤다.

"생각나는 사람이 성연 씨밖에 없었어요……."

그가 속삭였다.

"너무 무서워서……."

나는 곧바로 대답하지 않고 그대로 누워서 그의 말을 듣고 있었다. 그는 내가 아무 말도 하지 않자 잠시 기다렸다가 천천히 일어났다. 그리고 주섬주섬 옷을 입기 시작했다.

"미안해요."

그가 사과했다.

"이렇게 미친놈처럼 굴 생각은 아니었는데……. 미안해요. 갈게요."

"괜찮으니까……."

내가 말했다.

"……이리 와요."

그는 옷을 입다 말고 주인에게 혼날까 봐 겁내는 강아지 같은 표정으로 나를 쳐다보았다. 내가 다시 한 번 말했다.

"이리 오라니까."

그가 불안하게 침대 가장자리에 앉았다. 내가 내 옆자리를 손으로 가볍게 두드려 보였다.

그는 잠시 망설이다가 옷을 도로 벗고 내 옆에 와서 누웠다. 나는 그의 어깨를 감싸 안았다.

"그 여자, 지금 문밖에 있어요."

내 품 안에서 그가 굳어지는 것을 느꼈다.

"당신을 따라왔어요."

그리고 나는 그의 가슴을 문질렀다. 이상한 냄새를 풍기는 조그맣고 거무스름한 자국은 쉽게 지워져 사라졌다.

"이제 됐어요."

내가 알려 주었다.

"조금 있으면 갈 거예요."

"다시 오면 어떡해요?"

그가 물었다.

그럴 가능성은 별로 없다. 표시를 지웠고 문단속도 잘했다.

그러나 여기는 내가 있는 곳이다. 내가 있기 때문에 죽은 사람들이 쉽게 찾아온다. 죽은 여자가 나를 알아보고 다시 찾아올 수도 있다. 모든 일이 언제나 그렇듯이, 완전히 안심할 수는 없다.

내 말을 들으며 그는 한동안 내 목과 어깨 사이에 얼굴을 묻고 가만히 있었다. 그의 몸이 경직된 채로 풀리지 않았다.

"때리고 싶어."

한참 만에 그가 속삭였다.

"당신을 때리고 싶어."

"원하는 대로 해."

내가 대답했다.

그래서 그는 다시 나를 때렸다.

그는 다시 사과했다.

"미안해."

"괜찮아."

그는 계속 사과했다.

"미안해. 갈게……. 앞으로 오지 말라고 하면, 다시는 안 올게."

"괜찮아."

내가 다시 말했다.

"나도 원했어."

다른 이의 생명을 빨아들여 되살다난다는 것은 굉장한 경험이다. 그렇게까지 흠뻑 빨아들여 본 적도, 그렇게까지 온 힘을 다해 한껏 되살아난 적도 이제까지 없었다. 그러나 그뿐만이 아니었다.

나 스스로 남자를 원해 보기는 처음이었다.

그렇게 간절하게 원한 남자는, 그가 처음이었다.

내 말을 듣고 그는 내 어깨와 목 사이에 얼굴을 파묻고 속삭였다.

"고마워."

○

그는 또다시 꿈을 꾸었다.

어두운 밤이었다. 그는 차를 몰아 달리고 있었다. 사방은 고요했고, 차의 전조등 외에는 불빛이 전혀 보이지 않았다.

차의 전조등 불빛이 비추어 준 바깥 풍경은 버려진 거리였다. 주위에 사람이 전혀 없었다. 창문으로 지나쳐서 뒤쪽으로 사라지는 것처럼 보이는 건물들도 모두 불이 꺼졌고 인적이 없었다. 출입문은 전부 셔터가 내려져 있었다. 창문에 군데군데 나무판자를 X자로 대서 막아 놓은 것이 보였다.

옆에 지나가는 차도 없었다. 길가에 버려진 쇳덩어리처럼 드문드문 주차되어 있을 뿐이었다. 가로등 기둥에 묶어 놓은 주인 없는 자전거나 차들 사이에 쓰러져 있는 오토바이도 지나가면서 흘끗 보였다.

그런 거리를 계속 운전해서 가다가 그는 문득 자신이 같은 자리를 빙글빙글 돌고 있음을 깨달았다. 모퉁이가 나오면 오른쪽으로 꺾고, 인적 없는 거리를 계속 달리다가 또 모퉁이가 나오면 다시 오른쪽으로 꺾었다. 모퉁이에도 교차로에도 신호등은 없었다. 아니, 자세히 보면 있는 것도 같았지만 불은 들어오지 않았다.

그래서 그는 모퉁이가 나오면 오른쪽으로 꺾어졌다. 같은 곳을 몇 번이나 돌았는지 알 수 없었다. 그러나 어쨌든 모퉁이가 나오면 오른쪽으로 가야만 했다.

그렇게 몇 번이고 몇 번이고 같은 거리를 빙글빙글 돌다가 다시 교차로가 나타났다. 그는 이번에도 오른쪽으로 꺾어지려 했다. 브레이크를 밟아 속도를 조금 줄였다.

막 운전대를 돌리려는데 신호등에 불이 들어왔다. 초록색 화살표는 왼쪽을 가리키고 있었다.

그는 순간적으로 망설였다. 오른쪽으로 가야만 했다. 그것이 옳았다. 그러나 신호등은 왼쪽을 가리키고 있었다.

「돌던 대로 계속 가.」

그는 고개를 돌렸다.

「넌 다른 곳으로 갈 수 없어.」

조수석에 죽은 남자가 앉아 있었다.

「넌 벗어날 수 없어. 절대로.」

그리고 죽은 남자는 신호등 불빛이 비친 창백한 치아를 드러내며 씨익 웃었다. 오래전에 보았던, 어딘지 야비해 보이는 미소였다.

그는 다시 왼쪽을 가리키는 초록색 화살표를 바라보았다. 의기양양하게 하얀 치아를 드러낸 남자의 미소가 앞 창문에 희미하게 비쳐 보였다.

그래서 그는 운전대를 왼쪽으로 틀었다.

그리고 트럭이 그를 덮쳤다.

그는 비명을 지르며 깨어났다. 그대로 몸을 숙여 침대 옆에 토했다.

○

아침부터 매장에 교복 입은 남학생들이 몰려왔다. 시끄럽게 떠들기만 하고 물건은 사지 않으리라 짐작했지만 의외로 그중에 두 명이나 핸드폰을 사 갔다. 둘 중 한 명은 어머니 신용카드를 들고 나온 것이 분명했다. 다른 한 명은 당당하게 수표를 내밀었다.

"대체 부모가 연봉이 얼마나 되면 어린애한테 저런 비싼 핸드폰을 척척 사 주냐?"

아이들이 몰려 나가고 난 뒤에 수표를 들여다보면서 사장이 말했다.

"매상 올려 주니까 우리는 좋지, 뭐."

그가 대답했다.

비가 그쳤고, 밖은 후덥지근했다. 매장 안은 에어컨을 틀어 놓아서 바깥 날씨와 상관없이 으슬으슬해질 정도로 서늘했다.

그는 사장의 표정을 엿보았다. 아침부터 매상을 올려서 기분이 좋은 것 같았다.

"문석이 말인데……."

그가 말을 꺼냈다. 사장은 짜증을 냈다.

"또 그 얘기냐? 이제 그만해라. 장례식 끝난 지가 언젠데."

그러나 그는 지지 않고 말을 이었다.

"너 혹시 7~8년 전에 문석이가 과외 해 줬던 여자애 알아?"

사장은 뭔가 말하려다 말고 입을 꽉 다물었다. 그가 처음 보는 괴상한 표정이었다.

"걔 이름 뭐였는지 기억해?"

"한둘인 줄 아냐?"

사장이 몹시 내키지 않는다는 듯 가까스로 입을 열었다.

"동네에 하나밖에 없는 명문대생이라고 과외 해 달라는 사람들이 줄을 섰는데."

그는 물러서지 않고 설명했다.

"그 여자애, 문석이랑 결혼하겠다고 가출까지 했대. 그런 애가 그렇게 흔하지는 않았을 거 아냐."

"몰라, 새꺄."

사장이 갑자기 소리를 꽥 질렀다.

"죽은 놈은 저승 가게 내버려두지 왜 자꾸 쑤셔 대고 그래? 그 자식이 8년 전에 과외를 했는지 말았는지 내가 어떻게 알아? 너 같으면 8년 전에 따먹은 계집애들 이름 일일이 다 기억하냐?"

"문석이가 그랬어?"

그는 놓치지 않고 물었다.

"문석이가 그 여자애랑 잤대?"

사장은 아차, 하는 표정을 짓더니 그대로 입을 다물어 버렸다. 더 이상은 아무리 물어도 대답하지 않았다. 그리고 다른 손님이 들어왔기 때문에 대화는 거기서 중단되었다.

○

"그 여자애 이름을 알면 좋을 텐데."

그가 중얼거렸다.

"아니면 사진 한 번만 보면 딱 알 텐데……."

"남자 쪽은 뭐 나온 거 없어?"

그가 투덜거렸다.

"그 자식 이름, 이름이랑 사고 날짜, 이름 빼고 사고 날짜, 장례식 날짜, 이름이랑 직업, 다 검색해 봤는데 아무것도 안 나왔어. 그렇게까지 안 나올 수도 있나?"

말하면서 그는 화면을 들여다보며 자판 위에서 손가락을 몇 번 더 움직였다. 그러다가 고개를 설레설레 젓고는 의자 등에 기대어 몸을 뒤로 젖혔다. 눈을 감았다.

내가 물었다.

"자기 동창 중에 경찰 없어?"

"없어."

그가 눈을 감은 채로 대답했다. 내가 말했다.

"보통 추리소설 같은 거 보면 이럴 때 꼭 친구 중에 경찰이나 기자가 있던데. 아니면 친구 아버지가 경찰이거나, 혹은 검사거나."

"없다니까."

그가 대답하고는 한숨을 쉬었다. 내가 다시 물었다.

"그럼 보험회사 다니는 사람은 없어?"

"보험은 왜?"

그가 여전히 의자에 늘어진 채로 눈을 반만 뜬 채 나를 보고 물었다.

"교통사고라며. 보험 불렀을 거 아냐."

"그러네."

그가 얼른 몸을 일으켜 똑바로 앉았다. 핸드폰을 꺼내더니 화면 위로 열심히 손가락을 움직였다. 찾아낸 번호 중 하나로 전화를 걸었다.

"어, 현기야, 나 태경인데……. 어, 그래……. 뭣 좀 물어보려고."

나는 흥미롭게 그의 전화 통화를 엿들었다.

"있잖아, 너 교통사고 사건 내역 같은 거 혹시 조회할 수 있냐? ……어. 아, 그래?"

그는 김샜다는 표정이 되었다.

"어? 아니……. 문석이 있잖아, 얼마 전에 사고 당한 놈. 어. 그래, 안됐지……. 어, 그러니까, 저기, 걔네 어머니가, 음, 좀 알아봐 줄 수 있냐고 그러서서, 혹시나 해서……. 그래? 그렇구나……."

그는 이제 완연히 실망한 표정이었다.

"어, 그래. 연락하자. ……야, 나 아직 장가도 안 갔는데 애는 무슨……. 어, 내 동생도 아직 안 갔어. 응. 멀었다, 야."

상대가 뭔가 말하자 그는 킥킥 웃었다.

"그래, 애 생기면 내가 꼭 너한테 제일 먼저 연락할게."

그는 전화를 끊고 나를 돌아보았다.

"보험회사 다니는 놈이 딱 하나 있는데, 교육보험이래."

그는 어이없다는 듯 웃었다.

"나보고 자녀 대학 교육 걱정되면 보험 들라는데."

그는 다시 의자에 털썩 앉았다.

"친구라는 놈들이 도움 되는 녀석이 하나도 없냐……."

말하면서 그는 다시 의자 등받이에 기대어 사지를 길게 늘어뜨렸다. 눈을 감았다.

잠시 침묵이 흘렀다.

"성연 씨."

그가 몸을 뒤로 젖히고 눈을 감은 채로 나를 불렀다.

"응."

"여고에 한번 가 볼래?"

"내가? 왜?"

그가 몸을 세우고 똑바로 앉아서 나를 쳐다보았다.

"문석이가 과외 했다는 여자애, 졸업 앨범에 사진이랑 이름, 연락처 다 나올 거 아냐. 성연 씨가 졸업생이라고 하고 여고에 가서 옛날 졸업 앨범 찾아보면 금방 찾을 수 있지 않을까?"

"가출했다며."

내가 지적했다.

"졸업 안 한 거 아냐? 앨범 사진을 찍었을까?"

그는 순간적으로 김샜다는 표정이 되었다.

"그러네."

그는 다시 눈을 감고 몸을 뒤로 젖혔다. 곧 다시 몸을 세우고 눈을 떴다.

"그럼 생활기록부는? 졸업 안 했어도 생활기록부는 있겠지."

"본인도 아닌데 남의 생활기록부를 막 보여 줘?"

"본인이라고 하면 되잖아."

"이름도 모르는데?"

"……그렇구나."

수사는 다시 원점으로 돌아왔다. 그는 몸을 뒤로 젖히고 의자에 벌렁 눕다시피 길게 사지를 뻗었다.

"그래도 여고에 한번 가 봐서 나쁠 건 없을 텐데."

그가 중얼거렸다. 그리고 천천히 몸을 일으켜 눈을 뜨고 나를 쳐다보았다.

"나랑 같이 갈래?"

나는 잠시 생각한 뒤에 물었다.

"태경 씨, 지금 그 생활기록부 보러 가자는 거 아니지?"

그가 되물었다.

"싫어?"

"싫은 게 아니라 모르겠어."

내가 대답했다. 그가 반박했다.

"모르고 말고가 어디 있어."

말하면서 그는 식탁 너머에서 손을 뻗어 내 손을 잡았다.

"그냥 내가 어렸을 때 살던 동네랑 내가 다녔던 학교랑 가서 한번 보자는 거야."

"태경 씨 여고 다녔어?"

그는 웃었다. 그러나 곧 진지한 표정이 되었다.

"솔직히 남고는 생각만 해도 지긋지긋해서 나도 싫어. 그렇지만 어렸을 때 살았던 동네는 보여 주고 싶어. 산하고, 호수하고……"

"호수도 있어?"

"저수지야. 인공 호수지만 그래도 꽤 예뻐."

"그렇구나."

나는 고개를 끄덕였다.

그가 물었다.

"성연 씨는 학교 어디 나왔어?"

"안 가르쳐 줘."

그가 다시 웃었다.

"그렇게 대답할 줄 알았어."

나는 학교를 여러 군데 다녔다. 제대로 졸업한 곳도 있고 졸업하지 못했던 곳도 있다. 그리고 졸업을 했지만 다녔던 기억도, 졸업한 기억도 없는 곳도 있다.

"성연 씨 부모님은 뭐 하셔?"

나의 부모님은 평범했다.

지금도 평범한지는 알 수 없다.

그는 한숨을 쉬었다.

"알았어. 말하기 싫으면 말하지 마."

그래서 나는 조금 이야기해 주었다.

소녀에서 여자로 변해 갈 무렵에 나는 빙의되었다. 일반적으로 '귀신에 씌었다.'고 하겠지만, 내 경우 씌었다기보다는 원래 그다지 살아 있지 않은 몸이었기 때문에 혼백이 멋대로 드나들게 되었다고 말하는 편이 옳다.

내 수명이 다할 때가 되었다고 생각한 부모님은 다시 한 번 나를 살아 있는 것과 함께 묻었다. 그러나 이번에는 묻은 지 하루가 채 지나기도 전에, 함께 묻었던 살아 있는 것의 생명력이 내게 완전히 옮겨 오기 전에 내 스스로 땅을 뚫고 일어섰다.

이후로 2년 동안 나는 여러 사람이었다. 몇 달씩 같은 사람을 유지할 때도 있었고, 하루에도 몇 번씩 사람이 바뀔 때도 있었다. 그래서 나는 그 시절을 기억하지 못한다.

특이한 점은 이 사람들이 내 몸을 이끌고 학교라는 곳에 다녔다는 것이다. 부모는 나를 대부분 내버려두었고 주위의 다른 사람들은 나를 꺼렸으므로, 그때까지 나는 기본적인 생존에 필요한 활동을 하거나 점점 숫자가 줄어드는 죽은 친구들과 가끔 노는 것 외에는 공식적으로든 비공식적으로든 삶에 필요한 기술이나 지식을 배워 본 적이 없었다. 내 몸에 들어온 사람들이 촌수가 멀더라도 혈연관계가 있거나 부모 혹은 조부모와 친분이 있었던 사람들이라서 그들 나름대로 돌봐 준 것인지도 모른다.

물론 몸속에 수시로 여러 사람이 드나들었으므로 성격이나 언행과 그에 따른 주변 사람들과의 관계는 들쑥날쑥했고, 학교에서 중요시하는 공부라는 것도 그다지 뛰어나게 잘하지는 못했다. 그래도 어쨌든 다른 사람들에게 지배당했던 내가 본래의 나보다 훨씬 성실하게 생산적으로 생활했다는 사실은 인정할 수밖에 없다. 빙의에서 풀려났을 때 나는 내 몸에 드나들었던 혼백 중 하나가 지원한 대학에 합격해 있었다.

그가 감탄했다.

"햐, 대학 입시를 날로 먹었네."

나도 동의했다. 어찌 보면 인생의 한 고비를 굉장히 쉽게 넘겼다고 볼 수도 있을 것이다.

그가 물었다.

"그래서 그게 어느 대학인데?"

나는 대답하지 않았다.

"그것도 안 가르쳐 줘?"

그가 웃었다.

굳이 숨길 이유는 없다. 단지 나는 그 대학을 졸업하지 않았을 뿐이다. 애초에 내가 원해서 지원한 곳이 아니었고 졸업도 하지 않았으므로 그 학교는 내게 아무런 의미도 없다. 같은 논리로 학창 시절 또한 내가 스스로 보내지 않았으므로 아무런 의미가 없었다.

"그래서 그냥 그만뒀어, 아니면 다른 학교로 옮겼어?"

조금 더 시간을 두고 뭐가 어떻게 된 일인지 파악한 후에 나는 다른 학교에 지원했고, 합격했고, 그 학교를 다녀서 졸업했다. 딱히 대학 교육이 내게 필요하다고 생각했기 때문은 아니었다. 그보다는 일종의 오기였다. 내가 아닌 사람이 내 인생에 멋대로 저질러 놓은 실수를 바로잡는다는 기분이 더 컸다.

"그래서 그게 어느 학교인데?"

"안 가르쳐 줘."

그는 웃었다. 그리고 잠시 생각하다가 다시 물었다.

"그때 같이 땅에 묻은 '살아 있는 것'은 뭐였어?"

대답하려다가 나는 망설였다. 그에게 부끄럽다는 기분이 든 것은 처음이었다.

그가 내 손을 잡은 손가락에 힘을 주었다. 내 손가락을 비틀었다. 그리고 속삭였다.

"너, 내 말 무시해?"

"손가락 망가뜨리지 마."

내가 대답했다.

그는 내 손을 놓고 일어섰다. 천천히 위협적으로 식탁을 돌아서 내게 다가왔다. 바로 앞까지 다가와서 손을 치켜들었다.

"말대꾸하면 맞는다."

"얼굴에 상처내면 곤란해."

내가 대답했다.

"이게 점점 더 건방지게 구네."

그가 말했다. 목소리가 조금씩 낮아졌다.

그는 내 멱살을 잡아 일으켜 세웠다. 무릎으로 내 명치를 찼다. 내가 몸을 숙이자 나를 바닥에 내던지고 덤벼들었다. 때리면서 옷을 벗기기 시작했다.

"뱀이야."

내가 말했다.

그는 식탁 옆의 벽에 기대어, 몸을 공처럼 동그랗게 말고 웅크린 나를 무릎에 올려놓다시피 안고 있었다.

"그때 나랑 같이 묻었던 거……. 뱀이야."

"힘들면 말 안 해도 돼."

그가 달랬다. 그에게 맞아서 부어오른 어깨와 등을 쓰다듬었다. 손이 움직일 때마다 전기에 감전된 듯한 느낌이 온몸으로 퍼져 나갔다.

"괜찮아."

내가 언제나 하듯이 대답했다.

뱀의 수명은 보통 10년에서 15년이라고 한다. 그렇다면 내 수명은 이미 끝났거나 거의 다 끝나 가고 있을 것이다. 그러나 나는 그때 단 하루 만에 땅을 뚫고 나왔고, 내가 땅에서 나왔을 때 뱀은 아직 살아 있었다. 그렇게 생각하면 나는 죽은 채로 태어나 처음 땅에 묻혔을 때 함께 묻혔던 '살아 있는 것'의 수명을 여전히 살고 있는 것도 같다. 그에게 기생하며 조금씩 그 시간을 연장하고는 있지만, 사실 언제 죽어도 이상할 게 없다고 볼 수도 있다.

생각을 해 봤자 답은 나오지 않는다. 그러므로 생각하지 않는 것이 좋다.

"많이 아파?"

그가 물었다.

명치에서 등으로 창이 꿰뚫고 나간 것 같은 느낌이었다. 시간이 지나도 아픔은 좀처럼 사라지지 않았다. 심장이 맥박 치며 온몸으로 혈액을 공급하듯이, 고통과 쾌감은 명치에 자리 잡은 채 온몸으로 파도치듯 퍼져 나갔다.

"미안해. 내가 너무 심했어."

그가 속삭였다. 양팔로 나를 감싸 안고 아기를 어르듯이 몸을 앞뒤로 움직였다.

"내가 잘못했어. 미안해……."

차가운 부엌 바닥에서 나는 그의 품에 오랫동안 안겨 있었다.

따뜻하다.

명치의 통증이 쾌감으로 바뀌어 간다.

그러나 그의 몸이 완전히 식으면 안 된다. 그래서 나는 그의 품을 벗어나 일어섰다.

조금은 아쉬웠다.

언제나, 조금 아쉽다.

○

어두운 밤이었다. 죽은 남자는 차를 몰아 달리고 있었다. 사방은 고요했고, 차의 전조등 외에는 불빛이 전혀 보이지 않았다.

차의 전조등 불빛이 비추어 준 바깥 풍경은 버려진 거리였다. 주위에 사람이 전혀 없었다. 창문으로 지나쳐서 뒤쪽으로 사라지는 것처럼 보이는 건물들도 모두 불이 꺼졌고 인적이 없었다. 출입문은 전부 셔터가 내려져 있었다. 창문에 군데군데 나무판자를 X자로 대서 막아 놓은 것이 보였다.

옆에 지나가는 차도 없었다. 길가에 버려진 쇳덩어리처럼 드문드문 주차되어 있을 뿐이었다. 가로등 기둥에 묶어 놓은 주인 없는 자전거나 차들 사이에 쓰러져 있는 오토바이도 지나가면서 흘끗 보였다.

죽은 남자는 그런 거리를 계속 운전해서 갔다. 모퉁이가 나오면 오른쪽으로 꺾고, 인적 없는 거리를 계속 달리다가 또 모퉁이가 나오면 다시 오른쪽으로 꺾었다. 모퉁이에도 교차로에도 신호등은 없었다. 아니, 자세히 보면 있는 것도 같았지만 불은 들어오지 않았다.

그는 죽은 남자가 운전하는 모습을 지켜보았다. 차는 모퉁이가 나오면 오른쪽으로 꺾어졌다. 같은 곳을 몇 번이나 돌았는지 알 수 없었다. 그러나 어쨌든 모퉁이가 나오면 오른쪽으로 가야만 했다.

그렇게 몇 번이고 몇 번이고 같은 거리를 빙글빙글 돌다가 다시 교차로가 나타났다. 죽은 남자는 이번에도 오른쪽으로 꺾어지려 했다. 브레이크를 밟아 속도를 조금 줄였다.

신호등에 불이 들어왔다. 초록색 화살표는 왼쪽을 가리키고 있었다.

"오른쪽으로 가."

그가 죽은 남자에게 말했다.

"그게 옳아."

그의 말을 듣고 죽은 남자는 신호등 불빛이 비친 창백한 치아를 드러내며 씨익 웃었다. 오래전에 보았던, 어딘지 야비해 보이는 미소였다.

「신호등이 왼쪽으로 가라고 하잖아.」

룸미러에 비친 죽은 남자의 눈이 말했다.

「나한테 이래라저래라 하지 마.」

죽은 남자는 운전대를 왼쪽으로 틀었다.

그리고 트럭이 차를 덮쳤다.

눈을 떴을 때 그는 아직도 꿈에서 벗어나지 못한 것을 알았다. 죽은 남자가 그의 곁에 서 있었다.

「보험 따위는 부르지 않았어.」

죽은 남자가 꿈속에서처럼 창백한 치아를 드러내며 입 끝을 한쪽만 올려 씨익 웃었다.

「죽여 놓고 보험을 부르는 사람이 어디 있겠어?」

죽은 시선과 마주치지 않기 위해서 그는 고개를 돌렸다.

죽은 남자가 그의 얼굴 곁에 고개를 바짝 들이밀었다. 끈끈한 기름 같은 이물감이 그의 왼쪽 얼굴 전체를 뒤덮었다.

「그것도, 둘이나…….」

그는 이를 악물었지만 오래 견디지는 못했다. 그래도 이번에는 침대 옆 방바닥에 토하기 전에 화장실까지 달려갈 수 있었다.

○

전화기가 우웅, 우웅, 하고 진동했다. 화면에 그의 이름이 나타나 있었다. 나는 전화를 받았다.

그가 속삭였다.

— 여자도 살해당했어……. 그 자식하고 같이.

목소리가 떨렸다.

— 여자를 찾아야 돼.

수사

그는 비서의 안내를 받아 사무실로 들어섰다. 로펌이라는 곳에 들어와 보기는 태어나서 처음이었다. 아마 살면서 평생 다시 이런 곳에 올 일도, 올 돈도 없을 거라고 그는 생각했다.

죽은 남자의 아내가 자리에서 일어섰다.

화장을 하고 정장을 입고 있는 모습이 장례식장에서 보았을 때와는 전혀 달라 보였다. 그때처럼 창백하지도 않았고, 그때처럼 깊은 그림자가 드리워 있지도 않았다. 그러나 그때만큼 무표정했다.

"안녕하세요."

그가 어색하게 인사했다.

"문석이 고등학교 동창입니다. 전에 장례식장에서 인사드렸었죠⋯⋯."

이런 내용은 비서가 다 전해 주었을 거라고 생각하면서도 그는 자기소개를 되풀이했다.

"예⋯⋯."

죽은 남자의 아내가 조그맣게 대답하며 거의 보이지 않게 고개를 끄덕였다.

그는 권하는 대로 자리에 앉았다. 소파가 지나치게 푹신해서 앉자마자 안으로 푹 빠졌다. 그는 깜짝 놀랐다.

"이렇게 불쑥 찾아와서 죄송합니다."

무조건 쳐들어왔지만 어떻게 시작해야 할지 알 수 없어서 그는 일단 사과부터 했다.

"아뇨, 괜찮아요⋯⋯. 남편 일로 물어보실 게 있다고요?"

그는 죽은 남자를 지칭하는 '남편'이라는 말이 무척 낯설게 들린다고 생각했다. 죽은 남자의 아내가 그를 쳐다보았다. 시선이 마주쳐서 그는 얼른 눈을 내리깔았다.

"예. 너무 갑자기 연락을 받아서, 대체 어떻게 된 일인가 하고⋯⋯."

죽은 남자의 아내는 아무 말도 하지 않았다. 그래서 그는 주절주절 떠오르는 대로 말을 이을 수밖에 없었다.

"고등학교 때는 굉장히 친한 사이였거든요⋯⋯. 사실 저는 친구가 문석이밖에 없었어요. 문석이가 항상 신경 써 주고, 집에도 놀러 오고 그랬는데, 제가 고등학교 졸업하고 대학을 다른 지방으로 가는 바람에 어떻게 소식이 끊어졌네요. 그런데 근 15년 만에 연락이 와 가지고 난데없이 죽⋯⋯, 아니, 그렇게

갔다는 얘기를 들으니까…….”

“예…….”

죽은 남자의 아내는 다시 아래를 내려다보며 아무 말도 하지 않았다. 그는 어쩔 줄 몰라 하며 불분명하게 말했다.

“그래서 저기, 사고 경위나 좀, 자세히 들을 수 있을까 해서 요……. 어떻게 된 건지…….”

‘사고 경위’라고 발음하는 순간 죽은 남자의 아내가 다시 시선을 들었다. 그는 얼른 다시 눈을 내리깔았다.

“죄송합니다. 마음이 많이 괴로우실 텐데…….”

이대로 계속 상대가 아무 말도 하지 않으면 그냥 일어나서 사과하고 가야겠다고 그는 생각했다. 그러나 죽은 남자의 아내가 탁자를 내려다보면서 돌연히 입을 열었다.

“출장 갔다가 밤에 차 몰고 돌아오는 길이었는데 운전하다 졸았나 봐요. 아마 회식 자리에서 술도 좀 마셨던 것 같고…….”

“혼자였나요?”

“예?”

죽은 남자의 아내가 눈을 들어 그를 쳐다보았다. 그가 우물거렸다.

“아니, 저기……, 회식을 했다고 하셔서, 동료나 누구를 같이 태워 오지 않았나 해서…….”

“혼자였어요.”

죽은 남자의 아내가 조용하지만 단호하게 잘라 말했다. 그리고 더 이상 아무 말도 하지 않았다.

그가 물었다.

"트럭 운전사는 어떻게 됐습니까?"

"트럭 운전사라뇨?"

죽은 남자의 아내가 무표정하게 되물었다.

"상대편 운전자요. 사과는 하던가요? 그쪽도 많이 다쳤습니까?"

"상대편 운전자는 없었는데요."

죽은 남자의 아내가 그의 눈을 가만히 들여다보면서 조용하고 무감정하게 말했다.

"도로에 있는 콘크리트 구조물에 충돌했어요. 트럭이 아니라."

이번에는 그가 아무 말도 할 수 없었다.

"아······."

죽은 남자의 아내는 계속 탐색하듯이 그의 얼굴을 들여다보았다. 그는 얼른 말하기 시작했다.

"제가 뭘 잘못 들었나 보네요. 그날 동기들하고 하도 술을 많이 마셔서······. 너무나도 오랜만에 만난 녀석들이다 보니까······."

죽은 남자의 아내는 여전히 아무 말도 하지 않았다. 그는 서둘러 자리에서 일어섰다.

"죄송합니다. 바쁘실 텐데 이런 일로 불쑥 찾아와서 시간이나 뺏고······."

"아니에요."

죽은 남자의 아내도 자리에서 일어나며 짧게 대답했다.

사무실을 나오려다가 그가 문득 물었다.

"아, 저기, 문석이 어머님 연락처 좀 알려 주실 수 있습니까?"

"예?"

죽은 남자의 아내는 눈을 가늘게 뜨고 그를 쳐다보았다. 그가 변명했다.

"아, 저기, 문석이 어머님께 인사라도 드렸으면 해서……. 장례식에도 안 오신 것 같아서, 연락처 좀 알려 주시면……."

"어머님 많이 편찮으세요."

죽은 남자의 아내가 그의 말을 가로막았다.

"아, 그러세요? 그럼 어느 병원에 계시는지……."

"가족 외에는 면회 금지라서요. 마음만 감사히 받겠습니다."

그리고 죽은 남자의 아내는 빨리 나가 달라는 듯 사무실 문을 열었다.

그는 거듭 사과하며 사무실을 나왔다. 죽은 남자의 아내는 말없이 그의 등 뒤로 문을 닫았다.

⟡

"말이 하나도 안 맞잖아."

그가 자기 팔을 베고 누워서 천장을 향해 말했다.

"그 자식이 거짓말을 하는 걸까, 아니면 그 와이프가 거짓말을 하는 걸까?"

나로서는 양쪽 다 만나 본 적이 없다. 그러므로 그의 말만 듣고 판단을 내릴 수는 없었다. 그래서 나는 물었다.

"그 남자나 그 부인 입장에서 거짓말을 할 만한 이유가 뭐가 있을까?"

"문석이 그 새끼는 이유 같은 거 없어."

그가 내뱉었다.

"그 자식은 원래 그런 놈이야. 비뚤어지고, 남 이용해 먹는 거나 좋아하고."

그리고 그는 다시 천장을 바라보다가 중얼거렸다.

"그 꿈도 전부 다 가짜였을 수도 있어. 꿈은 그냥 꿈이니까. 나 엿 먹이려고 그 자식이 장난질을 친 거야. 충분히 그럴 놈이야."

나는 수긍했다. 살아서 비뚤어졌던 사람이 죽어서 더 악해지는 경우는 매우 자주 보았다.

그가 천장에 대고 화를 냈다.

"그런데 왜 하필 나야? 15년이나 지났는데……. 내가 그 새끼한테 뭘 잘못한 것도 아닌데."

"자기는 볼 수 있으니까."

내가 대답했다.

"볼 수 있다는 건 그쪽에서도 태경 씨가 보인다는 뜻이거든."

"그런가?"

그는 '젠장.' 하고 조그맣게 투덜거렸다. 그리고 자세를 바꾸어 내 어깨에 팔을 둘렀다.

"그렇지만 꿈속에서는 진짜 확실하게 트럭하고 박았는데. 그쪽에서 덮쳐서 완전히 깔렸어. 콘크리트 구조물이면 무슨 구조인지는 몰라도 그렇게 덮쳐서 깔리지는 않잖아."

"트럭인 게 확실했어? 똑똑히 봤어?"

그는 잠시 생각하다가 자신 없는 목소리로 대답했다.

"사실 깜깜해서 아무것도 안 보였어. 그냥 느낌이지. 그래도 그때 느낌에는 그게 트럭인 게 너무 확실해서……."

"죽은 남자가 그걸 트럭이라고 생각했기 때문에 그렇게 보여준 걸 수도 있어."

내가 말했다.

"죽은 사람은 원래 자기가 보고 싶은 방식대로, 보고 싶은 것만 보니까."

사실은 산 사람도 그렇다.

그는 내 목과 어깨 사이에 얼굴을 묻었다. 한참이나 그렇게 있다가 다시 중얼거렸다.

"아니, 그렇게 되면 그 여자는 뭐야?"

나는 그의 숨이 닿을 때마다 어깨가 간지러워져서 몸을 조금 빼냈다. 그가 내 얼굴을 들여다보며 말했다.

"그 여자도 그냥 환각인가? 그렇지만 없는 여자를 만들어 내지는 않았을 거 아냐?"

"그랬을 수도 있어."

내가 말했다.

"사실은 같이 타고 있지 않는데, 그냥 죽는 순간에 그 여자 생각을 했을 수도 있으니까."

"하지만 실제로 그런 여자가 있었고, 그 여자하고 문석이하고 같이 차를 타고 가다가 사고를 당했다면?"

그가 물었다.

"그럼 그 부인이 거짓말을 한 거잖아?"

"그럴 수도 있지."

공정성을 기하기 위해서 내가 말했다. 그가 투덜거렸다.

"전부 다 그럴 수도 있다고만 하면 정리가 안 되잖아."

"그렇지만 전부 다 가능성이 있는걸."

내가 변명했다. 그가 조금 더 생각하다가 다시 물었다.

"문석이 자식이 거짓말하는 건 알겠어. 그런데 그 부인은? 그쪽에서 거짓말해야 될 이유가 뭐야?"

내가 내 나름대로의 가설을 제시했다.

"자기 남편이 오밤중에 다른 여자랑 단둘이 차 타고 가다가 사고당했다는 얘기를 누가 하고 싶겠어? 그것도 태경 씨는 그 부인 쪽 친구도 아닌 남편 친구고, 장례식장에서 처음 봤으니까 거의 모르는 사람이나 마찬가지잖아."

그가 고개를 끄덕였다. 그리고 다시 물었다.

"하지만 그럼 그 여자는 누구야? 그때 과외 했다는 그 여잔가? 아니면 다른 사람?"

"나도 모르지."

"어휴."

그가 한숨을 쉬며 다시 내 어깨에 얼굴을 묻었다. 내가 천장에 대고 말했다.

"과외 했다던 그 여학생일 수도 있어. 결혼하겠다고 가출할 정도면 굉장히 열심히 쫓아다녔다는 얘기잖아."

"그렇지만 8년이나? 그리고 문석이는 다른 사람이랑 결혼했는데?"

거기에 대해서는 나도 대답을 할 수 없었다.

그 역시 한참 동안 아무 말도 하지 않았다. 나는 그가 잠들었다고 생각했다. 그때 그가 여전히 내 어깨에 얼굴을 묻은 채로 말했다.

"문석이 집에 가 봐야겠어."

"무슨 집?"

그가 몸을 일으켰다.

"문석이 학교 다닐 때 자취했던 집. 문석이가 그 여자애랑 잤고, 그래서 그 여자애가 서울까지 쫓아왔으면 그 집에도 최소한 한 번은 왔을 거 아냐."

그 역시 가능하기는 하다. 그러나 나는 조심스럽게 반박했다.

"그거야말로 8년 전이면 너무 오래됐는데."

"그래도 거기서부터 시작하는 게 맞는 것 같아."

그가 말했다.

"거기서부터 찾아보면, 그 여자에 대해서든 문석이에 대해서든 뭔가 알아내는 게 있을 거야."

○

"나, 며칠 휴가 좀 써도 되냐?"

"휴가? 비 오는데 놀러 가게?"

사장은 조금 놀란 표정이었다. 그가 변명했다.

"가긴 어딜 가. 집에서 쉴 거야. 요즘 손님도 없잖아. 쉬려면 이럴 때 쉬어야지."

"그래라."

사장은 의외로 선뜻 허락했다.

그래서 나는 그와 함께 죽은 남자의 집을 찾아다니기 시작했다.

"그 집이 어딘데?"

"나도 모르지."

그가 당연하다는 듯이 대답했다.

"자취를 했으면 아마 학교 주변이었을 테니까 그 동네 부동산부터 뒤져 봐야지."

시작부터 상당히 희망 없는 작업 같았다. 그러나 그는 진지한 표정으로 내게 물었다.

"같이 갈래?"

나는 생각했다.

"결혼한 지 2년 됐다며. 그럼 그 집도 이미 2년 전에 나왔다는 얘기잖아. 지금 와서 찾아낸다고 뭐가 남아 있을까?"

"그래도 혹시 모르잖아."

그는 굽히지 않았다.

"집주인이나 이웃 사람들한테 물어보면 무슨 얘기가 나올지도 몰라."

그래서 나는 따라나섰다.

학교 부근의 공인중개사는 줄잡아 열 개가 넘었다. 그는 지
하철역에서 가장 가까운 곳부터 들어가서 죽은 남자의 이름과
함께 인터넷 인물 정보를 검색해 출력한 사진을 내보였다. 부
동산 사무실 아주머니의 무심한 얼굴이 일순간 경계와 주의의
표정으로 바뀌었다.

"그 사람은 왜 찾는데요?"

예상 가능한 질문이었지만 그는 순간적으로 머뭇거렸다.

"저기, 아는 사람인데, 그러니까……."

"우리 돈 떼먹고 도망갔어요."

내가 옆에서 말을 가로챘다. 그가 어이없다는 얼굴로 나를
쳐다보았다.

하지만 효과는 분명했다. 아주머니의 태도가 갑자기 동정적
으로 돌변했다.

"아이고, 젊은 사람들이, 쯧쯧……. 얼마나 떼였는데요? 어
쩌다가 그렇게 됐어요?"

나는 머리에 떠오르는 대로 아무렇게나 대답했다. 옆에서 지
겨보는 그의 표정은 어이없음, 놀라움, 황당함을 거쳐 차차 흥
미롭다는 쪽으로 다채롭게 변해 가고 있었다. 아주머니는 계속
해서 여러 가지를 꼬치꼬치 캐묻더니, 죽은 남자와 전혀 관련
없는 것으로 보이는 자신의 시누이와 그 남편의 재정 문제에

관하여 대단히 자세하고 길게 이야기한 끝에 몹시 안됐다는 표정을 지으며 모르겠다고 대답했다. 그리고 이렇게 덧붙였다.

"이 부근은 워낙에 방 구하는 학생들이 많잖아요. 학생들이야 돈이 없으니까 복비 아끼려고 부동산 안 끼고 그냥 인터넷이나 전단지 같은 거 통해서 집주인한테 직접 연락하고 그래요. 돈 떼먹고 도망칠 사람 같으면 부동산에다 연락처 남기지도 않았을걸요."

일리가 있는 말이었고 아주머니도 대단히 친절했지만, 초반부터 의지를 완전히 꺾는 발언이었다.

부동산 사무실을 나와서 그가 우산을 펼쳤다. 내가 우산 속으로 들어서면서 물었다.

"부동산 계속 돌아다닐 거야?"

"응. 왜?"

"저 아주머니가 그러시잖아, 부동산 가 봤자 소용없을지도 모른다고."

"일단 돌아 봐. 다른 건 나중에 생각하고."

그가 태평하게 말했다. 그래서 우리는 다음 부동산 사무실로 향했다.

걸어가면서 그는 킥킥 웃기 시작했다.

"돈 떼먹고 도망갔다는 얘기는 어디서 나온 거야? 성연 씨 소설 써도 되겠다. 아니, 배우를 하는 편이 낫나……."

"그럼 태경 씨는 그 남자 이름만 대면 사람들이 알아서 주르르 얘기해 줄 줄 알았어?"

그는 다시 웃었다.

"거의 전문가 수준이네? 성연 씨 흥신소에서 일하지?"

"이거 참. 준비성 없어서 어디 같이 다니겠나."

나는 대답 대신 이렇게 말한 뒤에 내 우산을 펼쳐 쓰고 앞서 갔다. 그가 계속 웃으면서 우산을 들고 뒤쫓아 왔다.

첫날에 세 군데를 돌았다. 오후 늦게 출발했고 저녁에는 내가 일하러 가야 했기 때문에 더 길게 시간을 낼 수 없었다. 그에게 혼자서라도 좀 더 돌아보라고 말했으나 그는 나와 함께 저녁을 먹고 집으로 가겠다고 했다.

식사를 앞에 놓고 그는 내게 물었다.

"왜 안 먹어? 힘들어서 그래?"

"아냐. 먹을게."

나는 잠시 그의 손을 잡았다. 잡고만 있어도 손이 차가워지는 듯한 기분이 들어서 얼른 놓았다. 그리고 아주 조금씩, 조심스럽게 먹는 흉내를 내기 시작했다.

둘째 날에도 여전히 소득은 없었다. 돈을 떼였다는 말에 대한 사람들의 반응은 대체로 두 가지였다. 하나는 그 말을 듣기 전보다 더 경계하며 어떻게든 내쫓으려는 경우였다. 그와 내가 부부 사채업자로 보였을 가능성도 배제할 수는 없지만, 아마도 상대방이 남의 일에 쓸데없이 끼어들고 싶지 않았기 때문일 것이다.

그래도 제일 처음 찾아갔던 공인중개사의 아주머니처럼 급작스럽게 호의적인 태도를 보이는 사람들이 더 많았다. 그러나 부동산 사람들의 반응이 냉담하든 호의적이든 결과적으로 우리에게 소득은 없었다. 가는 곳마다 들리는 대답은 '모르겠다.' 혹은 '그런 사람은 본 적이 없다.'는 것이었다.

그날의 두 번째, 통산 다섯 번째 부동산에서 모르겠다는 대답을 듣고 거리로 나왔을 때 나는 비가 그친 흐린 하늘을 쳐다보며 심호흡을 했다.

"힘들어? 뭣 좀 먹을래?"

그가 물었다.

힘들었지만 아무것도 먹을 수 없었다. 그가 무릎으로 찬 것은 벌써 오래전의 일인데, 명치에서 등을 향해 창이 꿰뚫고 나간 것 같은 통증은 일정하게 간격을 두고 되돌아왔다. 더해지지도 덜해지지도 않았지만 완전히 사라지지도 않았다.

힘겨워하는 내 모습에 그의 표정이 굳어졌다.

"그렇게 힘들면 말을 하지……."

말끝을 흐리며 그는 서둘러 앉아 있을 만한 곳을 찾았다.

커피숍의 소파에 깊숙이 기대앉아서 나는 창밖을 바라보았다. 비는 개었지만 하늘은 여전히 흐렸다. 왠지 공기가 폐 속으로 잘 들어오지 않는 느낌이었다.

그가 커피를 가져왔다.

"마실 수 있겠어?"

두 손으로 조심스럽게 따뜻한 머그잔을 감싸는 나를 보면서 그가 걱정스럽게 물었다. 나는 고개를 끄덕인 뒤 따뜻하고 달

콤한 음료를 한 모금 마셨다.

"성연 씨."

"응?"

그가 심각하게 내 얼굴을 들여다보았다.

"힘들면 집에 갈래?"

집에 가는 쪽이 현명할 것이다. 함께 집에 돌아가서 그가 나를 때리게 하면, 그를 빨아들이면 통증은 사라질 것이다.

그렇게 하고 싶지는 않았다.

이렇게 낯선 장소를 여기저기 돌아다니는 것은 아주 오랜만이었다. 그리고 그와 함께 이런 식으로 바깥을 다녀 보는 것은 처음이었다.

어쩐지 여행을 떠나온 것 같은 기분이 되었다. 그래서 그 기분을 조금 더 즐기고 싶었다.

그가 다시 물었다.

"아니면 뭣 좀 먹을래? 지금 그 커피 말고 하루 종일 아무것도 안 먹었지?"

나는 고개를 저었다. 커피를 다시 한 모금 마셨다.

그가 어린아이를 달래듯이 말했다.

"그럼 그거 다 마시고 집에 가자, 응?"

그래서 나는 이야기했다.

친척 할머니는 겨울에 돌아가셨다. 정확히 말하자면 어머니의 이모, 그러니까 외할머니의 언니였다. 돌아가실 당시에 이미 90세가 훨씬 넘어 계셨으니 천수를 누렸다고도 할 수 있을 것이다. 어머니는 아버지와 함께 장례식에 갔지만 언니나 오빠와 나는 데려가지 않았다. 그러나 어째서인지 할머니는 다른 사람이 아닌 나를 찾아왔다. 장례가 모두 끝난 지 일주일째 되던 날이었다. 밤에 잠을 자다가 이름을 부르는 소리를 듣고 밖으로 나갔고, 다음 순간 나는 어두운 곳에 있었다.

이전부터 나는 저쪽에 한 발을 걸치고 있었으므로 처음에는 그곳이 특별히 낯설지 않다고 생각했다. 그러나 이쪽에서 생존해 있으면서 보았던 저쪽의 세상과 실제로 건너가서 겪어 본 그곳은 전혀 달랐다. 그곳에서 나는 잊고 있었던 오래전의 죽은 친구들을 모두 만났으나, 그들의 겉모습은 이미 추하게 썩어 있었고 마음은 사악하게 비뚤어져 있었다.

그곳을 건너서 멀리까지 갔더라면 더 좋은 곳을 찾아낼 수 있었을지도 모른다. 그러나 내 몸은 죽지 않았고 나는 여전히 이쪽에 한 발을 걸치고 있었으므로 그곳에 붙잡혀 아무 데도 갈 수 없었다. 그 어둠 속은 거칠고 차갑고 단단했으며 도와줄 사람도 마음 나눌 사람도 하나 없었다.

나는 절망적으로 고독했고 처절하게 괴로웠다. 그때서야 처음으로 살아 있기를 갈망했다. 그토록 갈망했던 적은 그 이전에도 이후에도 없었다.

한편 어머니는 내 몸 안에 다른 죽은 이의 혼백이 들어온 것을 알고 흔히 하듯이 조상에게 도움을 청했다. 그 결과 저쪽의 더 먼 곳으로 건너가지 않고 나와 같은 곳에서 머물러 있던 혈육과 친지의 혼백이 어머니의 부름을 받고 내 몸에 드나들게 되었다.

어쨌든 그들은 피와 정으로 나와 연결되어 있었으므로 크게 해를 끼치지 않았고 그럴 의도도 없었다. 그때의 나는 이해하지 못했지만 그들은 오히려 나를 도와주고 돌보아 주었다. 정상적인 아이들처럼 교육이라는 것을 받게 해 주었고, 내가 예상보다 더 오래 살아남을 경우를 대비해서 독립된 어른으로서 기능할 수 있게 준비시켜 주었다. 부모가 해 주지 않은 일을 해 준 것이 그들이었다.

그러나 그들도 한때는 보통의 인간이었고, 그러므로 다시 한번 살아 있기를 열망했다. 아직 죽지 않은 몸, 아직 어린 몸에 들어갈 수 있었던 것은 그들에게도 기회였다. 내 몸을 빌려 그들은 살아 있었다면 반드시 해 보고 싶다고 생각했던 일들을 한 가지씩 한 가지씩 이루었다. 그리고 내가 갇혀 있던 어둠 속으로 돌아와서 몹시 만족한 채로 더 멀고 더 깊은 저쪽으로 건너갔다.

어떻게 해서 그 어둠 속에서 풀려나게 되었는지는 정확히 알지 못한다. 살아 있고 싶다는 열망을 품었던 혈육과 친지들이 모두 더 먼 곳으로 건너갔기 때문일 수도 있다. 혹은 어머니의 설명이 더 정확한 것일 수도 있다. 이쪽으로 돌아오기 전에 나는 그 어둠 속에서 환하게 빛나는 짙은 초록색의 뱀을 보았다. 그 빛이 너무나 눈부시고 아름다워서, 오랫동안 황량하고 차가운 어둠 속에 갇혀 있던 나는 자신도 모르게 그쪽으로 다가갈 수밖에 없었다. 멀리서 보았을 때는 손바닥만 한 실뱀이었으나

한 걸음 두 걸음 다가간 순간 뱀은 순식간에 집채만 하게 커졌다. 나는 뱀이 뿜어내는 빛 속에 감싸였다. 눈이 부셔 앞이 보이지 않았다. 뱀에게 목을 물렸다고 생각한 순간 나는 이쪽의 내 본래 몸속에 돌아와 있었다.

어머니는 나와 함께 묻었던 뱀을 잡아서 죽였기 때문에 그 효험을 본 것이라 주장했다. 그 뱀은 평균보다 몸집이 크다는 점 외에는 별다른 특징이 없는 보통의 구렁이였다. 몸통은 초록색이 아니라 갈색이었고 빛이 나지 않았다. 그러므로 나는 어머니의 설명을 무조건적으로 받아들이지는 않는다. 그러나 내가 이쪽으로 돌아오게 하기 위해 목숨을 바쳐 일조해 주었다면 그 뱀에게는 충분히 감사한 마음을 가지고 있다.

그는 내가 이야기를 시작했을 때부터 커피잔에서 고개를 들고 나를 쳐다보고 있었다. 내가 말을 마치자 그가 물었다.

"그게 끝이야?"

"응."

나는 짧게 대답하고 커피를 한 모금 마셨다.

"그 얘기를 왜 하는데?"

그가 여전히 어리둥절한 표정으로 물었다.

나도 모르겠다. 커피잔과 그의 얼굴을 번갈아 들여다보며 생각했으나 마땅한 대답은 떠오르지 않았다. 그래서 나는 정직하게 대답했다.

"나도 몰라."

그가 웃으면서 물었다.

"뱀탕 먹으러 갈까?"

"아니."

나도 웃으며 대답했다.

내가 커피 마시는 모습을 지켜보다가 그가 다시 물었다.

"다른 사람들한테 이런 얘기 하면 뭐라고 그래?"

"무슨 다른 사람?"

내가 커피잔을 내려놓고 물었다. 그가 설명했다.

"있잖아, 다른 사람. 친구라든가."

나는 잠시 생각한 뒤에 대답했다.

"다른 사람한테는 이런 얘기 한 적 없는데."

"정말?"

그가 되물었다.

"한 번도 없어?"

"응."

내가 대답했다.

그것은 사실이었다. 내 주변의 다른 사람이라면 크게 두 부류로 나뉘었다. 이런 종류의 이야기를 이미 다 알기 때문에 굳이 말해 줄 필요가 없거나, 혹은 그런 이야기를 들려줄 만한 가치가 없거나.

그는 내 얼굴을 들여다보았다.

"나한테만 이런 얘기 해 주는 거야?"

나는 고개를 끄덕였다. 세세한 부분은 굳이 설명하지 않았다.

"기분 좋은데."

그는 웃었다.

둘째 날에 부동산을 다 합쳐서 네 군데 돌았으나 여전히 얻은 것은 전혀 없었다. 그가 나를 걱정했기 때문에 아직은 시간이 있었지만 집에 일찍 와서 쉬었다.

셋째 날은 그의 제안에 따라 아무 데도 나가지 않고 집에서 함께 보냈다. 그의 휴가는 길지 않았기 때문에 셋째 날이 그가 쉴 수 있는 마지막 날이었다. 그는 내 곁을 떠나지 않았고, 나는 침대 속에서 그의 품에 안겨 물었다.

"때리고 싶어?"

"아니."

그가 대답했다.

"이제 안 때릴래……. 다시는 안 때릴게."

그리고 그는 나를 끌어당겨 꽉 껴안았다.

사실 나에게 도움이 되는 것은 전혀 다른 쪽이다.

그러나 그의 품이 따뜻했고, 따뜻해서…….

나는 그냥 따뜻한 채로 두기로 했다.

○

"잘 놀았냐? 어째 얼굴이 하나도 안 탔네?"

휴가를 마치고 출근한 그를 보고 사장이 말했다.

"아무 데도 안 갔으니까."

그가 대답했다.

"진짜로 아무 데도 안 갔어?"

사장이 놀랐다.

"그럴 거면 휴가를 뭐하러 내냐? 아깝게."

"그래도 좋았어. 잘 쉬었어."

그가 대답했다.

사실은 죽은 남자의 집이나 죽은 여자에 대해서 사장에게 더 물어보고 싶었지만 참았다. 이전의 경험으로 보아 사장이 또 화만 내고 대답해 주지 않을 확률이 높았다. 그래서 그는 더 이상 사장에게 죽은 남자의 이야기는 꺼내지 않기로 결정했다. 그리고 핸드폰을 구입하러 찾아온 손님에게 최신 스마트폰의 여러 가지 복잡한 요금제를 설명해 주는 일상의 업무로 돌아갔다.

점심을 먹고 나서 그는 어머니에게 전화했다.

"여보세요? 엄마 난데, 어……, 나 옛날에 고등학교 동창 중에 강문석이라고 혹시 기억해요?"

— 강문석이? 걔가 누구야?

그는 설명했다.

"나 고1때 전학 와서 우리 집에도 가끔 놀러 왔던 애 있잖아. 나중에 명문대 들어간 애……."

— 가만, 그 얼마 전에 죽었다는 애가 걔니?

아버지가 전해 주었을 것이라고 그는 짐작했다.

― 젊은 애가 그래 가 버려서 어떡하니, 쯧쯧……. 걔 결혼은
했다니? 아유, 신혼이네. 애는? 그래? 다행이네. 그래도 그 안
사람이 불쌍해서 어떡해…….

어머니의 입에서 '결혼'이라는 단어가 나왔으므로 그는 긴장
했다. 선보라는 압박이나 여타 잔소리가 다시 시작되기 전에
그는 얼른 본론으로 들어갔다.

"엄마, 혹시 걔네 어머니 아직도 거기서 살아요? 연락 돼?"

― 걔 엄마? 아니, 모르겠는데.

그는 실망했다.

― 걔네 엄마는 왜? 무슨 일인데?

그는 내 흉내를 내어 머리에 떠오르는 대로 둘러댔다.

"동창회에서 전해 줄 게 있다는데 연락처를 몰라서……."

― 연락처를 왜 몰라? 장례식 때 못 봤어?

"장례식에 안 왔어요."

― 뭐?

전화기 저편에서 어머니가 '허.' 하고 웃음인지 한숨인지 모
를 소리를 냈다.

― 그 여자 참 이상한 여자네. 아니, 어떻게 자기 자식 장례
식엘 안 와? 하긴 그 여자 이 동네 살 때부터 이상한 여자로 소
문나긴 했다만서도…….

"그럼 이사 간 거야? 이제 그 동네 안 살아?"

진작 그렇게 말해 주지, 하고 속으로 투덜거리면서 그는 물
었다. 어머니가 말했다.

— 이사 간 지 벌써 한 10년 됐을걸. 아, 그렇게까진 안 됐나?

"어디로 이사 갔는지 혹시 아세요?"

— 그런 건 모르지. 그렇게 쫓아다니면서까지 연락하고 지낼 만한 위인도 아니고.

"엄마, 그 아줌마 어디로 이사 갔는지 혹시 좀 알아봐 주실 수 있어요?"

어머니는 썩 내키지 않는 모양이었다.

— 동창회 일이면 동창회에서 알아서 하라고 내버려두는 게 낫지 않니? 그 여자 소문도 좋지 않고 이사 갈 때도 안 좋게 가고 그래서 아마 연락처 아는 사람 없을 거야. 이제 와서 물어본다고 반가워할 사람도 없고.

그는 솔깃해졌다.

"왜, 무슨 일이 있었는데요?"

— 그 여자 아들이, 죽은 애 두고 이런 말 하긴 뭐하다만서도, 그 강문석이 걔가 무슨 여자애를 건드렸나 봐. 멀쩡한 집안의 얌전한 여자애였다는데 어떻게 꼬여 냈는지 걔 끌고 서울로 도망쳤다지.

이건 또 전혀 반대되는 스토리라고 그는 생각했다. 어머니가 말을 이었다.

— 그래서 그 여자애네 부모가 남자애 어머니를 몇 번씩 찾아가고 경찰에 신고하네 어쩌네 난리를 치니까 그 길로 짐 싸서 야반도주하듯이 이사 간 거야. 일류 명문대 가는 게 다 무슨 소용이니? 자식 교육을 그따위로 시켰는데.

어쨌든 알아봐 달라고 부탁하고 그는 전화를 끊었다.

어머니의 마지막 말에서 그는 '일류 명문대 다니는 아들'을 둔 오래전 이웃에 대한 희미한 질투의 흔적을 읽을 수 있었다. 그가 기억하는 한 학창 시절까지만 해도 어머니는 동네 소문이나 남의 험담 등에 관심이 전혀 없었다. 나이가 들면서 어머니가 점점 입이 걸어진다고 생각하며 그는 조금 씁쓸하게 웃었다. 그 웃음은 평생 한 번도 '일류 명문대 아들'이 아니었던 자신에 대한 냉소이기도 했다.

「맞아. 일류 명문대가 다 무슨 소용이야. 죽었는데.」

그는 서 있던 자세 그대로 굳어졌다.

「잘하고 있어. 계속 그렇게 찾아봐.」

뒤에서 차가운 손이 친근하게 그의 어깨를 툭툭 쳤다. 그 손은 움직일 때마다 그의 어깨에 끈적끈적한 기름방울 같은 이물감을 남겼다.

그리고 목소리는 사라졌다.

냉기가 사라지고도 이물감은 그대로 남아 있었다. 온몸이 끈적한 기름에 휘감긴 것 같아서, 그는 선 채로 움직일 수 없었다.

마침내 그는 화장실로 달려가서 애써 사 먹은 점심을 모두 토했다. 그런 뒤에 그는 가장 먼저 나를 생각했다. 핸드폰 액정의 시계를 보았다. 나에게 전화하고 사장에게 말해 조퇴한다면 충분히 나를 찾아올 수 있는 시각이었다.

그러나 그는 내 명치의 통증을 생각하며 참았다.

화장실에 그대로 남아서 몇 번이나 세수를 하고 입안을 헹구어 냈다. 죽은 남자가 만졌던 왼쪽 어깨도 물로 씻어 냈다. 씻고 또 씻어서 급기야는 물에 푹 젖어 비 맞은 생쥐 같은 몰골이 되었지만 그는 신경 쓰지 않았다.

어깨에 붙은 끈적한 이물감은 완전히 가시지 않았지만 그래도 기분은 훨씬 나아졌다. 그는 핸드폰을 주머니에 집어넣고 다시 일하러 갔다.

○

"그냥 나한테 왔어도 괜찮았는데."

내가 조그맣게 말했다. 그는 고개를 저었다.

"안 돼. 성연 씨 다쳤어. 더 맞았다간 큰일 나."

그리고 그는 덧붙였다.

"미안해."

"사과하지 마."

내가 식탁 너머로 손을 뻗어 그의 손등을 만졌다.

"나도 원하니까 사과하지 마……."

그가 내 손을 잡았다. 손은 따뜻했다.

그가 한참 동안 내 손을 들여다보고 있다가 물었다.

"나중에 다시 한 번 부동산 탐험 갈래?"

'탐험'이라는 말이 바로 앞의 '부동산'이라는 단어와 어울리지 않아서 나는 웃었다. 그는 자못 진지하게 말했다.

"같이 돌아다니는 거 재미있었어. 또 가자."

그리고 그는 조심스럽게 덧붙였다.

"그렇지만 성연 씨 많이 힘들면 안 가도 돼."

"아냐."

내가 대답했다.

"같이 가."

어째서인지는 알 수 없지만 조금 기뻤다.

○

그가 일을 쉬는 날에 우리는 다시 한 번 그의 말대로 '부동산 탐험'을 떠났다. 이제 학교 근방의 공인중개사는 몇 개 남지 않았고 우리도 그다지 큰 기대를 갖지 않았다. 반면에 거짓말하는 기술만은 날이 갈수록 늘어서 이제는 누가 무슨 말을 물어봐도 당황하거나 횡설수설하지 않게 되었다. 그는 마치 실제로 돈을 떼인 사람처럼 감정을 실어서 일일이 설명하기도 짜증난다는 듯이 요점만 짧게 이야기했는데, 보는 사람으로서도 그편이 훨씬 더 설득력이 있었다.

그리고 그날의 마지막이었던 네 번째, 통산 열한 번째로 찾아간 공인중개사에서 우리는 드디어 원하던 정보를 얻을 수 있었다.

사진을 보자마자 공인중개사 사무실의 젊은 남자는 간단하게 대답했다.

"예, 알죠. 그분은 왜 찾으세요?"

우리는 준비했던 거짓말을 일사천리로 늘어놓았다. 공인중개사 남자의 표정이 급격히 어두워졌다.

"잠깐만 기다리세요."

그리고 남자는 밖으로 나가서 어딘가에 전화했다.

"뭔가 얻어걸릴 것 같지? 예감이 좋아."

그가 말했다. 흥분된 표정이었다.

"역시 처음부터 발로 뛰었어야 했던 거였어. 탐문 수사가 최고라니까."

상당히 편리한 감정 체계다. 뭔가 단서가 잡힐 가능성이 보인다는 사실만으로도 죽은 남자에게 쫓겨 다니고, 수시로 구토하고, 무서워서 견딜 수 없다고 나를 찾아와 토로했던 기억 따위는 모조리 날아가 버린 모양이었다. 어찌 보면 굉장히 현재에 충실한 사고방식이라고도 할 수 있다.

그렇게 기뻐하는 그를 감상하고 있는데 사무실의 젊은 남자가 다시 들어왔다.

"저기, 집주인이 만나 보자고 하는데, 한번 만나 보시겠어요?"

"아, 예."

그가 소파에서 벌떡 일어나며 외쳤다. 너무 신이 난 표정을 보이지 않도록 옆에서 감정 조절을 하라고 신호를 주어야 했다. 채무자의 흔적을 찾으러 온 채권자라는 건 어디까지나 거짓말이다. 나중에라도 '그때 그 사람들 아무래도 이상해 보였어.'라는 인상은 남기지 않는 편이 이롭다. 이미 충분히 이상하게 보였겠지만.

부동산 사무실로 찾아온 집주인 역시 예상외로 상당히 젊은 사람이었다. 표정이나 말투가 모두 순하고 조용했다. 본업이 따로 있고, 건물의 세를 주는 일을 시작한 지는 그다지 오래되지 않았다고 했다.

인터넷에서 출력해 온 죽은 남자의 사진을 내밀자 집주인은 고개를 끄덕였다.

"예, 이 사람 알아요. 저도 찾고 있었어요."

월세가 입금되지 않아서 전화를 했지만 받지 않기에 찾아가 봤더니, 어느 샌가 짐을 싹 다 정리해서 빈방만 남아 있었다고 했다.

"정식으로 계약을 해지한 것도 아니고 그렇다고 따로 연락처를 남기지도 않았구요. 다시 전화해 봤더니 없는 번호라고 나오더라구요. 보증금도 안 찾아갔는데 어쩌라는 건지도 모르겠고……."

간단히 말해 야반도주를 한 것이다. 집주인의 이야기를 들을수록 죽은 남자의 흔적을 찾을 가망성이 점점 없어지는 것 같았다. 그가 옆에서 조그맣게 투덜거렸다.

"그 자식, 내가 그럴 줄 알았어."

그럼 이번엔 또 어느 동네의 부동산을 뒤져야 할까, 속으로 고민하고 있는데 그가 물었다.

"그게 언제 있었던 일입니까?"

집주인의 대답은 우리가 전혀 예상하지 못했던 것이었다.

"열흘쯤 됐나……."

"예?"

집주인은 당연히 우리가 어째서 놀라는지 이해하지 못했다. 그와 나의 표정을 보고 집주인은 뭔가 부연 설명이 필요하다고 생각한 모양이었다.

"정확히 며칠날 방을 뺐는지 거기까지는 잘 모르겠어요. 제가 지방에서 좀 바쁜 일이 있어서 월세 들어오는 것 확인도 좀 늦게 했고, 안 들어온 거 보고도 곧바로 연락하질 못했거든요. 원래 세입자들 일일이 간섭하는 성격도 아니고……, 그리고 여태까지는 월세가 늦은 적이 없었어요. 항상 제 날짜에 꼬박꼬박 들어왔거든요."

그가 멍청한 표정으로 집주인의 이야기를 가만히 듣다가 불현듯 흥분하면서 물었다.

"누가 방을 뺀 건가요? 누가 짐을 가져갔는지 아세요?"

집주인은 당황했다.

"저도 직접 본 게 아니라서 잘은 몰라요. 아랫집 아주머니 말씀으로는 웬 남자 둘이 용달차 몰고 와서 싹 다 정리해 갔다고 하더군요."

그가 되물었다.

"남자 둘이요?"

"예. 아주 순식간에 척척 실어서 가더라고. 이사 그렇게 잘 하는 사람들 처음 봤다고 아주머니가 그러시더라구요. 전화번호라도 알아 놓으면 좋을 것 같아서 유심히 봤는데, 용달차에 아무것도 안 쓰여 있었대요. 남자들 차림새를 봐도 이삿짐센터 같지는 않았다고…….”

나는 그를 쳐다보았다. 그는 바닥을 내려다보면서 아무 말도 하지 않았다. 그래서 내가 물었다.

“그 남자분, 그 집에서 얼마나 오래 사셨어요?”

집주인이 대답했다.

“반년인가? 얼마 안 됐어요.”

그가 갑자기 고개를 들고 물었다.

“여자가 있었나요? 눈이 크고 얼굴 하얗고, 나이는 스물대여섯 살 정도?”

“예. 부인이라고 하던데요.”

집주인이 곧바로 대답했다. 그가 서둘러 물었다.

“그 여자분 이름이나 연락처 혹시 가지고 계세요?”

집주인은 고개를 저었다.

“아뇨. 계약도 남자분 이름으로 했고 입금이나 연락처나 모든 게 다 남자분 이름으로 돼 있었어요. 하다못해 집에 뭐 고칠 때도 남자분하고 얘기했구요. 저는 그것도 좀 이상했는데…….”

그는 다시 바닥을 내려다보면서 한참이나 아무 말도 하지 않았다. 그러다가 고개를 들고 말했다.

“그 집에 한번 가 봐도 됩니까? 다른 세입자가 들어왔나요?”

“아뇨. 아직 비어 있어요. 가서 보시겠어요?”

그래서 우리는 죽은 남자의 집으로 향했다.

죽은 남자의 집은 부동산 사무실에서 걸어서 10분 정도 걸리는 거리에 있었다. 집까지 걸어가면서 그는 집주인에게 죽은 남자의 연락처를 물었다.

"핸드폰은 이미 해지한 것 같던데요……. 저도 몇 번 걸어 봤지만 계속 없는 번호라고 나오던데……."

"그래도 혹시 모르니까 좀 가르쳐 주세요."

그는 잠시 멈추어 서서 집주인이 문자로 보내 준 죽은 남자의 전화번호를 핸드폰에 저장했다.

나는 옆에 서서 그가 핸드폰 화면을 만지는 모습을 바라보았다. 그때 그의 어깨 위로 검은 얼룩이 솟아나오는 것이 보였다.

그가 번호를 저장하고 핸드폰을 도로 주머니에 넣었다. 내가 그의 손을 건드렸다.

"가지 말자."

내가 속삭였다.

"왜, 어디 안 좋아?"

그가 물었다. 나는 고개를 저었다.

"가면 안 돼. 그 집에 아직도 있어."

그가 긴장된 표정으로 잠시 내 얼굴을 들여다보다가 물었다.

"누가?"

나는 고개를 저었다.

누구인지는 정확히 알 수 없고 알고 싶지도 않았다. 죽은 남자일 수도 있고 죽은 여자일 수도 있다. 혹은 양쪽 다일 수도 있다. 어느 경우라도 좋지 않다. 양쪽 다 있다면 정말로 최악이다.

집주인이 앞서서 걸어가다가 돌아보았다.

"안 오세요?"

"아, 예, 잠깐만……."

그가 얼버무렸다. 그리고 나를 향해 말했다.

"그렇지만 여기까지 왔잖아?"

검은 얼룩이 조금씩 퍼졌다. 그의 어깨 부근에서 검은 얼룩은 기름방울처럼, 핏자국처럼 옷 위로 점점 더 넓게 번졌다.

"안 돼."

내가 세차게 고개를 흔들었다.

"안 돼. 절대로 안 돼……."

그가 내 얼굴을 들여다보았다. 그리고 집주인에게 말했다.

"저기, 죄송하지만 저희 지금 가 봐야 할 것 같습니다. 급한 일이 생겨서……."

"어, 그냥 가시게요? 그렇지만 바로 저 앞인데……."

건물은 집주인 말대로 바로 눈앞에 보였다. 나는 고개를 돌렸다.

"가자."

내가 그에게 속삭였다.

"저쪽에서 우릴 볼지도 몰라. 그 전에 빨리 떠나야 돼……."

그가 집주인에게 큰 소리로 말했다.

"죄송합니다. 나중에 다시 올게요."

"아, 그러실래요?"

집주인은 다급하게 대충 인사하고 떠나려는 우리를 허겁지

겁 따라왔다.

"저기, 혹시 모르니까 연락처라도……."

"아, 예……."

그는 집주인에게 전화번호를 알려 주었다. 집주인도 그에게 자기 번호를 찍어 주었다.

나는 그를 이끌고 죽은 자의 집 앞에서 도망쳐 나왔다.

०

"그 자식, 핸드폰이 두 개였어."

그가 말했다.

"집주인이 준 번호는 2년 전에 개통한 거야. 문석이 결혼한 게 그때쯤이니까, 아마 마누라 모르게 하려고 핸드폰 하나 더 만들었나 보지. 가입할 때는 주소가 달랐는데 6개월 전에 그 집으로 이사 가면서 주소도 그쪽으로 바꿨더라고. 그리고 그 자식 명의로 된 번호가 하나 더 있어서 조회해 봤는데, 그건 개통한 지 훨씬 오래됐어. 주소는 강남의 아파트로 돼 있고."

"그걸 태경 씨가 어떻게 조회를 해?"

나는 놀랐다.

"그 핸드폰 해지된 거 아니었어? 그리고 당사자는 죽었잖아?"

"다 방법이 있어."

그가 어물어물 눙치며 시선을 돌렸다.

"어쨌든 이제 그 자식 이름, 주민번호, 주소, 전화번호까지 전부 알아냈으니까 웬만한 건 뭐든지 찾아낼 수 있어. 그렇게 캐다 보면 그 여자에 대한 것도 나오겠지."

나는 그를 가만히 쳐다보다가 말했다.

"불법적인 짓은 하지 마."

그는 대답하지 않고 웃었다. 그러나 곧 표정이 어두워졌다.

"그 새끼 진짜로 쌩양아치였어."

그가 중얼거렸다.

"결혼했는데, 멀쩡한 아내가 있는데 그 여자하고도 계속 같이 살고 있었던 거야."

"그래서 살해당한 걸까?"

내가 물었다.

그래서 죽여 버리고, 그 여자와 함께 살았던 곳의 흔적도 모조리 지워 버리고, 그 여자의 흔적도 지워 버리고……

……누가?

그는 바닥을 내려다보며 아무 말도 하지 않았다. 그러더니 갑자기 고개를 들고 내게 말했다.

"그 집에 다시 가 봐야겠어."

"안 돼."

내가 한마디로 잘랐다.

그는 굽히지 않았다.

"집에는 안 들어갈게. 그래도 집주인은 다시 만나 봐야겠어. 그 여자가 누군지 아직도 모르잖아."

"거기 가까이 가지 마. 위험해."

내가 경고했다. 그가 고개를 저었다.

"의외로 쉽게 다 풀릴지도 몰라. 그 자식 핸드폰 번호 하나로 이 정도까지 알아냈잖아."

"가지 마."

내가 다시 말했다.

그는 대답하지 않았다.

○

그는 나에게 말하지 않고 집주인을 다시 찾아갔다. 집주인은 또다시 지방에서 일이 있다고 해서, 며칠인가 기다려서 약속을 잡아야 했다.

"아, 혼자 오셨네요?"

집주인은 이전처럼 양순하게 인사했다.

"예, 아내가 좀 바빠서요……."

무심결에 그는 이렇게 대답했다.

나를 '아내'라고 지칭하는 기분이 나쁘지는 않다고 그는 생각했다.

"지난번에 급하시다고 했던 그 일인가 봐요?"

집주인이 상냥하게 물었다. 그는 대충 웃음으로 얼버무렸다.

집주인이 말했다.

"힘드시겠어요, 두 분이 이런 일로 뛰어다니시는 게……."

그는 '이런 일'이라는 말이 무슨 뜻인지 잠시 이해하지 못했다. 죽은 남자를 채무자로, 자신을 빚쟁이로 설정했다는 사실을 상기하기까지 시간이 조금 걸렸다. 다행히 그가 대답하지 않는 것을 곤란해하는 것이라 해석한 집주인은 더 이상 묻지 않았다.

그는 집주인과 함께 죽은 남자의 집으로 향했다. 집은 여전히 비어 있다고 집주인이 말했다.

"아직은 또 혹시 몰라서 좀 기다려 보려구요. 짐까지 다 빼간 걸 보면 아예 가 버린 것 같지만, 지금 당장은 세입자 구하기도 힘들고……."

죽었으니 기다리지 말고 다른 세입자를 구하시라는 말이 목구멍까지 올라왔지만 그는 참았다. 아무것도 모르는 집주인에게 괜히 미안해졌다.

공인중개사 사무실 앞에서 만나서 집까지 걸어가면서 그는 집주인에게 물었다.

"저기, 그 부인이라는 여자, 혹시 뭐 이상한 점 없었나요? 아니면 뭐든 기억하시는 거라도……."

"이상한 점이요? 글쎄……."

집주인이 고개를 갸웃했다.

"그 부인은 제가 얼굴 본 게 잘해야 두 번인가, 그것밖에 안 돼서 잘 몰라요. 참 미인인데 말도 없고 조용하고, 어딘가 그늘이 있다고 해야 되나? 뭐, 남의 일이라 함부로 말하긴 그렇지만……."

집주인은 특유의 순하고 느긋한 어조로 말을 이어 가다가 망

174

설였다. 그가 재촉했다.

"왜요, 무슨 일이 있었습니까?"

"아뇨, 딱히 무슨 일이라기보다는……."

집주인이 머뭇거리다가 말했다.

"……부부가 사이가 좀 안 좋았나 봐요. 이사 들어간 지 얼마 안 됐을 때부터 계속 싸우는 소리가 들린다고, 시끄럽다고 아랫집 사시는 분들이 항의를 엄청 했어요. 그리고……, 참, 이런 얘기를 해도 될지 모르겠는데……."

말하려다 말고 집주인은 다시 입을 다물었다. 그가 집주인의 얼굴을 들여다보면서 말없이 독촉했다.

"……전에 뭘 좀 고쳐야 된다고 그래서 한번 들어가 본 적이 있었거든요. 그때도 연락은 남자분이 받으셨는데, 집에 들어간다고 하니까 어찌나 싫어하던지……. 저도 뭐 집주인 유세하겠다고 세준 집에 들락거리는 게 아니고, 아랫집 천장에서 물이 줄줄 새니까 할 수 없이 올라가 본 건데……."

집주인은 투덜거리다가 곧 본론으로 돌아왔다. 조심스러운 말투로 무척 내키지 않는 듯이 말을 이었다.

"……하여간 그때 집에 부인이 혼자 있었는데요, 여기에 멍이 들어 있더라구요."

집주인은 자기 눈두덩을 가리켰다. 그리고 조금 망설인 뒤에 덧붙였다.

"고치는 내내 말도 한마디 안 하고……, 뭘 물어보면 깜짝깜짝 놀라고……. 하여간 평탄하게 사는 사람들 같지는 않았어요."

'평탄하지 않다.' 꽤나 적절한 표현이라고 그는 생각했다.

죽은 남자가 살던 집은 3층 건물의 3층이었다.

"짐을 다 가져가서 완전히 비어 버려서요. 안을 보셔도 별 도움은 안 될 것 같지만……. 한번 둘러보세요."

집주인이 현관문을 열어 주며 태평하게 말했다.

안으로 들어가려다가 그는 그 현관문이 조금 이상하다는 것을 눈치 챘다. 문 바깥쪽에 잠금장치가 여러 개 달려 있었다. 안쪽에서는 열 수 없는 장치들이다.

그는 집주인에게 물어보았다.

"자물쇠가 참 많네요. 문단속이 철저했나 보죠?"

"예? 아, 예……."

집주인이 말했다.

"집에 부인이 혼자 있으니까 조심하려고 그랬나 봐요. 이사 오자마자 자기 돈 들여서 이렇게 달아 놓은 것 같더라구요. 뭐, 동네가 특별히 험하다거나 그런 건 아닌데……."

집주인이 별 뜻 없이 팔을 뻗어 현관문의 커다란 잠금장치를 무심하게 만지작거렸다.

"그런데 그때 짐 빼 간 사람들이 문도 다 열어 놓고 가서……. 하긴 짐을 다 뺐으니까 잠가 둘 필요도 없었겠죠."

집주인은 그에게 안으로 들어가라는 몸짓을 했다.

그는 현관에 서서 잠시 머뭇거렸다.

"신발 신고 들어가셔도 돼요."

집주인이 친절하게 말했다.

그가 머뭇거린 이유는 그 때문이 아니었다. 그러나 집주인에게 집 안에 죽은 여자가 있을 것 같아서 겁난다고 말할 수는 없는 노릇이었다. 일단 그가 언제나 느끼던 그 끈적끈적한 이물감이나 구토 증세는 느껴지지 않았다. 그래서 그는 조심스럽게 안으로 들어섰다.

안은 과연 텅 비어 있었다. 방 두 개에 거실과 부엌, 거기에 조그만 화장실이 딸려 있어서 내부는 소형 아파트 같은 구조였다. 지금은 아무것도 없이 바닥에 쓰레기만 굴러다니지만 제대로 살림살이를 갖추었다면 두 사람이 살기에는 나쁘지 않았을 것 같았다.

거실에는 아무것도 없었다. 바닥에 굴러다니는 신문지와 비닐봉지 등을 헤집어 보아도 그 밑에서 나오는 것은 먼지 덩어리뿐이었다. 부엌도 마찬가지였다. 부엌 옆의 작은 방에는 옷가지 같은 것이 떨어져 있었지만 이 역시 헤집어 보아도 별달리 눈에 띄는 것은 없었다. 안방은 아예 바닥에 구르는 먼지 덩어리 외에는 아무것도 없이 깨끗했다.

마지막으로 그는 화장실로 들어갔다.

"세탁기는 원래 여기 있었던 건가요?"

그가 밖을 향해 소리를 질렀다. 집주인이 현관문 밖에서 역시 소리쳐 대답했다.

"예, 전에 살던 사람이 두고 갔어요."

세탁기를 제외하면 화장실에도 특별히 주목할 만한 것은 없었다. 세면대 위에 샤워기가 달린 보통의 화장실 겸 욕실이었다.

들어온 김에 그는 손을 씻었다. 수건이 없어서 바지에 손을 문질러 닦았다. 돌아서서 나가려는데 세탁기와 벽 사이의 좁은 공간에서 뭔가 반짝였다.

그는 다가가서 몸을 숙였다. 세탁기와 벽 사이에 낀 반짝이는 것을 손가락으로 긁어냈다.

귀걸이였다. 먼지 구덩이 속에 묻혀 있었다.

그는 다시 물을 틀었다. 귀걸이에 묻은 때와 먼지를 씻어 냈다. 귀걸이는 가느다란 금줄에 반짝이는 큐빅이 여러 개 박힌 형태였다.

"뭣 좀 찾으셨어요?"

현관문 밖에서 집주인이 고함쳐 묻는 소리가 들렸다. 그는 물에 젖은 귀걸이를 아무렇게나 주머니에 쑤셔 넣고 서둘러 밖으로 나왔다.

"뭣 좀 찾으셨어요?"

현관으로 나오는 그를 보며 집주인이 다시 물었다.

"예? 아, 아뇨. 별거 없네요."

그가 대답했다.

건물을 나오면서 집주인이 말했다.

"그 사람들 소식 뭐든지 아시게 되면 저한테도 꼭 좀 연락해 주세요. 제가 이런 경우는 얘기만 들어 봤지 실제로 당해 보기는 처음이라서……."

집주인의 선량한 얼굴과 진심으로 곤혹스러워하는 표정을 보면서 그는 사실대로 말해 주지 못하는 것이 다시 한 번 미안해졌다. 나중에 무슨 구실을 붙여서든 연락해서 알려 주어야겠다고 생각하면서 그는 집주인과 인사하고 헤어졌다.

○

이런 상황들을 보고하려고 그는 나에게 전화했다.

— 어, 성연 씨…….

거기까지 듣고 내가 명령했다.

"그거 버려."

— 뭐?

"그거 버리라고. 주운 자리에 도로 갖다 버려."

— 성연 씨…….

그의 말을 끊고 내가 반복했다.

"도로 갖다 버려. 그리고 당분간 연락하지 마."

이렇게 말하고 나는 전화를 끊었다.

곧장 핸드폰을 내던졌다. 수신부에 댔던 귀를 문지르고 손을 주물렀다.

내 이름을 부르는 그의 목소리에서 전해져 왔던 짙은 냉기는 한참이 지나도 사라지지 않았다.

명치에 차가운 통증이 느껴지기 시작했다.

○

여자의 꿈

어두운 밤이었다. 그는 차를 타고 달리고 있었다. 사방은 고요했고, 차의 전조등 외에는 불빛이 전혀 보이지 않았다.

차의 전조등 불빛이 비추어 준 바깥 풍경은 버려진 거리였다. 주위에 사람이 전혀 없었다. 창문으로 지나쳐서 뒤쪽으로 사라지는 것처럼 보이는 건물들도 모두 불이 꺼졌고 인적이 없었다. 출입문은 전부 셔터가 내려져 있었다. 창문에 군데군데 나무판자를 X자로 대서 막아 놓은 것이 보였다.

옆에 지나가는 차도 없었다. 길가에 버려진 쇳덩어리처럼 드문드문 주차되어 있을 뿐이었다. 가로등 기둥에 묶어 놓은 주인 없는 자전거나 차들 사이에 쓰러져 있는 오토바이도 지나가면서 흘끗 보였다.

차는 그런 거리를 하염없이 달렸다. 모퉁이가 나오면 오른쪽으로 꺾고, 인적 없는 거리를 계속 달리다가 또 모퉁이가 나오면 다시 오른쪽으로 꺾었다. 모퉁이에도 교차로에도 신호등은 없었다. 아니, 자세히 보면 있는 것도 같았지만 불이 들어오지 않았다.

그렇게 가다가 모퉁이가 나오면 차는 오른쪽으로 꺾어졌다. 마치 같은 장소를 몇 번씩 빙글빙글 도는 것만 같았다.

그러다가 교차로가 나타났다. 차가 속도를 줄였다. 불 꺼진 신호등 앞에 잠시 서 있다가 차는 왼쪽으로 향했다. 그리고 경사진 길을 따라 천천히 올라갔다.

고속도로가 나타났다. 차는 속도를 내서 달리기 시작했다.

이제 마지막이다.

그는 옆에 앉은 남자를 향해 팔을 뻗었다. 정확히 말하자면 여자의 몸이 운전석에 앉은 죽은 남자를 향해 팔을 뻗는 것을 그 몸 안에서 지켜보았다.

여자의 팔이 닿자 죽은 남자가 잠깐 고개를 돌렸다. 시선이 마주쳤다. 여자가 입을 열어 뭔가 말하려 했다.

그 순간 트럭이 나타났다.

그는 잠에서 깨어났다.

그리고 여자가 자신에게 왔음을 알았다.

죽은 여자

출근길이었다. 버스가 도착했다. 일반적인 회사의 출근 시간대보다 훨씬 늦은 시간이었으므로 버스 정류장에 사람은 그다지 많지 않았다. 그는 천천히 버스에 올랐다.

버스 안은 한산했지만 빈자리는 없었다. 그는 뒤쪽으로 들어가서 손잡이를 잡고 섰다. 버스가 갑자기 출발해서 그는 하마터면 넘어질 뻔했다.

휘청하고 몸이 기울어진 순간, 손잡이를 잡은 그의 팔뚝에 차가운 손이 닿았다.

중심을 잡고 서서 그는 사방을 둘러보았다. 버스 안에 서 있는 사람은 자기 자신뿐이었다. 팔을 위로 올려 손잡이를 잡고 있는 자세에서 그의 팔뚝을 만질 만한 사람은 아무도 없었다.

구역질도 식은땀도 나지 않았다. 기름방울 같은 이물감도 느

꺼지지 않았다.

단지 차가운 손가락의 감촉이 팔뚝에 남아 사라지지 않을 뿐이었다.

버스에서 내렸다. 그가 일하는 핸드폰 판매점은 버스 정류장에서 약 일곱 걸음 정도 떨어진 곳에 있었다.

사장은 아직 출근하지 않았다. 언제나 그가 가게 문을 열었다. 그는 자물쇠를 풀고 셔터를 올렸다. 출입문을 열고 안으로 들어섰다.

사르락, 하는 소리와 함께 누군가의 옷깃이 가볍게 그의 팔을 스치며 함께 문으로 들어섰다.

그는 주위를 둘러보았다. 가게 안에 불은 아직 켜지 않았다. 그러나 큰길을 향한 전면이 통유리인데다 밖은 이미 해가 훤하게 떠 있는 시각이라서 가게 안도 밝았다.

물론 안에는 아무도 없었다.

ㅇ

매장에 앉아서 그는 귀걸이를 손바닥에 놓고 들여다보고 있었다. 손의 방향을 바꿀 때마다 매장의 조명이 반사되어 큐빅이 반짝반짝 빛났다.

귀걸이는 가느다랗고 섬세하고 아름다웠다. 그는 꿈에서 보았던 여자의 검은 눈과 자신의 팔뚝을 건드리던 하얀 손가락을 생각했다.

전화벨 소리가 울렸다. 매장의 유선전화였다. 카운터 옆에 앉아 있던 사장이 전화를 받았다.

"예, 여보세요. 예. 예? ……아. 예."

사장이 그를 돌아보았다.

"야, 김태경 씨 찾는다."

"나? 누군데?"

"통신사래."

그는 전화를 받았다.

"예. 전화 바뀠습니다."

— 김태경 씨?

나이를 짐작할 수 없는 남자의 목소리였다. 소리가 굵고 말이 느렸다.

"예."

— 강문석 씨 아시지요?

"예?"

그는 깜짝 놀랐다. 남자 목소리가 계속해서 물었다.

— 최근에 그분 명의로 된 휴대전화 가입 신청서 및 변경 신청서 등을 조회해서 개인 정보 알아낸 사실이 있습니까?

"아. 저기……."

그러나 남자의 목소리는 변명하거나 대답할 틈을 주지 않았다.

— 그런 행위가 불법인 건 알고 계시지요? 유가족이 문제를

제기할 경우 김태경 씨 본인께서 민형사상 책임을 져야 할 뿐만 아니라 근무하시는 대리점까지 징계 등의 각종 불이익을 받을 수 있습니다.

"서, 그건⋯⋯."

남자의 목소리는 느긋하고도 무자비하게 이어졌다.

— 앞으로 주의하십시오. 사망하신 분 개인 정보를 함부로 조회하는 것은 법률에 저촉될 뿐만 아니라 고인을 위해서 도덕적으로도 용납될 수 없는 행동입니다. 한 번만 더 이런 행동을 하시면 법적으로 조치를 취하겠습니다.

"예⋯⋯. 죄송합니다."

'한 번만 더'라면 그래도 이번 한 번은 넘어가 주겠다는 뜻이다. 그래서 그는 조금 안심했다.

남자의 목소리가 계속해서 말했다.

— 그리고 그 집에도 다시 가지 마십시오. 집주인이나 공인중개사 사무실, 혹은 다른 관련자에게도 연락하지 마시구요.

"예?"

— 강문석 씨와 무슨 관계인지 모르겠지만 돌아가신 분은 돌아가셨으니 그냥 내버려두십시오. 고인의 유가족에게 접근하는 것도 물론 안 됩니다.

남자의 굵은 목소리가 천천히 말했다.

— 김태경 씨 본인이나 여자 친구 되시는 분 모두 본업에만 충실하시고 말이나 행동을 조심하시는 게 좋을 겁니다. 핸드폰 판매하시는 분이 함부로 사설탐정 흉내를 내시면 좋지 않은 결

과가 벌어질 수 있습니다.

"당신 누구야?"

전화는 그 순간 끊어졌다.

"왜 그래?"

사장이 옆에서 호기심 어린 표정으로 물었다. 그는 고개를 저었다.

"아냐……, 아무것도."

"왜? 뭐래? 무슨 일이야?"

그는 더듬더듬 나오는 대로 둘러댔다.

"이상한 소리를 하잖아……. 무슨 공인중개사 사무실에 가지 말라느니……."

"통신사에서 그런 소리를 해? 미친놈이네."

사장이 무심하게 말했다. 그리고 일어나서 커피를 타 마시러 갔다.

그는 매장 전화기 액정 화면의 발신자 표시를 확인했다. 예상과는 달리 전화번호가 나와 있었다. 1588로 시작하는 번호였다.

소용없을 것을 알면서도 그는 전화해 보았다. 역시나 전화를 받은 사람은 통신사의 고객 센터 상담원이었다. 젊은 여자였다.

방금 전화한 남자에 대해서 물어보려다가 그는 포기했다. 그가 아는 것이라고는 상대가 남자이고 목소리가 굵으며 말이 느리다는 것뿐이었다.

상냥하게 용건을 묻는 상담원에게 대충 얼버무려 말하고 그는 전화를 끊었다.

○

그가 전화했다. 나는 받지 않았다. 몇 번이고 전화했지만 받
지 않았다.

그가 문자를 보냈다.

전화 받아 봐. 할 얘기 있어.

그거 버려.

내가 대답했다.

그가 다시 문자를 보냈다.

중요한 얘기야. 전화 받아.

그 여자 달고 다닐 생각이면 다시는 연락하지 마.

그리고 나는 그의 번호를 차단했다.

○

저녁 늦게 그는 가게 일을 마감했다. 사장과 함께 밖으로 나
왔다. 사장이 가게 문을 잠갔다. 그가 셔터를 내렸다.

"수고했어. 잘 가라."

사실 그는 귀걸이와 여자와 목소리가 굵은 남자와의 이상한
전화 통화 때문에 술이라도 한잔하자고 청하고 싶었다. 그러나
사장은 먼저 이렇게 작별 인사를 하고는 가게 건물 뒤편의 주

차장으로 성큼성큼 걸어가 버렸다.

"어……, 그래. 낼 보자."

그가 사장의 등에 대고 말했다. 그리고 버스 정류장으로 가기 위해 돌아서는 순간 여자의 형상과 정면으로 부딪쳤다.

분명히 부딪쳤다고 생각했지만, 상대는 눈 깜짝할 사이에 하얀 연기처럼 흩어져 사라졌다. 주위를 둘러보아도 물론 아무도 없었다. 사람들은 제각기 갈 길을 가고 있었다.

○

그는 집으로 돌아왔다. 자취방의 불을 켰다.

불이 들어오기 직전의 한순간 그는 바로 앞에 서 있는 여자의 모습을 보았다. 검은 눈을 크게 뜨고, 붉은 입술을 벌리고, 하얀 두 팔을 애원하듯 그를 향해 벌리고 있었다.

○

그가 나에게 메일을 보냈다.

성연 씨.

나 오늘 일하다가 이상한 전화를 받았어. 그 집에도 가지 말고 집주인이나 부동산에도 연락하지 말래. 성연 씨에 대해서도 알고 있는 것 같았어.

뭐가 어떻게 된 건지 모르겠어. 성연 씨가 내 연락 안 받는 게 오히려 더 나은지도 몰라. 그렇지만 무슨 일 있으면 곧바로 알려 줘. 꼭 알려 줘야 돼.

그리고 내가 귀걸이 가지고 있는 거 너무 신경 쓰지 마. 성연 씨가 왜 그렇게 과민 반응 하는지 모르겠는데, 나 성연 씨 말처럼 그 여자 달고 다니려는 거 아냐. 그 여자가 누군지, 어떻게 된 일인지 알아내기만 하면 귀걸이는 곧바로 버릴 거야. 그러니까 그렇게 화내지 마.

메일을 읽고 내가 중얼거렸다.
"홀렸구나."

○

그는 꿈을 꾸었다.

그의 방이었다. 그는 침대에 누워서 잠들어 있었다. 하얀 여자가 방 안에 있었다. 잠든 그를 깨워서 간절하게 뭔가 말하려 했다. 그러나 그는 잠든 채로 깨어나지 않았다.

깨어나지 않는 자기 자신과 깨우려는 하얀 여자를 번갈아 쳐다보면서 그가 외쳤다.

「왜 그래? 무슨 일이야?」

여자는 붉은 입술을 절박하게 벌렸다. 그러나 그 입에서는 아무런 소리도 나오지 않았다.

「어떻게 된 거야?」

그가 물었다.

「그들이 당신을 죽였어?」

여자가 호소하듯이 그를 바라보았다.

「그가 당신을 죽였어?」

그러나 여전히 여자의 입에서는 아무런 소리도 들리지 않았다.

그때 침대 위에서 잠들어 있던 그가 깨어났다. 여자의 모습을 보고 침대 위의 그가 물었다.

「당신, 대체 누구야?」

그리고 그는 잠에서 깨어났다.

그가 눈을 떴을 때 여자는 아직도 침대 곁에 서 있었다. 검은 눈을 크게 뜨고 두 팔을 호소하듯이 그를 향해 벌리고 있었다. 그는 자기도 모르게 그 손을 잡으려 했다. 그러나 그가 손을 뻗어 여자를 건드린 순간 여자는 하얀 연기처럼 소리 없이 사라져 버렸다.

그의 손가락 끝에는 여자의 손가락에 닿았던 차갑고도 부드러운 감촉이 오랫동안 머물렀다.

"당신 대체 누구야?"

그가 물었다.

"누가 당신을 죽였어?"

여자는 대답하지 않았다.

〇

　그를 버려야겠다고 생각했다. 그것이 가장 간단하고 깔끔하다. 명치에서 온몸으로 퍼져 나가는 냉기와 통증이 힘들어지기 시작했을 때 나는 다른 따뜻한 체온을 찾아 나섰다.

　그것은 쉽지 않았다.

　과정 자체는 어렵다고 할 수 없었다. 인터넷만 있으면 무엇이든 할 수 있다. 적당한 남자가 제 발로 나타나기까지 시간은 얼마 걸리지 않았다. 그러나 남자의 체온에 나는 몹시 무관심했다. 가슴 한가운데 쇳덩어리가 박힌 듯한 아픔과 추위가 이미 참아 내기 어려운 지경에 이르렀는데, 어째서 이토록 내키지 않는 것인지 잘 알 수 없었다.

　아마도 이런 상황에서 오랫동안 벗어나 있었기 때문일 거라고 생각했다. 사실은 그 때문이 아니었다.

　남자는 옷을 찢었다. 머리채를 잡혔을 때 나를 휩싼 감정은 무엇보다도 분노였다. 이전에는 혐오감을 느낀 적도 몇 번 있었지만 원하는 결과를 기다리며 어느 정도는 체념할 수 있었다. 이렇게까지 적대감을 느낀 적은 없었다.

　남자가 기절한 뒤에 나는 남자의 얼굴을 내려다보면서 진지하게 고민했다. 죽여 버릴까? 그런 수고를 할 만한 가치가 없다고 이성적으로 판단하기는 했지만 실행에 옮기면 감정적으로는 몹시 만족스러울 것 같았다.

　한참 그 얼굴을 내려다보다가 나는 (옷이 찢어졌으므로) 남자의 옷을 걸쳐 입고 모텔 방을 나왔다. 집에 돌아와서 오랫동안 공들여 몸을 씻고 옷을 갈아입었다. 남자의 옷과, 함께 가지고 나온 속옷까지 모두 정성 들여 가위로 잘랐다. 불에 태웠다. 타고 남은 옷가지를 뭉쳐서 봉지에 넣어 밖으로 가지고 나갔다. 길거리의 쓰레기통에 버렸다.

그리고 나는 동트기 직전의 어두운 새벽 거리를 걸었다. 한 걸음 옮길 때마다 아주 조금씩 몸이 다시 식어 가는 것을 느낄 수 있었다.

천천히 걸으면서, 나는 생각만큼 간단하고 깔끔하게 그를 버릴 수 없으리라는 사실을 깨달았다.

○

나는 남성용 와이셔츠를 샀다. 그가 평소에 자주 입고 다니는 것과 최대한 비슷한 스타일로 골랐다. 집에 와서 와이셔츠를 빨았다. 세제가 아니라 샤워젤을 써서 손으로 조심스럽게 빨았다. 다림질을 했다. 와이셔츠를 뒤집어 어깨 안쪽에 천을 덧대었다. 두 겹으로 덧대어 꼼꼼하게 꿰맸다.

우산도 새로 샀다. 집에 가져와서 샤워젤로 겉면을 씻어 냈다.

우산과 와이셔츠와 함께 와이셔츠를 빨 때 사용했던 샤워젤과 라이터를 챙겼다. 가는 길에 생각이 나서 편의점에 들러 따뜻한 음료수도 샀다. 그리고 쪽지를 썼다.

항상 밝은 곳으로 다니고, 덥더라도 찬바람 쐬지 말고 몸을 따뜻하게 하고, 자주 씻고 절대로 비 맞지 마.

챙겨 온 물건들과 함께 쪽지를 쇼핑백에 넣어서 그가 없는 그의 집 현관문에 걸어 놓았다.

그가 있을 때는 죽은 여자가 함께 있었으므로 다가갈 수 없었다.

현관문 손잡이에 쇼핑백을 걸어 놓은 후에 나는 현관문을 한 번 당겨 보았다. 물론 문은 잠겨서 열리지 않았다.

그날 밤에 그가 짧은 메일을 보냈다.

성연 씨, 고마워. 나 믿어 줘서 고마워.
잘 쓸게. 최대한 빨리 해결할게.

o

사실 나는 그를 믿지 않는다.

o

언젠가 일하러 가는 길에 빗속에서 춤추는 사람을 보았다.
물론 그 사람은 춤추고 있지 않았다. 나중에야 깨달았지만

196

사람도 아니었다.

그것은 도깨비불을 잡기 위해 쫓아다니고 있었다. 푸르스름한 불꽃이 그것의 머리 위에서 마치 약 올리듯이 불규칙하게 움직였다. 그것은 양손을 한껏 치켜들고 도깨비불의 움직임을 따라 불안정하게 비틀거리며 제자리에서 빙글빙글 돌기도 하고 갈지자를 그리며 이리저리 뛰기도 했다. 그것은 희고 가늘었으며, 그 몸짓은 어쩐지 바람에 흔들리는 갈대를 연상시켰다. 한편으로는 운치가 있고 느긋해 보였고, 다른 한편으로는 애처로웠다.

그때까지만 해도 사람이라고 생각했기 때문에 나는 충고해주기 위해서 가까이 다가갔다. 도깨비불은 잡을 수 없다. 홀려서 쫓아다니다가는 좋지 않은 일을 당한다.

"저기요."

그것은 내 말을 듣지 못한 것 같았다. 머리를 기괴하게 흔들면서 양손을 허공에 치켜들고 양발이 꼬였다 풀렸다. 넘어질 듯 말 듯 불안하게 비틀비틀 움직였다.

"저기요."

내가 조금 더 큰 소리로 다시 불렀다. 이번에는 그것이 돌아보았다.

해골처럼 비쩍 마른 얼굴에, 두 눈이 있어야 할 자리에는 뻥 뚫린 검은 구멍만 남아 있었다. 그것은 그 구멍으로 나를 응시했다. 치켜들었던 양손을 천천히 내리고, 머리만은 여전히 기괴하게 흔들거리고 있었다.

눈이 없어도 귀가 있으니 내가 말하는 소리를 들을 수 있는 것 같았다. 그러나 어차피 사람이 아니다. 살아 있는 다른 것들에게 피해만 끼치지 않는다면 영영 잡을 수 없는 것을 잡기 위해 빗속에서 아무리 뛰어다닌들 내 알 바는 아닌 것이다.

그래서 나는 입을 다물었다.

그것은 안구 없는 검은 구멍으로 한참 동안 나를 응시했다. 무엇을 보았는지, 무엇을 말하려 했는지는 알 수 없다.

좀처럼 시선을 돌릴 것 같지 않았다. 그래서 나는 손가락을 치켜들어 도깨비불이 날아다니는 방향을 가리켰다.

그것은 다시 돌아서서 양팔을 위로 치켜들고 도깨비불을 잡기 위해 비틀비틀 뛰어다니기 시작했다.

나는 내 갈 길을 갔다.

o

다음 날 그는 아침을 먹고 이를 닦고 나서 내가 사 준 와이셔츠를 입었다.

오른쪽 소매에 팔을 끼웠을 때 그는 거울에 비친 자신의 반영 뒤에 서 있는 희미한 하얀 형태를 보았다.

그는 왼쪽 소매에도 팔을 끼웠다. 어깨와 목깃의 위치를 바로잡고 단추를 채웠다.

다시 거울을 보았을 때에도 등 뒤에는 여전히 희미한 하얀 형태가 어른거리고 있었다.

그는 내가 사 준 우산을 들고 출근길에 올랐다.

버스에서 그는 자신의 팔을 만지는 차가운 손가락을 느끼지 못했다.

가게에 도착해서 셔터를 올리고 문을 열었을 때, 어둠침침한 가게 안에는 아무도 없었다. 아무도 그의 곁을 스쳐 지나가지 않았다.

o

출근하면 그는 보통 때처럼 일했다. 손님들이 드나들었다. 핸드폰을 사 가는 사람도 있었고 설명만 듣고 고민하다가 그냥 가는 사람도 있었다. 밀린 요금을 내러 오거나 다른 서류 처리를 부탁하러 오는 손님도 있었다. 그는 이런 손님들을 응대하고 핸드폰을 팔고 돈을 받았다.

혹은 손님이 나가고 나서 텅 빈 매장 안에서 사장과 함께 음악 소리를 들으며 멍하니 앉아 있기도 했다. 평범한 하루였다.

그래서 그는 무엇이 달라졌는지 한동안 눈치 채지 못했다.

저녁이 되면 그는 사장과 함께 마감을 했다. 가게 문을 닫고 셔터를 내렸다. 사장은 가게 건물 뒤의 주차장으로 가서 차에 올랐다. 그는 버스 정류장으로 가서 버스를 기다렸다. 가늘게 비가 내렸고, 그는 내가 사 준 우산을 쓰고 있었다.

버스 정류장에서 그는 혼자였다. 버스를 탔을 때도, 집에 돌아왔을 때도 그는 혼자였다.

밤이 되면 그는 잠들었으나 꿈을 꾸지 않았다.

o

그는 죽은 남자의 통화 내역을 조회했다.

두세 번 정도 집주인과 통화한 기록을 제외하면 거의 다 같은 번호였다. 유선전화의 번호인 것으로 보아 여자와 함께 살던 집인 것 같았다. 매일 두세 번 이상 통화했고, 거의 한두 시간에 한 번꼴로 통화한 경우도 자주 있었다.

그리고 핸드폰 번호가 하나 있었다.

그래서 그는 그 번호로 전화했다.

그는 죽은 여자의 번호이기를 바랐다. 그러나 정말 죽은 여자의 번호라면 지금쯤은 없는 번호라고 나올 가능성이 크다는 사실도 알고 있었다.

통신사를 사칭해서 전화했던, 말이 느리고 목소리가 굵은 남자가 받을지도 모른다는 불안감도 있었다. 현실적인 불안감이었다.

어쩌면 죽은 여자가 받을지도 모른다는 비현실적인 기대도 조금은 가지고 있었다.

전화를 받은 것은 살아 있는 여자였다. 나이 든 여자였다.

— 여보세요?

발음이 불분명했다.

"예, 여보세요. 저······."

그는 순간적으로 뭐라고 말해야 할지 알 수 없었다. 전화해야겠다고 생각했을 때는 상대방의 '여보세요.' 이후에 뭐라고 구실을 대야 상대의 신원을 효과적으로 알아낼 수 있을지 전혀 대비책을 생각해 두지 않았다. '실례지만 누구시죠?' 따위가 머리에 떠오르는 전부였다.

상대가 다시 말했다.

— 여보세요? 여보세요, 여보······. 누군데 전화를 걸어 놓고 말을 안 해······. 말을 안 하네······. 전화했으면 말을 해야 할 거 아냐, 말을······. 말을 해······.

발음과 어조에서 취기가 느껴졌다. 그는 시계를 보았다. 오전 11시 7분이었다.

상대방이 목소리를 높이기 시작했다.

— 전화했으면 말을 해, 말을! 어디 꼭두새벽부터, 응? 아침부터······, 새벽부터 장난전화질이야. 너 누구야! 장난전화를 하고 그래, 장난전화를······.

"저, 저는 강문석 씨 친구 되는 사람인데요."

그가 간신히 용기를 짜내어 말했다. 상대가 되물었다.

— 누구?

"강, 문, 석, 씨요. 저는 친구 되는 사람입니다만······."

상대방의 목소리가 가라앉았다.

— 문석이? 문석이 그 자식이 왜? 그 새끼 부잣집에……, 돈 많고 권세 있는 집 딸년 꼬셔서 장가갔어. 가 버렸어. 갔어……. 부잣집 사위 되겠다고 지 에미도 버리고 갔다고. 후레자식이……, 그 자식이 이제 와서 나한테 할 말이 뭐가 있어?

그는 다시 말문이 막혔다.

그가 기억하는 죽은 남자의 어머니는 화려하고 거만한 사람이었다. 옷이나 화장 등 차림새의 취향은 어찌 보면 천박하다고도 할 수 있었겠지만 그래도 겉모습부터 도도함과 자부심이 한껏 배어 나오는, 인상이 아주 강한 사람이었다. 그가 기억하는 한 아침 11시부터 술에 취해 있는 사람은 아니었다.

상대방은 그가 말을 하건 안 하건 아랑곳하지 않고 계속해서 어눌한 발음으로 중얼거렸다.

— 그 돈은 내 돈이야, 내 돈……. 내 돈 죽어도 못 줘. 못 준다고 그래……. 지 에미가 죽었는지 살았는지 관심도 없다가 기껏 전화해서 한다는 소리가 돈 달라고? 그 돈 못 줘. 절대로 못 줘……. 그거 이제 내 돈이야. 내 거야, 돈…….

그 횡설수설하는 말을 들으면서 남자가 죽었다고 알릴까 말까 고민하다가 그는 물었다.

"무슨 돈 말씀이십니까?"

— 무슨 돈은 무슨 돈이야. 내 돈이지!

상대방이 갑자기 고함을 꽥 질렀다. 그는 깜짝 놀랐다.

— 그 새끼 있는 집에 장가간다고, 절대로 자기 찾지 말고 연

락도 하지 말라고, 나는 저 하나만 바라보고 뼈 빠지게 키워 놨더니 불효막심한 새끼가……. 지 에미가 부끄럽냐! 그래, 술 파는 에미라서 부끄럽냐! 그 술 팔아서 저 고등학교 보내고 대학 보냈는데, 나쁜 새끼……. 양심이라고는 눈곱만큼도 없는 새끼가 돈 주면서 쫓아낼 때는 언제고, 이제 와서 그 돈을 다시 달래……. 못돼 처먹은 새끼…….

죽은 남자의 어머니라고 해도 이런 상태라면 남자가 죽었다는 사실을 알리는 것이 큰 의미가 없을 것 같았다. 그대로 조용히 전화를 끊으려다 그가 말했다.

"그 돈, 안 주셔도 됩니다."

— 뭐라구?

상대방이 다시 소리를 빽 질렀다. 그가 조금 더 큰 소리로 다시 한 번 천천히 말했다.

"그 돈, 안 주셔도 된다구요."

— 안 줘도 돼? 그럼 당연하지. 안 줘야지. 이제 내 돈인데. 내 돈이야……, 내 돈……. 절대로 못 줘, 내 돈…….

상대방의 발음은 이제 중얼거리는지 칭얼거리는지 구분할 수 없을 정도로 불분명해졌다.

그는 전화를 끊었다.

〇

그가 내게 전화했다. 공중전화였으므로 화면에 떠 있는 번호는 낯선 것이었다. 그러나 나는 전화한 사람이 누구인지 번호를 보자마자 짐작할 수 있었다.

— 셔츠랑 우산이랑 잘 받았어.

그가 말했다.

그의 목소리에서 냉기가 전해지지 않았다. 평소와 똑같은 그냥 보통의 목소리였다. 그래서 나는 물었다.

"그 셔츠 입고 있어?"

— 응.

그가 대답했다.

"우산도 쓰고 다녀?"

— 응.

"샤워젤 마음에 들어?"

— 응. 근데 향이 좀 특이하더라.

"약초가 들어가서 그래."

내가 대답했다.

미봉책일 뿐이다. 모든 것은 그의 의지에 달려 있다. 그러나 최소한 시간을 좀 벌 수는 있을 것이다.

— 고마워.

그가 말했다.

"응."

내가 대답했다.

그가 이야기했다.

— 문석이 어머니한테 전화했었어.

"누구?"

— 죽은 그 자식 어머니.

내가 놀랐다.

"어? 연락처 어떻게 알아냈어?"

— 다 방법이 있지.

그리고 그는 내가 더 캐묻기 전에 재빨리 말했다.

— 그분 좀 이상했어. 아침 11시에 전화했는데 술에 완전히 취해 있더라.

"그래?"

— 많이 망가진 것 같았어. 내가 기억하는 문석이 어머니는 그런 분이 아니었는데……

그가 잠시 말을 멈추었다. 나도 굳이 논평하지 않았다.

그가 다시 말했다.

— 문석이가 결혼할 때 어머니한테 다시 연락하지 않는 조건으로 돈을 드렸던 것 같아.

"어째서?"

그가 조심스럽게 말을 골라서 이야기했다.

— 좀 횡설수설해서 정확히 어떻게 된 건지는 모르겠는데, 아마 고위 권력자 딸에다 변호사하고 결혼하게 되니까 자기 어머니가 곤란했나 보지.

아침 드라마에나 나올 법한 사연이지만 아주 불가능한 것은 아니다. 그가 말을 이었다.

— 그런데 최근에 전화를 해서 그 돈을 다시 돌려 달라고 했

다는 거야.

"왜?"

— 돈이 필요했나 보지.

그 정도 추측은 나도 할 수 있다.

그가 조금 더 쓸 만한 추측을 내놓았다.

— 그 여자랑 같이 사는 걸 자기 부인한테 들켜서, 무마할 돈이 필요했던 거 아닐까?

"그럼 그 돈을 어느 쪽에다 주려고 한 걸까? 그 여자 쪽? 아니면 부인?"

내가 물었다. 그가 대답했다.

— 몰라. 어쨌든 어머니가 그 돈 안 주겠다고 하셨대. 그 돈에 굉장히 집착하는 거 같더라.

그리고 그는 덧붙였다.

— 내가 안 줘도 된다고 했어.

"죽었다고 말했어?"

내가 물었다.

— 아니.

그가 대답했다.

다시 짧은 침묵이 흘렀다.

— 성연 씨.

그가 말했다.

— 나한테 화난 거 아니지? 나 다시 만나 줄 거지?

"그거 버리면."

내가 대답했다.

"안 버렸지?"

그가 대답 대신 변명했다.

— 단서잖아. 어떻게 된 건지 알아낼 때까지만 가지고 있을
거라니까.

"태경 씨."

내가 정색을 했다.

"그거 가지고 있으면 태경 씨한테 안 좋아. 정말로 위험해.
그러니까 버려."

— 요즘엔 집에 두고 다니고 있어. 맨날 가지고 다니는 거
아냐.

그가 말했다.

어쩌면 집에 두는 쪽이 훨씬 더 큰 문제가 될 수도 있다.

"그거 버려, 제발."

내가 말했다.

"그런 단서하고 상관없이 죽은 남자 어머니도 찾아내고 잘하
고 있잖아. 그러니까 죽기 싫으면 빨리 버려."

그리고 나는 전화를 끊었다.

○

다시 나에게 전화하려다가 그는 생각을 바꾸어 그만두기로
했다. 공중전화의 수화기를 걸어 놓다가 문득 전화 부스의 유리

창을 보았다. 유리창에는 그의 얼굴만이 희미하게 비쳐 보였다.

크게 신경 쓰지 않고 그는 전화 부스를 나왔다.

○

집에 돌아가서 그는 책상 서랍에 넣어 두었던 귀걸이를 꺼내 보았다. 침대에 앉아서 손바닥에 귀걸이를 놓고 가게에서 했던 것처럼 방 안의 전등 불빛에 이리저리 비추어 보았다.

아무 일도 일어나지 않았다. 가느다란 금줄에 달린 큐빅이 전등 불빛에 아른아른 빛날 뿐이었다.

그는 이유 없이 한숨을 쉬었다. 귀걸이를 침대 머리맡의 탁자 위에 놓고 저녁밥을 먹으러 갔다.

저녁을 먹고 그는 잠깐 텔레비전을 보았다. 인터넷 서핑을 하고 메일을 확인했다. 씻고 이를 닦고 잠옷을 갈아입었다. 자려고 침대에 누웠다. 불을 껐다.

불을 끄고 나서 잠들기까지의 길지 않은 시간 동안 그는 어둠 속에 혼자 누워 있었다.

몽롱하게 잠이 들려 할 때 문득 머리맡의 탁자 위에 아직도 귀걸이가 놓여 있다는 사실이 떠올랐다.

그는 희미하게 뭔가 이상하다고 생각했다. 그러나 다음 순간 잠들어 버렸다.

깊은 밤에 그는 잠이 깨었다. 바로 조금 전까지 잠들어 있었는데, 다음 순간 눈이 떠졌다. 그리고 그는 침대 옆에 서 있는 여자를 보았다.

여자는 그를 보고 있지 않았다. 그에게 옆얼굴을 보인 채 돌아서 있었다. 시선을 따라가니 방구석이었지만 그곳에는 아무것도 없었다. 무엇을, 어디를 보고 있는지 알 수 없었다.

그는 몸을 일으켰다. 여자는 움직이지 않았다.

그가 지켜보는 앞에서 여자는 방 안을 천천히 헤매 다니기 시작했다.

그는 침대에 일어나 앉았다. 그러나 여자는 그대로 목적 없이 방 안을 느릿느릿 걸어 다닐 뿐이었다. 그의 바로 앞까지 다가와서도 그를 보지 못하는 것 같았다.

그는 일어섰다. 여자에게 다가가려 했다. 그러나 죽은 여자는 슬픔에 가득 찬 표정으로 천장을 올려다보더니 사라져 버렸다.

○

다음 날 그는 귀걸이를 주머니에 넣고 일하러 갔다.

버스 안에는 평소보다 사람이 많았다. 버스가 멈추거나 출발할 때마다 사람들과 부딪쳤다. 그러나 여자의 차가운 손가락, 그 특징적인 감촉은 한 번도 느껴지지 않았다.

그는 셔터를 올리고 가게 문을 열었다. 가게 안에 들어섰을 때에도 그는 여전히 혼자였다.

그래서 그는 나에게 전화했다. 무심코 핸드폰으로 걸었다가 지금은 전화를 받을 수 없다는 기계적인 안내 음성을 듣고 가게 전화로 다시 걸었다.

— 여자가 가 버린 것 같아.

그가 말했다.

— 항상 주위를 맴돌았었는데 이젠 안 보여. 어젯밤에 방 안에 있었는데, 다른 곳을 보고 있었어.

그의 목소리가 조금 우울했기 때문에 내가 물었다.

"슬퍼?"

그는 대답하지 않았다.

잠시 침묵이 흘렀다. 내가 물었다.

"내가 준 샤워젤, 계속 쓰고 있어?"

그는 전화기 너머에서 살짝 웃었다.

— 응.

"우산도 가지고 다니지?"

그가 다시 조금 웃었다.

— 응. 비 올 때.

"비 안 올 때도 가지고 다녀."

— 알았어.

내친김에 계속 물었던 것이 실수였다.

"와이셔츠도 입고 다니지?"

— 응, 입어.

"라이터는?"

— 필요 없어서 두고 다녀. 나 담배 안 피우잖아.

그는 잠시 말을 멈추었다가 물었다.

— 왜 자꾸 물어봐?

나는 대답하지 않았다. 그가 다시 물었다.

— 그 우산이랑 샤워젤, 와이셔츠, 라이터, 그거 다 뭐였어?

나는 대답하지 않았다. 그가 계속 물었다.

— 그 물건들 나한테 왜 준 거야?

나는 대답하지 않았다.

— 성연 씨.

그의 목소리가 무거워졌다.

— 대체 뭘 하려고 한 거야?

내키지는 않지만 나는 설명할 수밖에 없었다.

"표시가 보이지 않게 했어. 자기한테 해 둔 표시가 보이지 않으면 자기를 찾을 수 없으니까."

— 뭐? 어떻게…….

말하다 말고 그는 내가 어떻게 했는지 깨달은 것 같았다.

— 날 속였어?

그는 갑자기 불같이 화를 냈다.

— 날 생각해서 챙겨 주는 줄 알았는데, 날 속인 거야?

"생각해서 챙겨 준 거야."

그는 계속해서 화를 냈다.

— 내가 죽은 여자 귀신하고 바람이라도 피우는 것 같아? 도대체 왜 이렇게 과민 반응을 하는 거야? 전에는 내가 죽은 사람

을 달고 와도 이런 식으로 쫓아 보내는 짓은 안 했었잖아?

예전에도 똑같이 했었다. 나는 그의 몸에 나타난 죽은 자의 표시를 지워 주었다. 그러면 죽은 사람들은 표시를 찾지 못하여 그를 볼 수 없게 되었고, 그리하여 혼자서 헤매다가 저절로 떨어져 나갔다.

"예전하고 다르게 행동하는 건 태경 씨야. 예전에는 굳이 죽은 사람을 데리고 다니려고 하지 않았잖아."

— 데리고 다니려는 게 아니라 맺힌 걸 풀어 주려는 거야.

그가 '전설의 고향' 같은 발언을 했다.

— 남자한테 이용당하고 얻어맞고 학대당했어. 그리고 결국 살해당했잖아. 같은 여자로서 성연 씨는 불쌍하지도 않아? 내가 왜 이렇게 애쓰는지 정말 이해 못 하겠어?

그러나 그는 고을에 새로 부임한 원님이 아니다.

생존본능은 모든 살아 있는 존재가 필수적으로 갖추고 있는 매우 기본적인 자질이라고 생각했는데, 상황에 따라서는 발동이 되지 않을 수도 있는 모양이다. 상대가 불쌍하거나 불쌍하지 않은 것은 자기 자신의 생명이 위협받는 상황에서 그다지 중요하지 않다. 이런 사실을 그는 간과하고 있다.

전에도 말했지만 죽은 사람이 오랫동안 따라다니면 산 사람은 죽는다. 그러므로 죽은 여자의 물건을 몸에 지니고 죽은 여자가 따라다니도록 의식적으로 내버려두는 것은 매우 위험한 행동이다. 죽은 여자는 나와 달라서 그의 몸이 따뜻하거나 차가워지는 것을 일일이 감지할 수 없으며 그런 일에 개의치도 않는다.

그러나 또 달리 생각해 보면, 사람은 모두 언젠가는 죽는다. 빨리 죽거나 늦게 죽는 차이가 있을 뿐이다. 그의 수명은 그의 것이다. 그러므로 그가 죽은 여자와 굳이 함께 있기를 원한다면 나로서는 막을 방법이 없다.

명치의 냉기와 다른 남자의 체온을 생각했다. 나와 함께 있는 것이 죽은 여자와 함께 있는 것보다 더 낫다고 장담할 수 없다. 그렇게 생각하자 순식간에 기분이 몹시 복잡해졌다.

한 가지만은 확실하다. 그가 죽은 여자를 나에게 데려오는 것만큼은 받아들일 수 없다. 그의 수명이 그의 것이듯이 나의 수명은 나의 것이다. 그리고 나의 생존본능은 훌륭하게 작동하고 있다.

"당신이 원하는 대로 해."

내가 말했다.

"그 여자에게 가고 싶으면 가."

— 그런 식으로 말하지 마.

그가 가로막았다.

"하지만 그 여자를 나한테까지 달고 오지는 마."

— 그런 식으로 말하지 말라니까! 어떻게 그렇게 말할 수가 있어?

그는 여전히 전혀 이해하지 못한다.

그래서 나는 전화를 끊었다.

○

일을 마치고 집에 돌아와서 그는 현관에 잠시 선 채로 생각했다. 안으로 들어가기 전에 현관에 놓아두었던 내가 사 준 우산을 집어 들었다. 옷장 속에서 내가 사 준 와이셔츠를 꺼냈다. 욕실로 가서 내가 사 준 샤워젤을 가져왔다. 주머니 속에 넣어두었던 내가 사 준 라이터를 꺼냈다.

이 모든 물건들을 내가 담아 주었던 쇼핑백에 도로 넣었다. 쓰레기봉투를 가져와서 쇼핑백을 쓰레기봉투 안에 쑤셔 넣었다. 쓰레기봉투를 들고 현관으로 갔다.

현관에서 신발을 신다가 그는 멈추어 섰다.

신발을 벗었다. 다시 들어왔다. 옷장 문을 열었다. 그리고 가장 깊숙한 곳에 처박았다.

○

다음 날 출근길에 그는 버스를 탔다. 이번에도 팔뚝을 스치는 차가운 손가락은 느끼지 못했다.

비는 내리지 않았다. 그러나 날이 흐렸다. 아침인데도 마치 저녁 늦은 시간처럼 주위가 어둠침침했다.

정류장을 지날 때마다 사람들이 하나둘씩 내렸다. 앉을 자리는 없었지만 버스 안은 갈수록 한산해졌다. 내려야 할 때가 되었을 무렵에는 서 있는 사람이 그 혼자뿐이었다.

정차 벨을 누르려고 그는 팔을 뻗었다. 그 순간 버스 차창에 비친 자신의 얼굴 뒤로 여자의 얼굴을 보았다.

여자는 슬퍼 보였다. 너무나 지독하게 슬픈 표정으로 그를 쳐다보았다. 그리고 뭔가 말할 듯이 간절하게 입술을 벌렸다.

그때 누군가 정차 벨을 눌렀다. 벨에 빨간 불이 들어오면서 버저 소리가 울렸다. 그가 버저 소리에 잠깐 시선이 흐트러진 순간 여자의 얼굴은 이미 사라지고 없었다.

버스가 멈추어 섰다. 그는 교통카드를 찍고 버스에서 내렸다. 일곱 걸음 걸어서 가게로 갔다. 셔터를 올리고 가게 문을 열었다.

어둠침침한 가게 안에 여자의 하얀 형상이 그를 바라보며 서 있었다. 여자가 그를 향해 양팔을 벌렸다.

"알아. 나도 다 알아."

그가 고개를 끄덕였다. 여자의 입술이 부드럽게 벌어졌다. 그러나 아무런 소리도 들리지 않았다.

"나도 노력하고 있어."

그가 소리 죽여 중얼거렸다.

"그러니까 조금만 참아. 조금만 더 기다려 줘……."

o

"뭐냐, 그거? 여자 친구 선물?"

사장이 어깨 너머로 그의 손바닥에 놓인 귀걸이를 훔쳐보며 물었다.

"근데 왜 한 짝밖에 없어?"

"어? 어, 아니……."

그는 황급히 귀걸이를 주머니에 넣었다.

"별거 아냐. 주웠어."

"땡잡았네. 비싸 보이는데."

사장이 말하고는 갑자기 돌아섰다.

"어서 오십……, 어?"

사장은 주위를 두리번거리며 고개를 갸웃거렸다.

"이상하다. 분명히 누가 와 있었는데……."

누가 와 있었는지 그는 짐작할 수 있었다. 그러나 아무 말도 하지 않았다.

"아우! 몸이 허해졌나, 헛것을 보네……."

사장이 중얼거리면서 기지개를 켰다. 그리고 잔에 커피믹스를 부은 뒤 정수기 쪽으로 갔다.

"너, 오늘 커피 되게 많이 마신다? 벌써 몇 잔째냐?"

그가 뒤에서 논평했다. 사장이 잔에 뜨거운 물을 받으면서 말했다.

"요즘에 이상하게 졸리더라구……, 날씨 탓인가……."

사장은 빈 커피믹스 봉지로 커피잔을 휘휘 저으면서 밖을 내다보았다. 오전에 가늘게 내리던 빗줄기가 이제는 제법 후드득 소리를 내면서 가게 전면의 통유리를 때리고 있었다.

사장은 한참이나 말없이 커피를 저으면서 유리를 때리는 빗줄기를 쳐다보았다. 그도 말없이 멍하니 유리에 맺힌 빗방울을 보고 있었다.

사장이 커피잔을 든 채로 성큼성큼 문 쪽으로 갔다. 가게 문을 활짝 열었다. 그리고 문을 연 채로 고정시켰다.

바람이 불면서 비가 세차게 가게 안으로 들이쳤다. 사장은 잔을 든 채로 열린 문 앞에 서서 비바람을 그대로 맞고 있었다.

"시원하지 않냐?"

사장이 꿈꾸는 듯한 어조로 말했다. 그는 대답하지 않았으나 공감했다. 서늘한 바람과 차가운 빗방울이 그가 앉아 있는 곳까지 들이쳤다. 사장이 그 비바람을 맞고 있는 모습은 보기만 해도 기분이 좋아졌다. 뭔가에 취한 것처럼, 비현실적으로 기분이 좋아졌다.

문가에 사람의 모습이 나타났다. 사장은 꿈에서 깬 것처럼 흠칫 놀라며 옆으로 한 걸음 비켜섰다.

"여기 뭐예요? 영업 안 해요?"

젊은 남녀 한 쌍이 우산을 옆으로 비껴들고 가게 앞에 서 있었다. 안으로 들어오려다가 엉거주춤 애매한 위치에 멈추어 선 채로 여자 쪽이 먼저 물었다.

그는 자리에서 천천히 일어났다. 시원하게 비 맞는 모습을 엔 낯선 사람들이 나타나 방해한 것이 짜증이 났다. 그러나 일어나긴 했지만 그다음엔 어떻게 해야 할지 잘 알 수 없어서 그는 그대로 서 있었다.

사장이 서둘러 대답했다.

"아, 예, 들어오세요. 뭘 찾으세요?"

그러나 두 남녀는 미심쩍은 표정으로 사장의 얼굴과 가게 안을 번갈아 흘끔흘끔 쳐다보았다.

"오빠, 그냥 가자. 여기 좀 이상해."

여자가 말했다. 남자도 고개를 끄덕였다.

"그치? 딴 데 가자."

그리고 두 사람은 그대로 우산을 쓰더니 가 버렸다.

그는 카운터 뒤에 서서 그 모습을 멍하니 보고 있었다. 갑자기 사장이 빠른 걸음으로 매장을 가로질러 걸어가더니 전등 스위치를 올렸다. 가게 안에 불이 들어왔다.

밝은 빛에 흠칫 놀라서 그는 눈을 깜빡였다. 잠에서 방금 깬 것처럼 머릿속이 여전히 흐릿했다.

"야, 우리 뭐 한 거냐?"

사장이 얼굴을 살짝 찡그리며 물었다. 그러고는 그제야 생각난 것처럼 서둘러 문가로 가서 열어 두었던 문을 닫았다.

"에이, 다 젖었네……."

사장이 커피잔을 아무렇게나 내려놓고 팔과 어깨를 털면서 투덜거렸다. 과연 사장은 옷을 입은 채로 샤워라도 한 것처럼 흠뻑 젖어 있었다.

그는 카운터 밖으로 나와서 가게 안을 둘러보았다.

서서히 좋지 않은 예감이 들기 시작했다.

그와 사장은 불도 켜지 않고, 음악은 물론 에어컨도 틀지 않은 어둠침침한 가게 안에서 문을 활짝 열고 들이치는 비를 맞고 있었던 것이다. 얼마나 그렇게 있었는지 알 수 없었다.

"야, 이건 또 왜 이래?"

사장이 당황하며 소리를 질렀다. 그는 돌아보았다. 사장이 카운터 뒤에서 말했다.

"리더기가 꺼졌어. 네가 껐냐?"

"아니."

그는 고개를 저었다. 신용카드 리더기는 대체로 언제나 켜 두었다. 그가 기억하는 한 설치한 뒤로 한 번도 끄지 않았다.

"어어? 이것도 꺼졌네?"

사장이 투덜거렸다. 그는 카운터로 다가갔다. 카운터 옆 매대 위에 켜 두었던 노트북이 꺼져 있었다. 전원 스위치를 눌렀지만 켜지지 않았다.

"아예 먹통이 됐네? 고물딱지가 드디어 맛이 갔구만……."

사장이 혀를 쯧쯧 찼다. 그러나 노트북은 '고물딱지'라고 하기에는 너무 새것이었다.

그는 매대를 둘러보았다. 매대 위에 켜 두었던 전광판들이 전부 꺼져 있었다. 스위치를 다시 넣었으나 불이 들어오지 않았다.

그는 주머니에서 자기 전화기를 꺼내 보았다. 역시 꺼져 있었다. 전원 버튼을 누르자 배터리가 부족하다는 알림창이 떴다.

사장이 노트북에 전원을 연결하고 신용카드 리더기를 손보는 동안 그는 마른걸레를 가져다가 비에 흠뻑 젖은 유리문 안쪽을 닦았다. 그리고 대걸레를 가져다가 비가 들이쳐 젖은 바닥을 문질렀다. 흠씬 젖은 대걸레를 화장실로 가져가서 발로 밟아 짰다. 그때 등 뒤에서 가느다란 손가락이 그의 목덜미를 건드렸다.

차가웠다.

전에는 이렇게까지 소름 끼치게 차갑지 않았다.

이렇게까지 차가운 줄 몰랐다…….

그는 돌아보지 않았다. 돌아볼 수 없었다. 서둘러 대걸레를 마구 밟아서 대충 물기를 짜냈다. 조명이 밝혀지고 살아 있는 사람들이 드나드는 매장으로 황급히 돌아갔다.

여자의 손가락이 스쳐 간 자리에 소름이 돋았다. 그 냉기와 소름은 오랫동안 사라지지 않았다.

○

그는 추웠다.

매장 안의 에어컨 바람이 왠지 신경에 거슬렸다. 일을 마친 후 가게를 닫고 밖으로 나왔을 때 팔에 부딪치는 빗방울이 마치 얼음 덩어리 같았다. 집으로 가는 내내 그는 버스 안에서 덜덜 떨었다.

집에 돌아와서 그는 뜨거운 물로 샤워를 했다. 그러나 물은 틀었을 때는 따뜻했지만 그의 몸에 부딪치자 온기를 전혀 전해 주지 못한 채 그대로 튕겨나가는 것만 같았다. 샤워를 마치고 물을 잠그자 그 순간부터 다시 추워지기 시작했다.

그는 서랍 속의 긴팔 옷을 꺼내 입었다. 이불을 뒤집어쓰고 누웠다.

일어났다. 옷장 속의 오리털 파카를 꺼내 둘러 입었다.

그 위에 이불을 뒤집어쓰고 누웠다.

추웠다.

잠들기 위해서 불을 끈 순간 그는 침대 머리맡에 서 있는 여자를 보았다. 여자와 눈이 마주쳤다.

등줄기로 한층 더 차가운 느낌이 빠르게 흘러 내려갔다.

그는 머리맡 탁자 위의 전등을 켰다. 불이 켜지자 여자의 모습은 즉시 사라졌다.

전등 아래에서 여자의 귀걸이가 빛났다.

그는 귀걸이를 집어 들었다. 잠시 고민했다. 화장실로 가서 휴지를 조금 뜯어 왔다. 휴지에 정성스럽게 감쌌다. 그리고 책상으로 갔다. 가장 아래쪽 서랍을 열고 깊숙이 집어넣었다.

그러고 나서 그는 도로 침대에 누웠다. 이불로 몸을 정성껏 감쌌다.

그러나 이불 밑 오리털 파카 속, 자신의 몸에서 뿜어 나오는 한기 때문에 그는 잠이 들 수 없었다.

○

다음 날 출근한 사장은 조금 멍한 표정이었다. 그를 보고 물었다.

"어, 웬 긴팔이야? 너도 감기 기운 있냐?"

"응, 좀……."

사장도 긴팔 점퍼를 입고 있었다. 괜히 비 맞았다가 감기에 걸린 것 같다고 사장은 투덜거렸다.

"추우니까 에어컨 틀지 말자."

사장이 말했다.

두 사람은 에어컨도 음악도 틀지 않은 텅 빈 매장 안에 멍하니 앉아 있었다.

갑자기 사장이 말했다.

"불도 끄는 게 낫지 않냐?"

"음?"

그가 사장을 돌아보았다. 사장이 자리에서 일어섰다.

"불도 끄는 게 좋을 거 같은데. 너무 눈부시지 않냐?"

그리고 사장은 어쩐지 불안정하게 휘청거리는 걸음으로 실내조명 스위치를 향해 다가갔다. 사장의 얼굴에는 표정이 없었고 눈빛은 반쯤 잠든 것처럼 흐리멍덩했다.

그는 문득 내가 쇼핑백에 넣어 두었던 쪽지를 떠올렸다.

'밝은 곳으로만 다니고…….'

"불 끄지 마."

그가 소리 질렀다.

사장은 그의 말이 들리지 않는 것 같았다. 여전히 불안정한 걸음걸이로 천천히 걸어서 실내조명 스위치 쪽으로 갔다. 손가락이 스위치에 닿았다.

그는 자리에서 튕겨 일어났다. 뛰다시피 사장을 쫓아갔다.

어쩐지 다리가 잘 움직이지 않았다. 발목에 납으로 된 추라도 단 것처럼 무거웠다.

그리고 추웠다. 몸을 움직일 때마다 추웠다.

그는 사장을 밀어내고 조명을 다시 켰다. 가게 안이 환해졌다.

사장이 눈을 깜빡였다. 그리고 그에게 물었다.

"너, 불은 왜 껐냐?"

"네가 껐잖아."

그가 말했다. 사장이 어이없다는 표정으로 되물었다.

"내가 불을 왜 꺼?"

반박하려다가 그는 참았다.

"아냐, 됐다. 한번 껐다 켜 봤어."

"이 자식이, 감기 걸리더니 돌았나……."

사장이 웃었다. 다시 휘적휘적 앉았던 자리로 돌아갔다.

그는 조명 스위치 옆에 잠시 지켜 선 채로 통유리 바깥의 비오는 거리를 다니는 사람들을 바라보았다.

갑자기 사장이 말했다.

"답답하지 않냐?"

"어?"

그가 돌아보았다.

"문을 여는 게 낫지 않겠냐? 바람도 불고 비도 좀 들어오게……."

사장이 말하면서 일어섰다. 아까처럼 어쩐지 부자연스러운 걸음걸이로 휘청휘청 자리에서 걸어 나왔다.

그는 얼른 사장의 팔을 잡았다. 도로 자리에 앉혔다. 또 일어나서 혹시나 문을 열까 불안해하며 서둘러 커피를 타다가 앞에 놓아 주었다.

"좀 마셔."

"어……."

사장이 불분명하게 대답했다.

눈이 완전히 풀려 있었다.

〇

그가 나를 찾아왔다. 초인종을 누르고 문을 두드렸지만 나는 열어 주지 않았다.

"성연 씨, 문 좀 열어 줘."

그가 밖에서 소리 질렀다.

목소리가 차가웠다.

"오늘 가게에서 이상한 일이 있었어. 제발 나 좀 도와줘."

나는 대답하지 않았다. 그가 다시 소리쳤다.

"귀걸이 가게에 두고 왔어. 그러니까 문 좀 열어 줘."

절대로 열어 줄 수 없다.

그는 한참이나 더 문을 두드리고 초인종을 눌렀다. 그러다가 소리 질렀다.

"문 안 열어 줄 거면 전화라도 받아. 제발."

전화도 받을 수 없다. 그의 목소리에서 풍겨 나오는 냉기는 내가 감당할 수 있는 정도를 훨씬 넘는다.

"도영이가 이상해. 나 때문에 도영이까지 이상해진 것 같아."

그가 문밖에서 말했다.

"제발 나 좀 도와줘……."

나는 조심스럽게 문으로 다가갔다. 적당한 거리를 두고 옆으로 비켜서서 소리쳤다.

"그러니까 그거 버리라고 내가 말했지?"

"집에 두고 왔어."

그가 변명했다.

"집에 두고 오지 않았어. 버려."

내가 말했다.

"안 버리고 계속 마음 쓰니까 그 여자가 따라다니는 거야."

"마음 쓰는 거 아냐. 그런 거 아니라고 몇 번을 말해. 그냥 어떻게 된 일인지 그것만 알아내면……."

"그 여자가 좋으면 그 여자한테 가."

내가 그의 말을 끊었다.

"그런 거 아니라니까!"

그가 언성을 높였다.

"도영이가 이상하다고! 멀쩡하게 일하다가 갑자기 비가 들이치게 문을 열자고 하질 않나, 불을 끄자고 하질 않나……. 감기에도 걸렸다고 하고, 눈빛이 이상해졌어. 나 정말 어떻게 해야……."

"태경 씨 잘못이야."

내가 말했다.

"태경 씨가 고집 부려서 그렇게 됐으니까 태경 씨가 알아서 해."

그는 잠시 아무 말도 하지 않았다. 갔을까 생각했지만, 문밖의 냉기는 그대로였다.

"너, 진짜 못됐다."

그가 말했다.

나도 안다. 그의 친구이며 핸드폰 가게 사장은 아무 잘못도 없는 무고한 피해자다. 그리고 그에게는 여러모로 중요하고 소중한 사람이다.

그러나 그가 죽은 여자를 달고 다니는 한 내가 할 수 있는 일은 없다.

"이런 사람인 줄 몰랐어."

그가 다시 말했다.

"가."

내가 말했다.

"정말 가?"

그가 물었다.

"이렇게 끝내고 싶어? 내가 가 버려도 정말 아무렇지도 않아?"

그 한마디에 다시 마음속이 순식간에 복잡해졌다.

나는 어쩐지 말하고 싶어졌다. 다른 남자의 체온과 명치의 통증과 죽은 여자의 냉기에 대해서. 다른 남자에게 머리채를 잡혔을 때의 분노와, 그에게 손목을 붙잡혔을 때 통증과 함께 온몸으로 퍼져 나가던 온기에 대해서. 그리고 이 모든 것을 떠올릴 때의 이해할 수 없는 슬픔에 대해서.

그러나 그는 내가 몇 번이고 말했으나 마음을 바꾸지 않았다. 결정을 내린 것이다. 그리고 그의 결정은 그의 것이다. 그렇다면 지금의 이런 상태보다는 그가 가는 쪽이 훨씬 낫다.

그래서 나는 대답하지 않았다.

"정말로 이런 사람인 줄 몰랐어."

그가 문밖에서 말했다.

그리고 더 이상 아무런 소리도 들리지 않았다.

냉기도 함께 사라졌다.

나는 한숨을 쉬었다.

○

「엄마.」

내가 불렀다. 어머니가 대답했다.

「응, 그래.」

「잘 지내?」

「그럼, 엄마야 당연히 잘 지내지. 여기만큼 편한 데가 어디 있니?」

「언니는?」

「언니도 잘 있어.」

「애들 잘 커?」

「그럼.」

「오빠는?」

「오빠도 건강해.」

「새언니는 애기 가졌어?」

「아직이야. 다음 달 돼야 들어서지.」

「그렇구나.」

「무슨 일 있니?」

어머니가 물었다.

「아니.」

내가 대답했다.

「엄마.」

「그래.」

「보고 싶어.」

「그래.」

어머니가 말했다.

「조금만 기다리자.」

「응.」

‘엄마, 보고 싶어…….’라고 나는 다시 한 번 중얼거렸다. 이번에는 아무도 대답하지 않았다.

○

밤에 나는 그가 일하는 핸드폰 판매점으로 갔다.

가게에는 물론 셔터가 내려져 있었다. 셔터는 가게 전면을 완전히 가리는 형태가 아니라 쇠막대를 줄줄이 이어 놓은 모양새다. 쇠막대 사이사이로 틈이 벌어져 있다.

나는 가방에서 약병을 꺼냈다. 쇠막대 사이로 손을 넣어 가게 문손잡이에 바를 수 있는 한 듬뿍 발랐다. 그대로 돌아서서 가려다가 문득 생각이 나서 쪼그리고 앉았다. 셔터 아래쪽의 자물쇠와, 셔터를 올릴 때 손으로 잡을 만한 위치에도 약을 발랐다.

얼마나 도움이 될지는 알 수 없다. 밤새 비가 많이 오면 전부 다 씻겨 내려갈 수도 있다.

그래도 아무것도 하지 않는 것보다는 나았다.

날이 밝기를 기다렸다. 그가 출근한 뒤에 그의 집에 찾아갔다. 현관문 손잡이와 디지털 도어록의 키패드에도 같은 약을 발랐다. 이번에는 잠긴 문손잡이를 당겨 보지 않았다.

그의 문은 나에게 앞으로 언제까지나 저렇게 닫혀 버린 것이라고 생각했다.

나는 돌아서서 그곳을 떠났다.

○

그는 여전히 추웠다.

사장도 추운 모양이었다. 전처럼 에어컨도 음악도 틀지 않고 긴팔 점퍼로 몸을 감싼 채 카운터 뒤에 옹송그리고 앉아 있었다.

매장 조명만은 그가 신경 써서 환하게 밝혀 두었다. '공짜공짜공짜' 등의 문구가 번쩍이며 돌아가는 광고용 전광판도 전부 켜 두었다. 그런 문구가 어쩐지 천박하게 느껴져서 예전부터 그다지 마음에 들지는 않았지만 지금의 그로서는 빛을 내는 물건은 전부 고마웠다.

"손님이 없네."

사장이 중얼거렸다.

"응."

그가 대충 대답했다.

"참 비도 잘 온다."

사장이 다시 말했다. 그는 이번에도 건성으로 불분명한 소리를 냈다.

사장이 자리에서 일어섰다.

"야, 어디 가?"

그가 긴장하여 따라 일어서면서 물었다.

"어, 그냥⋯⋯."

사장은 어물어물 말하면서 천천히 문 쪽으로 다가갔다. 그는 언제라도 붙잡을 태세를 갖추며 서둘러 따라 나갔다.

사장은 문밖으로 나가지는 않았다. 통유리에 거의 코를 박다시피하고 붙어 서서 밖을 바라보고 있었다. 그래서 그도 사장의 등 뒤에서 멈추어 섰다. 불안하게 사장을 쳐다보고 있었다.

사장은 한참이나 유리창 밖을 쳐다보았다.

"사람들 참 잘 다니지 않냐?"

사장이 중얼거렸다.

"우리는 이 안에 이러고 잡혀 있는데, 저 사람들은 어떻게 밖에서 저렇게 돌아다니는 걸까?"

"다들 자기 볼일이 있으니까 돌아다니는 거겠지."

그가 조심스럽게 대답했다.

사장이 그를 돌아보았다.

"불을 끌까?"

사장이 말했다. 어딘가 꿈을 꾸는 것처럼 흐릿한 눈빛이었다.

"안 돼."

그가 얼른 말했다.

"영업해야 되는데 불 끄면 어떡해."

"그런가?"

사장이 중얼거렸다. 그리고 다시 유리창 쪽으로 돌아서는가 싶더니 갑자기 문을 열고 밖으로 나갔다.

"어? 야, 어디 가!"

그가 소리 지르며 따라 나갔다.

사장은 멀리 가지 않았다. 우산도 없이 가게 밖에 서서 내리는 비를 그대로 맞고 있었다.

"야, 왜 이래? 들어가."

그가 사장을 잡아끌었다. 그러나 사장은 움직이지 않았다.

"춥다……."

사장이 중얼거리며 하늘을 올려다보았다.

"들어가자니까? 다 젖잖아."

그가 다시 한 번 말했다.

사장은 대답하지 않았다. 그러더니 갑자기 쭈그리고 앉았다. 그가 당황해서 외쳤다.

"야, 왜 이래?"

사장은 웅크린 채로 그를 멍하니 쳐다보았다.

"비 참 잘 오지 않냐?"

사장이 말했다. 그리고 히죽 웃었다. 눈에 초점이 없었다.

들어가자고 말해도 알아들을 만한 상태가 아니었다. 그는 사장을 가게 안으로 끌고 들어가야겠다고 생각했다. 어깨와 팔을 잡았다. 그러나 사장은 그가 붙잡자 비 오는 길거리에 털퍼덕 주저앉아 버렸다.

"일어나!"

그가 말했다.

"비 오는데 뭐 하는 짓이야? 들어가자니까! 일어나!"

그러나 사장은 이제 대답도 하지 않고 길바닥에 앉은 채로 히죽히죽 웃으면서 초점 없는 눈으로 그를 쳐다보고 있었다. 끌어당겨 일으켜 세우려고 했으나 꼼짝도 하지 않았다. 사장이 딱히 힘주어 버티는 것 같지도 않은데 마치 땅바닥에 박힌 쇳덩어리를 잡아끄는 것처럼 그가 아무리 애를 써도 전혀 움직일 수 없었다.

"일어나!"

그가 무익하게 소리쳤다.

"제발 일어나……. 제발 이러지 마……."

그가 사장의 팔을 붙잡고 애원했다.

그는 가게 안으로 들어가서 우산을 가지고 나왔다. 일단 주저앉은 사장에게 우산을 씌웠다. 그리고 사장의 주머니를 뒤졌다. 전화기는 없었다.

주저앉아 히죽히죽 웃는 사장에게 우산을 맡겨 놓고 가게 안으로 뛰어 들어갔다. 카운터 옆에 사장의 핸드폰이 놓여 있었다. 사장의 집에 전화를 걸었다. 친구의 부인에게 사장이 몸이 많이 안 좋은 것 같으니 데리러 와 달라고 부탁했다.

전화를 끊고 그는 다시 밖으로 뛰어나갔다. 사장은 우산을 길가에 내팽개친 채로 쏟아지는 비를 그대로 맞으며 계속해서 히죽히죽 웃고 있었다.

이미 속까지 푹 젖어 버린 우산을 다시 가져다가 사장에게 씌웠다. 일으켜 세우기 위해서 어르고 달랬다. 사장은 여전히 실실 웃으면서 꼼짝도 하지 않았다. 그렇게 실랑이를 하고 있는데 사장의 부인이 택시를 타고 도착했다. 아기를 안은 채인 걸 보면, 아마 집에 있다가 그의 전화를 받고 급하게 뛰어나온 모양이었다.

사장의 부인은 남편이 비를 맞으며 길거리에 주저앉아 있는 모습을 보고 일단 말문이 막힌 모양이었다. 그도 뭐라고 말해야 할지 알 수 없었다.

"오빠, 일어나."

사장의 부인이 사장 앞에 쪼그리고 앉아서 말했다.

"오빠, 왜 그래? 일어나. 안으로 들어가야지. 비 오잖아."

사장은 초점이 풀린 눈으로 아내의 얼굴을 흘끗 보았다. 계속해서 헤실헤실 웃으며 불분명한 발음으로 중얼거렸다.

"비 오지? 비 잘 오지? 비 많이 온다. 추워……."

사장의 부인이 사장의 팔을 잡았다.

"오빠, 그러지 말고 빨리 일어나."

사장은 아무런 반응도 하지 않았다. 그저 히죽히죽 웃으면서 아내의 얼굴을 들여다볼 뿐이었다.

아기가 울기 시작했다.

"어, 그래……. 우리 주연이 착하지……."

사장의 부인은 길거리에 주저앉은 남편과 울기 시작하는 아기 사이에서 어쩔 줄 모르는 모습이었다. 옆에서 지켜보며 그는 뭐라고 말해야 할지 알 수 없었다.

사장의 부인이 우는 아이를 달래며 고쳐 안았다. 아기는 더 큰 소리로 울면서 사지를 버둥거렸다. 아기의 손가락이 사장의 뺨을 할퀴었다.

그때 사장의 눈에 초점이 돌아왔다.

"어? 혜진아!"

사장이 어리둥절한 표정으로 아내를 쳐다보며 물었다.

"너, 왜 여기 와 있어?"

"태경 씨가 전화해서, 오빠가 많이 아픈 것 같다고……."

사장이 그를 쳐다보았다. 그러나 그가 뭐라고 말을 하기 전에 비명을 지르면서 벌떡 일어섰다.

"어우, 축축해!"

자신이 어디서 무엇을 하고 있는지 그제야 깨달은 모양이었다.

"뭐냐, 이거? 왜 다 젖었어?"

사장이 그에게 물었다.

"내가 왜 여기 나와 앉아 있어?"

"일단 들어가자."

그가 말했다.

제정신이 돌아온 후부터 사장은 몹시 추위를 타면서 덜덜 떨기 시작했다. 흠뻑 젖어 부들부들 떠는 사장을 부인이 서둘러 차에 태워 집으로 데리고 갔다.

그는 혼자 남았다. 가게 안을 둘러보았다. 비는 쏟아지고 손님은 없고. 혼자 있는 가게 안이 무서웠다.

가게를 닫고 집에 갈까 잠시 생각했다. 그러나 집에 가도 혼자 있기는 마찬가지였다. 가게 안에 있으면 최소한 통유리 밖으로 보이는 길거리에 사람들이 다녔다. 유리로 가로막혀 있지만 그래도 다른 살아 있는 사람들이 존재하는 세상에 함께 있다는 느낌에 위안을 얻을 수 있었다. 그러나 집에 가면 밀폐된 공간에 정말로 혼자 남게 된다.

혼자가 아닐 수도 있다…….

그래서 그는 가게를 떠나지 못했다.

그리고 그는 나를 생각했다.

연락해 보고 싶었지만, 몹시 전화하고 싶었지만 참았다. 또다시 자기 탓이라는 말만 듣게 될 것이다. 분명 내가 도와주려 하지 않을 것이라고 생각했다.

그래서 그는 불이 환히 켜진 매장 안에서 흠뻑 젖은 채로 어쩔 줄 모르면서 혼자 서 있었다.

가게 한가운데 서 있다가 그는 집에 가지 않기로 마음을 정하고 카운터 뒤로 돌아가서 앉았다. 지금부터 무엇을 해야 할지 여전히 알 수 없었다.

흠뻑 젖었고, 추웠다.

그는 몸을 숙여 매대 아래를 뒤졌다. 찾는 물건이 보이지 않았다. 그는 아예 매대 아래 웅크리고 앉아서 여기저기 찾아보았다. 소형 전기 히터를 끄집어냈다. 전원을 연결하고 스위치를 넣었다. 히터에 빨갛게 불이 들어왔다.

날씨는 비가 내려 후덥지근했지만 그는 추웠다. 그리고 히터의 온기와 빨간 불빛을 보고 있으니 어쩐지 마음에 위안이 되었다.

그는 한동안 쭈그리고 앉아서 히터를 들여다보았다. 그러다가 다리가 아파 와서 몸을 일으켰다.

가게 안에 사람이 있었다. 들어오는 소리도 듣지 못했는데 사람의 모습이 갑자기 보여서 그는 깜짝 놀랐다. 그러나 손님이라고 생각하고 서둘러 인사했다.

"어서 오세요."

손님은 그에게 등을 돌린 채로 통유리창 근처에 진열해 둔 핸드폰을 구경하고 있는 것 같았다. 그래서 그가 다시 말을 걸었다.

"어떤 거 찾으세요?"

그때 우르릉하는 소리와 함께 번개가 쳤다. 통유리창 밖이 번쩍 빛난 순간 가게 안의 모든 불이 꺼졌다.

불이 꺼지기 직전의 한순간, 그는 자신에게 등을 돌리고 서 있던 사람이 번개와 함께 산산조각 나는 것을 분명히 보았다.

가게 안은 침침했다. 거리의 모든 것이 비쳐 보이는 통유리창 덕분에 완전히 깜깜하지는 않았다. 그러나 바깥 날씨 자체가 흐렸으므로 거리도 밝지 않았다. 어둠에 눈이 익숙해지기까지는 조금 시간이 걸렸다.

우선 문가를 보았다. 산산조각 난 사람은 그곳에 없었다. 그는 안심했다. 헛것을 본 게 분명하다고 속으로 자기 자신에게 말하면서 그는 다시 불을 켜기 위해 조명 스위치 쪽으로 다가갔다.

발걸음을 옮길 때 뒤에서 타닥타닥, 하는 소리가 들렸다. 그는 무심코 돌아보았다.

남자의 하체였다. 직장인들이 흔히 입는 짙은 색 정장 바지를 입고 있었다. 다리가 오른쪽만 보였다. 왼쪽은 마치 어둠 속으로 녹아 사라진 것처럼 전혀 보이지 않았다. 하체는 그 한쪽 다리로 뛰어서 쫓아오다가 그가 멈추어 서자 얼른 따라서 멈추어 섰다.

그는 우두커니 서서 정장 바지 차림에 오른쪽 다리만 있는 남자 하체를 보고 있었다. 눈은 분명히 보고 있었으나 머리는 상황을 받아들이지도 이해하지도 못했다.

얼마나 그렇게 서 있었는지 알 수 없다. 귀에 타닥타닥, 혹은 사삭사삭, 부스럭거리는 여러 가지 소리가 들려와서 그는 정신을 차렸다. 고개를 돌려 어디랄 것도 없이 매장 안을 둘러보았다.

몸통이 없는 팔 두 개가 매장 바닥을 휘저으며 돌아다니고 있었다. 팔은 바닥을 기어 다니기도 하고, 그러다가 손바닥으로 땅을 탁 쳐서 펄쩍 뛰어오르기도 했다. 그 모습을 눈으로 쫓다가 그는 남자의 왼쪽 다리가 천장에서 타닥타닥 소리를 내며 펄떡펄떡 뛰고 있는 것을 보았다. 다리는 천장에서 바닥으로 뛰어내렸다가 다시 천장으로 올라가기를 반복했다.

바닥을 휘젓는 팔 옆에는 사람의 몸통이 있었다. 와이셔츠를 입고 넥타이까지 맨 남자의 몸통이었다. 바닥에 등을 대고 누워서 꿈틀거렸다. 그 옆에서 두 팔이 바닥을 휘저으며 기기도 하고, 손바닥으로 땅을 치며 뛰어오르기도 하고, 가끔은 몸통에 부딪치기도 했다.

그리고 이 모든 것, 천장과 바닥 사이에서 진열대 위로 둥근 것이 굴러다니고 있었다. 바닥에서 꿈틀거리는 몸통에 튕겨 나

238

오기도 하고, 팔에 부딪치자 마치 배구공이라도 다루듯이 팔뚝이 튕겨 내어 천장으로 보내면 다리의 허벅지에 맞고 도로 튀겨서 떨어져 내리기도 했다.

"어……. 으어……."

그의 목에서 비명이라고 하기에는 너무 미약한 신음 소리 같은 것이 새어 나왔다. 그의 머릿속에 떠오른 생각은 단 한 가지, 어떻게든 여기서 나가야겠다는 것이었다. 그러나 그가 몸을 움직이자 바로 앞에 서 있던, 오른쪽 다리만 있는 남자의 하체가 같은 방향으로 함께 움직였다.

그는 얼어붙은 채로 매장 안을 둘러보았다. 눈앞에 있는 남자의 하체를 밀어내고 카운터 밖으로 나간다 해도 매장 안의 저 상황을 헤치고 앞문을 통과하여 거리로 나갈 자신은 도저히 없었다.

방법은 하나뿐이다. 화장실로 통하는 뒷문이 있다. 그는 눈앞의 남자 하체가 눈치 채고 또다시 따라올까 겁내며 아주 조금씩 발을 살금살금 움직였다. 손을 천천히 뻗어 등 뒤를 더듬었다. 온 신경은 손끝과 발끝에 가 있었지만 시선은 눈앞의 남자 하체에 고정되어 있었다.

그러다 그는 언뜻 눈을 들었다. 매장 전면의 통유리가 눈에 들어왔다.

수많은 사람들이 통유리에 달라붙어 안을 들여다보고 있었다. 몸도 얼굴도 정확히 구분할 수는 없이 모두 까맣게 윤곽만 보였다. 그 까맣고 둥그런 얼굴에 오로지 보이는 것은 커다랗고 퀭하게 벌어진 접시만 한 눈이었다. 그런 사람들이 줄줄이 늘어서서 통유리에 얼굴을 바짝 들이밀고 안을 들여다보며 그 커다랗고 퀭한 눈으로 그를 구경하고 있었다.

그중 하나가 그와 시선이 마주쳤다. 그러자 그 까만 사람이 입을 벌려 웃기 시작했다. 시뻘건 입술이 번들번들 빛나면서 귀를 향해 점점 찢어져 올라갔다. 웃는 소리는 들리지 않았다. 그러나 한 사람이 웃기 시작하자 다른 사람들도 따라서 웃더니 마침내 전부 웃게 되었다. 검은 얼굴에 접시처럼 허옇고 퀭한 눈을 한 사람들이 유리에 줄줄이 붙어 서서 그를 들여다보며 정육점의 잘린 고기 같은 벌건 입술을 한껏 치켜 올리고 웃고 있었다.

등 뒤를 향해 뻗었던 손에 무엇인가 닿았다.

차가웠다. 그는 돌아보았다.

여자였다. 죽은 여자가 그를 바라보며 서 있었다. 애타게 애원하듯이 양손을 뻗은 여자가 크고 검은 눈으로 간절하게 그를 바라보고 있었다.

여자가 눈에 들어온 순간, 여자가 뻗은 희고 차가운 손이 그의 손에 닿은 순간 그는 아무것도 생각할 수 없게 되었다. 서 있던 자리를 박차고 무작정 카운터 뒤에서 뛰쳐나갔다.

카운터에서 벗어났을 때 그는 검은 상의를 입은 죽은 남자의 반투명한 몸통 속에 반쯤 잠겨 있었다.

「이거 참, 뜻밖이네.」

240

죽은 남자가 말했다. 또다시 그 입술을 한쪽 끝만 올리는 특유의 미소를 짓고 있었다.

「네가 내 집까지 찾아낼 줄은 몰랐다. 어머니한테 연락도 하고.」

그는 대답하지 않았다. 대답할 수 없었다. 죽은 남자를 노려보면서 뒷걸음질 쳤다.

「너, 보기보다 꽤 똑똑하다?」

죽은 남자는 입 끝을 올려 씨익 웃으며 그가 뒷걸음질 치는 대로 한 걸음 따라왔다.

「그래서 뭐, 쓸 만한 것 좀 알아냈어?」

"네가 개쓰레기라는 걸 알아냈다."

그가 토악질을 참으며 내뱉었다.

"그 여자도 네가 죽였지?"

「어어, 난 아무도 안 죽였어. 살해당한 건 나라니까.」

죽은 남자가 과장되게 고개를 설레설레 저었다.

"결국은 너 때문에 죽은 거잖아!"

그가 고함쳤다.

「글쎄, 누가 누구 때문에 죽었는지는 알 수 없지.」

죽은 남자가 빙글빙글 웃으며 대꾸했다.

「그러니까 너한테 알아봐 달라고 한 거잖아.」

"이상한 소리 지껄이지 말고 알아보고 싶으면 네가 직접 알아봐, 이 개만도 못한 새끼야!"

「나도 웬만하면 그러고 싶은데, 워낙 사정이 사정이다 보니…….」

죽은 남자가 태연자약하게 오른손을 들어서 불특정하게 자기 주위를 가리켰다.

「내가 있는 곳에서 보고 들을 수 있는 건 아주 한정되어 있어서 말이야…….」

"그럼 그냥 신경 끊고 저승으로 가!"

그가 다시 소리를 질렀다.

"난 너 같은 새끼 사정 알아봐 줄 이유 없어! 그러니까 자꾸 달라붙어서 산 사람 괴롭히지 말란 말이야!"

「어어, 내가 언제 괴롭혔다고 그래?」

죽은 남자가 과장되게 실망한 표정을 지으면서 말했다.

「옛정을 생각해서 정중하게 부탁한 거지. 우리 서로 상부상조하는 사이였잖아.」

"상부상조 같은 소리 하고 있네!"

그가 소리쳤다. 너무 고함을 질러서 목이 쉬려 하고 있었지만 그는 느끼지 못했다.

"네가 일방적으로 사람 등치고 뜯어먹고 다녔지, 상부상조는 무슨 얼어 죽을 상부상조야!"

「등치긴 누가? 그렇게 말하면 섭하지.」

죽은 남자가 말하고는 또 입 끝을 올려서 씨익 웃었다.

「예를 들어서, 네가 위험에 처하면 친구로서 내가 미리 알려주잖아! 봉고차를 탄 남자들이 따라오고 있다든지…….」

"무슨 헛소리야!"

그가 외쳤다. 이제는 목이 쉬어서 목소리가 잘 나오지 않았다.

"따라오긴 누가 따라온다고 그래!"

「따라온다니까?」

죽은 남자는 이제 재미있어 죽겠다는 표정이었다.

「질이 아주 안 좋은 녀석들이거든? 아마 날 죽인 사람들하고 한패일걸?」

"이상한 소리 그만 지껄이고 꺼져!"

그가 말했다. 그러나 목이 잠겨 소리가 제대로 나오지 않았다.

죽은 남자는 그가 그렇게 소리치는 것, 목이 잠긴 것, 흥분하는 것이 모두 흥미로워서 어쩔 줄 모르겠다는 표정이었다. 아무 말도 하지 않고 입 끝을 한쪽만 비뚜름하게 치켜 올린 채로 싱글싱글 웃으면서 그를 가만히 쳐다보았다.

그는 화가 났다. 죽어서까지 자신을 가지고 놀면서 즐거워하는 남자의 얼굴에 화가 나서 참을 수가 없었다.

"꺼지란 말이야, 개새끼야!"

그가 있는 힘을 다해서 악을 썼다.

"나 좀 그만 괴롭혀! 죽었으면 네 갈 길로 가 버리라고! 꺼져! 날 내버려두란 말이야, 미친 새끼……."

여기까지 말하고 그는 무너지듯 바닥에 쓰러졌다. 더 이상 참을 수가 없었다. 그는 엎드린 채로 가게 바닥에 토했다.

갑자기 사방이 밝아졌다. 누군가 어깨를 툭툭 쳤다. 그는 고개를 들었다.

"어이 총각, 괜찮아?"

눈앞에 옆 가게인 편의점 주인 할아버지의 얼굴이 보였다.

"손님이 지나가다가 봤는데 옆 가게 불 다 꺼져 있고 안에 보니까 이상한 사람이 있다고, 혹시 도둑 든 거 아니냐고 그래서 와 봤지⋯⋯. 아직 멀쩡하게 영업하고 있을 시간인데 불이 다 꺼져 있다니까 웬일인가 하고⋯⋯."

편의점 할아버지가 혀를 찼다.

"왜 그래, 어디 몸이라도 안 좋아? 아프면 집에 가서 쉬지⋯⋯."

편의점 할아버지가 그의 얼굴과 바닥의 토사물을 번갈아 보면서 말했다. 혐오스럽다는 표정을 예의상 애써 누르는 것 같았다.

그는 일어섰다. 이런 모습을 보인 것이 창피하면서도, 그래도 와서 들여다보아 준 것이 고맙기도 하고, 여전히 무서운 느낌이 남아서 매달리고도 싶지만, 한편으로는 상대방이 무슨 사연인지 캐묻거나 소문을 낼까 봐 걱정되기도 했다. 어쨌든 복잡한 기분이었다.

편의점 할아버지가 가게 안을 둘러보았다.

"그런데 사장은 어디 갔어? 왜 혼자야?"

"아, 좀⋯⋯, 일이 있어서⋯⋯."

그가 간신히 대답했다. 편의점 할아버지는 더 이상 묻지 않았다.

"아무튼 몸 안 좋으면 집에 가. 괜히 무리하지 말고⋯⋯."

편의점 할아버지는 '젊었을 때 몸 생각을 해야 한다.'는 일반적인 잔소리를 중얼거리면서 나가 버렸다.

밝은 가게 안에 혼자 남아서 그는 잠시 멍하니 서 있었다. 이런 일을 겪고 나면 항상 그렇듯이 팔다리가 후들거리고 기운이 없었다. 속이 몹시 쓰렸다.

통유리 밖으로 지나가는 사람들이 흘깃흘깃 보는 것 같았다. 그래서 그는 휴지를 가져다가 임시방편으로 토사물을 대충 닦아 냈다.

대걸레를 가져다가 바닥을 걸레질 쳐야겠지만 나중에 하기로 했다. 한시도 가게 안에 혼자 남아 있고 싶지 않았다.

그는 몇 가지 귀중품만 챙겼다. 손님이 없었기 때문에 마감이라고 할 만한 것도 없었다. 가게를 닫기 전에 불을 꺼야 할지 말아야 할지 고민했다. 아주 짧은 순간이라도 불 꺼진 가게 안에 혼자 있고 싶지는 않았다. 결국 전광판과 안쪽 카운터의 조명만 끄고 매장 쪽 조명은 그대로 둔 채 가게를 나왔다. 문을 잠그고 셔터를 내렸다.

쫓기듯이 이 모든 일을 마치고 그는 주위를 둘러보았다. 비는 이제 거의 그쳐서 가랑비 정도로 가늘어져 있었다. 지나가는 사람들은 우산을 쓰고 있기도 했고 안 쓰고 있기도 했다. 날은 흐렸지만 아직 오후의 이른 시간이라서 사방은 밝았다.

어디서 날아왔는지 모를 물방울 몇 개가 그의 얼굴을 때렸다. 절대로 비를 맞지 말라고 했던 나의 말이 떠올라서 그는 우산을 꺼내 펼쳤다.

나에게 연락하고 싶다고, 정말로 내게 전화하고 싶다고 그는 생각했다.

버스를 타기 전에 그는 정류장 옆에 있는 약국에 들렀다. 속이 너무 쓰려서 이대로는 버스를 타고 흔들리며 집까지 갈 수 있을 것 같지 않았다.

위장약을 사고 그는 지갑을 꺼내기 위해서 주머니에 손을 넣었다. 지갑을 꺼내자 뭔가 딸려 나와서 바닥에 떨어졌다. 그는 줍기 위해 무심코 몸을 굽혔다. 바닥에 떨어진 것이 반짝 빛났다.

귀걸이였다.

이틀 전에 그는 분명히 귀걸이를 휴지에 싸서 책상 서랍 가장 깊은 곳에 넣어 두었다.

"왜 그러세요?"

약사가 물었다.

"예? 아, 아뇨……."

대답하며 그는 고개를 들었다.

눈앞에 여자가 서 있었다.

커다란 검은 눈에 슬픔을 가득 담고, 뭐라 말할 수 없는 표정으로 그를 쳐다보며 붉은 입술을 움직였다.

「왜 그래요?」

여자가 말했다.

「도대체 나한테 왜 그랬어요?」

그는 뒷걸음질 쳤다.

"저기요."

뛰쳐나가려고 몸을 돌리다가 그는 휘청거렸다.

"저기요, 손님!"

그는 돌아보았다. 여자 약사가 반쯤은 짜증 나고 반쯤은 걱정된다는 표정으로 그를 쳐다보고 있었다.

"괜찮으세요?"

"예? 아⋯⋯."

그는 불분명하게 중얼거리는 것으로 대답을 대신했다. 서둘러 약값을 내고 도망치듯 약국을 나오려는데 뒤에서 약사가 불렀다.

"저기요!"

"예?"

"약 가져가셔야죠."

그는 도로 돌아갔다. 약사가 내미는 약봉지를 받았다. 그때 약국 카운터 앞 자신이 서 있던 곳에서 뭔가 반짝였다. 귀걸이가 떨어져 있는 것이 보였다.

그는 귀걸이를 줍지 않았다. 약봉지만 서둘러 받아 들고 그는 약국을 나왔다.

이른 오후의 애매한 시간대라서 그런지 버스 정류장에는 사람이 별로 없었다. 그는 위장약을 입안에 병째로 털어 넣고 약병과 종이 봉지를 정류장의 쓰레기통에 버렸다. 우산을 받친 채로 버스를 기다렸다.

쓰리던 속이 조금씩 가라앉았다. 비는 이제 거의 내리지 않았다.

버스가 왔다. 안에는 사람이 없다시피 비어 있었다. 그는 자리를 잡고 앉았다.

버스가 출발했다.

버스가 가거나 서는 움직임에 따라 조용히 흔들리면서 운전기사가 틀어 둔 라디오 방송을 들었다. 평범한 사람들이 울고 웃는 평범한 사연이 한 귀로 흘러들어 왔다가 한 귀로 흘러나갔다. 점차로 평화로운 기분이 되었다.

그는 졸기 시작했다.

갑자기 버스가 섰다. 그는 퍼뜩 고개를 들었다. 왼쪽의 창밖을 본 뒤에 고개를 돌려 오른쪽을 보았다.

오른쪽에 여자가 서 있었다.

여자의 얼굴에는 표정이 없었다. 그저 검고 커다란 눈으로 무감정하게 그를 응시할 뿐이었다. 팔을 벌리지도 애원하지도 않았다.

그래서 그는 아무것도 할 수 없었다. 버스 좌석에 갇힌 채로 움직여 봤자 움찔거리는 정도였다. 눈앞에 여자가 서 있으니 뛰쳐나갈 수도 없었다.

그때 차가운 손가락이 목덜미를 건드렸다.

그는 뒤를 돌아보았다. 뒷자리에 여자가 앉아 있었다. 그가 쳐다보자 손을 뻗어 그의 얼굴을 만지려 했다.

그는 소리도 제대로 지르지 못한 채 튕기듯이 일어섰다.

버스 안의 모든 시선이 일제히 그에게 향했다. '일제히'라고 해도 사람은 얼마 없었다. 그러나 이제 그 사람들이 모두 여자의 얼굴을 하고 텅 빈 검고 큰 눈으로 그를 보고 있었다.

"세워……."

그가 소리쳤다. 그러나 비명은 목 안에서 잠기며 좀처럼 입밖으로 나오려 하지 않았다.

"세우라고……. 차 세워!"

그가 마침내 소리쳤다.

운전기사가 그를 돌아보았다. 여자의 핏기 없이 하얀 얼굴, 까맣고 공허한 눈동자가 그를 응시했다.

「왜 그래요?」

여자가 물었다.

「나한테 왜 그랬어요?」

그는 대답하지 못했다. 그대로 못박인 듯이 버스 한가운데 서 있었다.

차 문이 열렸다. 그는 굴러 떨어지듯 버스에서 뛰쳐나왔다.

버스는 알 수 없는 곳에 그를 남겨 두고 떠났다. 그는 몸을 반으로 접다시피 한 채 정류장에 서서 숨을 헐떡이고 있었다. 구토는 나오지 않았다. 그러나 목덜미를 건드리던 차가운 손길, 얼굴을 만지려고 뻗어 오던 하얀 손가락이 좀처럼 기억에서 사라지지 않았다.

간신히 숨을 고르고 허리를 펴려다가 그는 발밑에서 뭔가 반짝이는 것을 보았다.

귀걸이였다.

약국 바닥에 떨어뜨린 채 줍지 않고 나왔던 귀걸이가 발밑에 있었다.

그는 펄쩍 뛰어 물러섰다. 조금 생각하다가 발로 건드려 보았다. 발끝으로 밀어서 차도로 떨어뜨리려 했다. 그러나 비에 젖은 길의 진흙과 먼지에 파묻혀 귀걸이는 잘 움직이지 않았다.

그는 심호흡을 했다. 엄지와 검지 두 손가락만으로 귀걸이를 집어 들었다. 차도를 향해 던졌다. 할 수 있는 한 힘껏, 멀리 던졌다. 날아가면서 귀걸이는 흐린 하늘의 미약한 햇빛에 반짝 빛났다.

그는 손가락을 바지에 대고 문질렀다. 발걸음을 떼려다가 혹시나 싶어 다시 한 번 주위를 둘러보았다.

귀걸이는 없었다.

그는 천천히 집을 향해 걷기 시작했다.

집에 도착해서 그는 우선 젖은 옷부터 벗었다. 그리고 욕실로 들어갔다. 뜨거운 물을 틀었다. 샤워 부스 안에 김이 서렸다.

뜨거운 물이 살갗을 적셨다. 몸이 따뜻해지자 마음도 진정이 되었다. 그는 머리를 감기 시작했다.

그는 샴푸로 거품을 내어 머리카락을 문지르면서 언젠가 유명한 공포 영화에서 보았던 장면을 문득 떠올렸다. 여자 주인공이 샤워를 하면서 머리를 감다가 자신의 뒤통수에 닿아 있는 귀신의 손을 만지는 장면이었다. 괜히 소름이 끼쳐서 그는 눈을 뜨고 욕실 안을 둘러보았다. 물론 욕실 안에는 아무도 없었다.

샴푸가 눈에 들어갔는지 돌연히 찢어질 듯이 따가웠다. 그는 반사적으로 눈을 꽉 감았다. 손으로 더듬어서 샤워기의 물을 틀었다. 샤워기를 얼굴에 가져다 대고 흐르는 물로 눈을 씻었다.

그때 차가운 양팔이 뒤에서 그의 허리를 안았다.

「왜 그랬어요…….」

그는 '어억!' 하고 비명을 지르면서 펄쩍 뛰었다. 샤워 부스 벽에 어깨를 부딪쳤다. 샤워기를 놓쳐 떨어뜨려서 샤워기가 그의 발등을 찍었다. 순간적인 아픔에 깜짝 놀라서 본능적으로 발을 빼려다가 그는 하마터면 균형을 잃고 넘어질 뻔했다. 간신히 샤워기 기둥을 부여잡고 몸을 지탱했다. 그러면서 실수로 물 온도 조절하는 레버를 돌렸다. 바닥에 떨어진 샤워기가 뱀처럼 꾸물거리면서 그의 다리에 얼음장처럼 차가운 물을 퍼부었다.

그는 손으로 문질러 눈가의 물기를 훔쳐 내고 눈을 떴다. 물을 잠그고 바닥에 떨어진 샤워기를 주워서 제자리에 꽂았다. 나급하게 샤워 부스 안을 둘러보았다.

물 빠지는 곳 부근에서 뭔가 반짝 빛났다.

주워서 들여다보지 않고도 그는 무엇인지 알 수 있었다.

버스 정류장에 버리고 왔던 귀걸이였다.

○

그는 물기도 제대로 닦아 내지 않은 채로 욕실을 뛰쳐나왔다. 물을 뚝뚝 흘리면서 방으로 들어왔다. 옷장 문을 열어젖혔다. 구석을 뒤졌다.

내가 주었던 물건들을 담은 쇼핑백은 쓰레기봉투에 싸인 채 그대로 옷장 구석에 얌전히 놓여 있었다.

그는 쓰레기봉투의 입구를 풀었다. 쇼핑백을 끄집어냈다. 와이셔츠와 함께 우산과 라이터, 샤워젤이 아무렇게나 튀어나와 바닥에 쏟아졌다.

그는 내가 준 와이셔츠를 집어 들었다. 얼굴을 묻었다. 셔츠에 배어 있는 약초의 향을 있는 힘껏 들이마셨다.

"성연 씨, 미안해."

그가 중얼거렸다.

"내가 바보였어. 성연 씨, 미안해."

○

그는 내가 준 샤워젤로 샤워를 하고 나서 내가 준 와이셔츠로 갈아입었다. 담배는 피우지 않지만 내가 준 라이터를 주머니에 넣었다. 내가 준 우산도 이유 없이 손에 들고 부엌으로 갔다. 물을 데워서 따뜻한 차를 끓였다.

뜨거운 음료를 마시자 몸이 녹았다. 온기가 돌면서 어쩐지 마음도 놓였다. 그래서 그는 사장에게 전화해 보았다.

한참이나 벨이 울려도 받지 않았다. 끊어야겠다고 생각하는데 누군가 전화를 받았다.

— 여보세요?

여자 목소리였다. 사장 부인이다. 옆에서 아기가 뭐라고 옹알거리는 소리가 들렸다.

"아, 예, 혜진씨. 저 김태경인데요, 도영이 좀 어때요? 괜찮아요?"

— 지금 응급실이에요.

"예?"

그는 깜짝 놀랐다. 사장 부인이 설명했다.

— 애 아빠가 집에 와서도 계속 덜덜 떨고 춥다면서 목욕하고 자겠다고 누웠거든요. 그런데 좀 이따가 들어가서 봤더니 파랗게 질려서 막 와들와들 떠는 거예요. 마치 침대가 막같이 들썩들썩 흔들릴 정도로…….

비를 맞아서 감기에 걸린 줄 알고 열을 짚어 봤는데 사장의 이마는 차가웠다고 했다. 손도 발도, 온몸이 다 얼음장처럼 차가웠다. 말을 걸어도 대답도 제대로 하지 못하고 신음하면서 덜덜 떨 뿐이었다. 그래서 떠메다시피 침대에서 일으켜서 병원으로 데리고 왔다는 것이다.

— 그래도 낮에 와서 그런지 사람이 별로 없어서 치료는 빨

리 받았어요. 지금 따뜻한 정맥주사 맞고 있고요, 정신도 좀 돌아온 거 같아요.

사장 부인이 말했다.

— 의사가 엄청 심각하다고, 여름인데 어떻게 이 정도 저체온이 올 수가 있냐고 그러더라고요. 혹시 무슨 냉동 창고 같은 데서 일하시냐고, 뉴스 보니까 최근에 사고 났다던데 그런 거 아니냐고……. 그래도 침대 뜨끈뜨끈하게 해서 눕혀 놓고 옆구리에 뜨거운 물통도 끼워주고 하니까 어떻게 좀 나아지네요. 아까는 가슴에 관을 꽂아야 된다느니, 인공적으로 기계에 넣고 체온을 올려 줘야 된다느니 그래서 얼마나 놀랐는지…….

"어느 병원이죠? 제가 지금 갈게요."

그가 사장 부인의 넋두리를 끊고 급하게 말했다. 사장 부인이 반색을 했다.

— 아, 오시겠어요?

그리고 사장 부인은 조금 망설이다가 부탁했다.

— 저기, 그럼 애기 아빠 옆에 잠깐만 앉아서 말동무 좀 해주시겠어요? 제가 애기들을 친정에 맡기고 와야 해서…….

"예, 당장 갈게요."

병원 이름을 듣고 그는 전화를 끊었다. 내가 준 우산을 챙겨 들고 집을 나왔다.

나오기 전에 그는 귀걸이가 책상 가장 아래쪽 서랍 깊은 곳에 잘 들어있는지 확인했다. 귀걸이는 내가 준 샤워젤에 흠뻑 적신 손수건으로 감싼 뒤에 비닐봉지에 넣어 꽁꽁 싸매 두었다.

어느 정도 효과가 있을지는 알 수 없었다. 사실은 내가 말한 대로 그 집에 도로 가서 버리고 오는 게 옳을 것이다. 그러나 친구가 응급실에 있었고, 지금처럼 비가 오는 을씨년스러운 저녁에 그 집에 혼자 찾아가는 일은 죽어도 하기 싫었다. 그러므로 이 정도가 당장 그가 할 수 있는 최선이었다.

○

"왔냐?"

사장이 말하고 희미하게 웃었다. 얼굴이 핼쑥했다. 피부가 창백한 납빛을 띠었고 입술까지 핏기 없이 푸르스름했다.

그는 큰 충격을 받았다. 사장의 이런 모습은 생전 처음 보았다.

"좀 어때?"

그가 물었다.

"어떻긴 뭘, 지루해 죽겠지."

사장이 말하고 다시 희미하게 웃었다. 의사가 하룻밤 정도는 두고 봐야 할 것 같다고 말해서 사장은 응급실에서 입원실로 올라와 있었다. 입원실은 6인실이었지만 다른 환자는 한 명뿐이었다. 그리고 그 다른 한 명의 환자는 구석 침대에 등을 돌리고 누워서 이른 시간인데 벌써부터 굉장한 소리로 코를 골며 자고 있었다.

"내가 여름에 춥다고 달달 떠는 약골 따위 절대 아니었는데 말이지. 이 박도영이 평생에 입원이라는 걸 다 해 보네. 나도 늙었나 보다."

사장이 투덜거렸다.

"한여름에 저체온증이라니, 기계 에어컨을 깡그리 갈아 치워야 되나……."

그리고 사장은 다시 웃었다.

그는 웃을 수 없었다. 자신에게 여러 가지 일이 일어난 것은 자업자득이라고 하더라도, 자기 때문에 친구가 입원까지 하게 되었으니 미안해서 할 말이 없었다. 그러나 사장에게 자기 탓이라고 말할 수도 없는 노릇이었다.

그래서 그는 이렇게만 말했다.

"미안하다."

"네가 뭐가 미안해?"

사장이 물었다. 사과를 받아 주는 입장에서 인사치레로 하는 말이 아니라 어느 정도는 진심으로 어리둥절한 표정이었다.

그는 대답하지 않았다. 사장은 대답을 기다린 것 같았으나 그가 아무 말도 하지 않자 웃으면서 말했다.

"미안하면 너 내려가서 라면 좀 사 와라."

"라면?"

"엉. 나, 아까부터 라면이 먹고 싶어 죽겠다."

"배고프면 밥을 먹지 환자가 무슨 라면이야?"

사장이 얼굴을 찡그렸다.

"혜진이 애기 낳고 입원했을 때 보니까 병원 밥 다 멀겋고 맛도 이상하더라구."

사장이 다시 졸랐다.

"그러지 말고 좀 사다 줘라. 응급실에서부터 먹고 싶었단 말이야. 사 달라고 그랬다가 혜진이한테 얼마나 구박을 받았는지 아냐?"

그래서 그는 고분고분 입원실을 나왔다. 친구가 등 뒤에서 소리쳤다.

"야, 잡지도 좀 사 와. 만화 있는 걸로!"

그는 자기도 모르게 피식 웃었다. 그것은 안도의 웃음이기도 했다.

입원실은 6층이었다. 그는 엘리베이터를 탔다. 1층을 누르고 닫힘 버튼을 눌렀다.

문은 상당히 오랫동안 열려 있었다. 닫힘 버튼을 다시 눌렀지만 아무 소용없었다.

한때 에너지를 절약한다고 공공건물 엘리베이터의 닫힘 버튼을 사용하지 못하게 하는 쓸데없는 정책이 유행이었다. 이 엘리베이터도 아마 그때 이후로 손을 보지 않은 것 같다고 생각하며 그는 속으로 짜증을 냈다. 그냥 내려서 계단으로 갈까 궁리하는 찰나에 천천히 문이 닫혔다.

엘리베이터 문 위에 박힌 B1에서 6까지의 숫자 중 6에 켜져 있던 노란 불빛이 5로 옮겨 갔다. 그리고 다시 F로 옮겨 갔다.

발이 왠지 축축한 것 같은 기분이 들었다. 그는 무심코 내려다보았다.

발밑의 바닥에서 피가 차오르고 있었다.

그는 질겁하며 발을 들었다. 그러나 한 발을 든다고 해서 다른 발이 피에 젖는 것까지 막을 방법은 없었다.

피는 빠르게 차올랐다. 그가 내려다보는 사이에 발을 적시고 발목까지 넘실거렸다. 신발 속으로 피가 들어올 것 같았다.

그는 엘리베이터 구석으로 갔다. 벽에 가로로 댄 손잡이를 잡고 양팔로 버텼다. 피는 이제 그의 발목을 넘어 정강이 높이까지 올라왔다. 그는 손으로 버티면서 될 수 있는 한 몸을 높이 들어 올리려 했으나 체조 선수가 아닌 이상, 더구나 비좁은 엘리베이터 안에서 그런 동작은 불가능했다. 손목만 아플 뿐이었다.

피는 사정없이 차올라서 이제 그의 무릎을 넘어 허벅지까지 올라올 것 같았다. 그는 엘리베이터 문 위를 올려다보았다. 노란 불빛이 숫자 2에서 1로 옮겨 갔다.

곧 문이 열린다. 그는 심호흡을 했다.

문은 열리지 않았다. 노란 불빛은 1에서 B1로 옮겨 갔다.

'어어?'

그는 속으로 외쳤다. 목구멍 밖으로는 소리가 되어 나오지 않았다.

그때 허벅지까지 차올라 온 핏물 속에서 사람의 팔이 나타났다.

피에 흠뻑 젖은 두 팔은 가늘고 길었다. 핏물이 허리를 넘보며 넘실넘실 차올라 오는 가운데 길고 가느다란 사람의 양팔이 그의 가슴을 향해 뻗어 왔다.

그는 벽에 몸을 한껏 붙였다. 그러나 그가 도망칠 수 있는 곳은 없었다.

가느다란 양팔이 그의 가슴에 닿았다.

차가웠다.

엘리베이터 문 위의 노란 불빛은 B1 옆의 B2로 옮겨 갔다.

그가 탔을 때 분명 B2는 없었다…….

길고 가느다란 두 팔이 그의 가슴을 타고 목으로 기어 올라왔다.

이제 불빛은 B2에서 B3로 옮겨 간다. 그리고 B4로. 이어서 B5.

피투성이의 길고 가느다란 두 손이 그의 목에 닿았다.

엘리베이터 문 위의 숫자를 밝힌 불빛이 옮겨 가는 속도가 점점 빨라졌다.

B6가 B7이 되었다. B8, B9.

피에 흠뻑 젖은 여자의 두 손이 그의 목을 잡고 조른다…….

'멈춰!'

그는 소리치려 했다. 그러나 목소리가 나오지 않았다. 양팔을 휘둘렀다. 아니, 휘두르려 했다. 몸이 제대로 움직이지 않았다.

"제발 멈춰……."

그는 속삭였다. 간신히 팔을 들어 목을 조르는 여자의 피 묻은 손을 잡았다.

"제발……, 살려 줘……."

마지막으로 애원하며 그는 자기도 모르게 목을 조르는 차가운 손을 어루만졌다.

……엘리베이터가 거짓말처럼 멈추었다.

문이 열렸다. 그는 미친 듯이 엘리베이터에서 뛰쳐나왔다. 엘리베이터를 타려고 기다리던 사람들이 놀라서 그를 쳐다보았다.

병원 로비였다. 원무과 직원들이 접수를 받고, 간호사와 의사들이 오가고, 대기 손님들이 의자에 앉아 있었다. 그들 중 몇몇이 그를 쳐다보기도 했지만 곧 무심하게 고개를 돌렸다.

그는 숨을 헐떡이며 로비 의자로 다가가서 주저앉았다. 양손으로 목을 만졌다. 피투성이 손이 목을 휘감던 감촉이 아직도 남아 있는 것만 같았다.

양손으로 목을 문지르며 그는 로비 의자에 깊숙이 기대었다. 숨을 가다듬었다. 호흡이 조금 진정되자 가장 먼저 떠오른 것은 엉뚱하게도 사장이 사다 달라던 라면이었다. 그러나 사장에게 돌아갈 수는 없었다. 입원까지 할 정도로 몸이 나빠졌는데, 그가 이런 것들을 들고 돌아간다면 또 어떻게 될지 모른다.

그러나 어쨌든 환자를 입원실에 혼자 두고 사라져 버리는 행동은 하고 싶지 않았다. 옆에 있겠다고 사장 부인에게 약속했는데, 그냥 두고 가 버렸다가 만에 하나 용태가 나빠지기라도 하면 어떻게 할 것인가.

목을 조이던 감촉이 사라진 후에도 계속 양손을 목에 대고 기계적으로 문지르면서 궁리하다가 그는 로비 의자에 이대로 앉아 있기로 했다. 입원실에서 사장 옆에 앉아 있는 것도 아니고, 그렇다고 병원을 아예 떠나는 것도 아니니까 혹시 무슨 일이 생기면 도로 올라가면 된다. 사장 부인이 돌아오면 친구가 부탁한 물건을 사러 내려왔다고 둘러댈 생각이었다.

그렇게 결정하자 마음이 조금 가라앉았다. 그는 몸의 힘을 뺐다. 목을 문지르던 양손을 내리고 옆으로 축 늘어뜨렸다.

의자 옆 좌석에 손이 닿았다. 뭔가 까끌까끌하고 단단한 것이 만져졌다.

그는 눈을 뜨고 돌아보았다.

귀걸이었다.

o

전화가 왔다. 사장이었다.

— 뭐 해? 라면을 공장까지 가서 제조해 오냐?

"어……."

그는 떠오르는 대로 거짓말을 했다.

"저기, 아는 사람을 좀 만나서……. 얘기하다 보니까……."

— 그래?

사장은 그대로 믿는 눈치였다.

— 빨리 사 가지고 와.

전화를 끊고 그는 핸드폰과 함께 손도 주머니에 넣었다.

옆자리에 놓인 귀걸이를 돌아보았다. 귀걸이는 병원 천장의 형광등 불빛에 비쳐 가느다랗게 반짝이고 있었다. 그는 고개를 돌렸다.

　만지거나 손으로 집어 들 용기는 이제 없었다.

　사장 부인이 도착한 것을 보고 그는 미리 사 두었던 라면 봉지를 안겨 주었다. 그리고 급한 일이 있다는 애매모호한 변명을 남기고 서둘러 병원을 나왔다.

　버스 정류장으로 걸어 나오면서 그는 신발이 몹시 불편한 것을 느꼈다. 발이 무거웠다. 걸음을 옮길 때마다 절걱절걱 소리가 나고 발과 신발이 따로 놀았다. 그래서 그는 멈추어 서서 신발을 벗어 보았다.

　신발에서 찐득하고 검붉은 액체가 주르륵 쏟아졌다. 다른 쪽도 마찬가지였다.

　양말을 적신 피가 굳어서 끈적거리는 검붉은 덩어리가 발목까지 엉겨 있었다.

　그래서 그는 나에게 왔다.

　나는 문을 열어 주지 않았다.

"그거 안 버렸지?"

내가 말했다.

"버리기 전엔 여기 오지 말라고 했잖아."

"버렸어. 버렸는데 계속 쫓아와."

그가 말했다.

"나도 어떻게 해야 될지 모르겠어. 제발 나 좀 도와줘……."

"원래 있던 곳에 두고 오라고 했잖아."

내가 말했다.

"그 집에 가서 처음 찾아낸 곳에 돌려놓으라고."

"그럴 시간이 없어!"

그가 소리쳤다.

"도영이가 당했단 말이야! 가는 데마다 쫓아온다고! 나, 이젠 정말로 미쳐 버릴 것 같아……."

"도로 그 집에 가서 두고 와."

내가 되풀이해서 말했다.

"지금도 쫓아왔어. 그래서 문을 못 열어 주는 거야."

문밖에서 잠시 아무런 소리도 들리지 않았다.

내 말을 듣고 그는 황급히 주머니를 뒤져 보았다. 왼쪽 주머니에는 내가 이유 없이 그에게 주었던 라이터, 오른쪽 주머니에는 지갑이 있어야 했다.

지갑을 꺼냈을 때 반짝이는 것이 함께 딸려 나와서 바닥에 떨어졌다.

귀걸이였다.

그는 귀걸이를 집어 들었다. 복도 끝으로 달려갔다. 창문을 열고 귀걸이를 밖에 버렸다.

"버렸어! 진짜로 버렸단 말이야!"

도로 나의 문 앞으로 달려와서 그가 외쳤다.

"그러니까 제발 문 좀 열어 줘!"

나는 대답하지 않았다.

그가 다시 외쳤다.

"제발 이러지 마, 성연 씨! 나 좀 살려 줘!"

나는 대답하지 않았다.

여자는 여전히 그와 함께 있었다. 그렇게 된 원인은 그의 의지였다. 그래서 나는 뭐라고 대답해야 할지 알 수 없었다.

그는 문을 점점 더 세게 두드렸다.

"열어 줄 때까지 여기 있을 거야!"

그가 소리쳤다.

"제발 열어 줘! 나 죽는 꼴 보기 싫으면 이 문 좀 열어 줘!"

그가 문을 두드리다가 발로 차기 시작했다. 소리가 점점 커졌다.

"성연 씨!"

그가 악을 썼다.

"성연 씨, 제발 나 좀 살려 줘!"

악 쓰는 소리가 점차 애원으로 변했다.

"제발 나 좀 살려 줘⋯⋯. 성연 씨 아니면 갈 데가 없단 말이야⋯⋯."

나는 문 앞에 선 채로 그의 목소리를 듣고 있었다. 차가운 칼날로 명치를 찢는 듯한 통증이 점점 더 심해졌다.

나는 여전히 그에게 여러 가지를 이야기하고 싶었다. 여전히 슬펐다. 추웠다.

그가 그리웠다.

그래서 나는 문을 열었다.

그는 내가 문의 자물쇠와 걸쇠를 풀자마자 문을 거칠게 열어젖히고 안으로 뛰어 들어왔다.

내가 마지막으로 본 것은 그의 얼굴이었다. 나와 눈이 마주친 순간 그의 얼굴에는 절박함과 공포, 반가움과 애정이 모두 뒤섞여 있었다. 곧 그의 눈은 익숙하게 보아 왔던 사납고 어두운 눈빛으로 바뀌었다.

그래서 나는 그가 나를 때리고 싶어 한다는 것을 알았다.

그는 들어서자마자 내 멱살을 잡았다. 그의 손이 내 몸에 닿는 순간 나는 쓰러졌다. 그래서 그도 내가 쓰러지는 서슬에 같이 넘어졌다.

"성연 씨, 왜 그래? 성연 씨!"

그가 나를 흔들었다. 나의 몸은 그가 한참이나 흔든 후에야 눈을 떴다.

"성연 씨, 괜찮아? 정신이 들어?"

나는 아무 말도 하지 않고 눈을 크게 뜬 채 그를 올려다보았다. 그가 다시 물었다.

"괜찮아? 다친 데 없어?"

나는 아무 대답 없이 그를 쳐다보다가 몸을 조금 일으켰다. 그리고 고개를 끄덕였다.

그가 다시 확인했다.

"안 다친 거지? 정말로 괜찮은 거지?"

내가 다시 고개를 끄덕였다.

그래서 그는 내 멱살을 잡고 나를 자기 쪽으로 끌어당겼다.

"너, 왜 문 안 열었어?"

그가 속삭였다.

"내가 문 열어 달라고 그렇게 애원했는데 왜 안 열었어?"

속삭이면서 그는 한 손으로 내 멱살을 움켜쥐고 때리기 위해 다른 한 손을 치켜들었다.

내가 비명을 질렀다.

"아악!"

그는 깜짝 놀랐다. 치켜들었던 손을 내렸다. 내가 이런 반응을 보인 적은 한 번도 없었다.

나는 양팔로 머리를 감싸고 잔뜩 웅크린 채 '아아, 아아.' 하고 신음하고 있었다.

"성연 씨, 왜 그래?"

그가 물었다.

"아파? 다친 거야?"

"때리지 마세요."

내가 울먹였다.

"하라는 대로 다 할게요. 말 잘 들을 테니까 제발 때리지 마세요……."

"무슨 소리야?"

그는 어리둥절해져서 내 얼굴을 들여다보았다.

"성연 씨?"

그가 얼굴을 가까이 댈수록 나는 더욱더 몸을 움츠렸다. 몸을 빼내서 도망치려 했다. 그가 내 팔을 잡았다.

"성연 씨……."

그러나 팔을 잡힌 순간 나는 다시 찢어지는 듯한 비명을 질렀다.

"잘못했어요! 때리지 마세요!"

"성연 씨……."

그가 팔을 놓아주었다. 나는 바닥에 눕다시피 한 채로 팔꿈치로 기어서 그에게서 몸을 빼냈다.

그는 눈물로 얼룩진 얼굴과 공포로 커다랗게 열린 검은 눈을 보았다. 그리고 나의 몸속에 죽은 여자가 들어왔음을 알았다.

그는 물러섰다. 여전히 울고 있는 여자를 보며 어리둥절해서 물었다.

"어째서?"

여자는 울었다. 나도 여자도 대답하지 않았다.

그는 천천히 몸을 일으켰다. 여자가 흠칫 놀랐다. 그는 해칠 의향이 없다는 표시로 양손을 들어 보이며 부드럽게 여자에게서 한 걸음 떨어졌다.

오른쪽 주머니에 손을 넣었다.

지갑 아래 주머니 바닥에 깔린 귀걸이를 꺼냈다.

한동안 귀걸이를 손에 들고 들여다보다가 그가 나의 얼굴을 한 죽은 여자에게 물었다.

"이거, 당신 거야?"

여자는 공포에 질린 눈으로 그를 쳐다보기만 할 뿐 대답하지 않았다. 그가 귀걸이를 여자에게 내밀어 보였다.

여자가 고개를 끄덕였다. 그는 여자에게 한 걸음 다가갔다. 다시 여자가 흠칫 몸을 움츠렸다.

그는 가능한 한 천천히, 부드럽고 위협적이지 않은 동작으로 여자를 향해 몸을 굽혔다. 그리고 여자에게 귀걸이를 내밀었다.

여자가 조심스럽게, 여전히 경계하는 표정으로 귀걸이를 받았다.

그는 일말의 기대를 가지고 한 걸음 뒤로 물러났다.

나를 불러 보았다.

"성연 씨."

여자는 대답하지 않았다.

그는 여자의 얼굴을 가만히 들여다보았다. 여자도 조심스럽게 고개를 들어 그를 올려다보았다.

여자의 얼굴은 나의 얼굴이었지만, 그 검은 눈은 여전히 겁에 질려 있었다.

"어떡하지, 성연 씨……."

그는 한숨을 쉬었다.

그는 한참이나 어쩔 줄 모르며 여자 앞에 서 있었다. 그러다가 여자에게 다시 말을 걸어 보기 위해 한 걸음 다가섰다.

여자는 흠칫 몸을 떨었다. 한 팔을 올려 얼굴을 가렸다. 그는 당황했다.

"그런 거 아냐. 겁내지 마."

그가 말했다.

"때리려는 거 아냐."

여자가 팔을 조금 내리고 긴장한 표정으로 그의 눈치를 보았다. 그가 다시 말했다.

"때리려는 거 아니라니까."

여자는 그를 경계하며 천천히 팔을 내렸다. 고개를 숙이고 몸을 웅크렸다. 그리고 손바닥에 놓인 귀걸이를 소중하게 들여다보기 시작했다.

그 모습을 보고 있다가 그가 불쑥 말했다.

"나는 당신이 생각하는 그 남자가 아니야."

여자는 계속해서 눈을 내리깔고 귀걸이만 들여다보고 있었다. 그가 말했다.

"나는 당신을 죽인 그 남자가 아니야……."

어째서 그렇게 말했는지는 알 수 없었다.

'죽인'이라는 말에 여자가 얼른 눈을 들어 다시 그를 쳐다보았다. 그가 달래듯이 되풀이했다.

"나는 그 남자가 아니야. 그러니까 겁내지 않아도 돼."

여자가 물끄러미 그를 응시했다. 여자의 얼굴, 즉 나의 얼굴에는 여전히 눈물 자국이 얼룩져 있었지만, 그 얼굴을 뒤덮고 있던 압도적인 공포감이 차츰차츰 사라지는 것을 그는 보았다. 보면서 안도했다.

그러나 그 뒤에 여자의 얼굴에 남은 감정이 무엇인지 그는 알 수 없었다. 이제 여자의 눈은 꿈속에서 보았던 것처럼 깊고 검고 공허하게 가라앉아 있었다.

그리고 여자가 입을 열었다.

「내가 죽였어요.」

여자가 말했다.

「내가 그를 죽였어요…….」

죽은 자들의 꿈

그는 여자와 함께 나의 집에서 밤을 지냈다.

먹을 것을 권해 보았으나 여자는 받지 않았다. 나의 집에 음식이라 할 만한 것은 거의 없었고 그도 그 사실을 알고 있었다. 따뜻한 차나 커피라도 끓여 주려 했지만 여자는 그 역시 거절했다. 차가운 물만 몇 모금 넘겼을 뿐이다.

'그를 죽였다.'고 말한 뒤에 더 이상 말을 하려 들지도 않았다. 이름이나 나이, 그 외에도 여러 가지를 물어봤지만 여자는 검고 큰 눈을 더 크게 뜨고 그를 말없이 응시할 뿐 아무런 대답도 하지 않았다.

그래서 그는 나와 있을 때 종종 했듯이 여자의 어깨를 안고 거실 바닥에 그대로 앉아 있었다. 창밖은 이미 어두웠고, 겁먹은 그가 겁먹은 여자를 데리고 시도할 수 있을 만한 타개책은 떠오르지 않았다.

　여자의 어깨를 받친 팔이 아프기 시작했다. 그는 자세를 바꾸었다. 그가 움직이자 말없이 안겨 있던 여자가 흠칫 놀랐다.
　"아냐, 괜찮아."
　그가 달랬다.
　"겁내지 마."
　여자는 대답하지 않았다. 여자의 표정을 그는 읽을 수 없었다.
　"나 좀 일어나도 돼?"
　대답을 바라고 한 질문은 아니었다. 여자는 아무 말도 하지 않았다.
　그는 살며시 몸을 움직였다. 조심스럽게 여자의 어깨를 받치고 있던 팔을 빼냈다. 여자는 아무 말도 하지 않았지만 일어나지도 않았다. 그저 소파에 등을 기대고 거실 바닥에 앉아서 그를 가만히 올려다볼 뿐이었다.
　그는 일어섰다.
　"이리 올라와서 편하게 앉아."
　그가 소파를 가리키며 말했다. 여자는 대답하지도 움직이지도 않았다.
　"뭘 좀 먹을래?"
　먹지 않을 것을 알면서도 그가 물었다. 여자는 아무 말도 하지 않았다.
　그래서 그는 문득 오래전 첫 번째 꿈에서 보았던 여자의 모습을 떠올렸다. 그때는 말도 하지 않고 표정도 없는 여자를 로봇 같다고 생각했었다.

이제 여자는 나의 몸속에 있었다.

그래서 그는 내게 물었다.

"성연 씨, 나 뭣 좀 먹어도 되지?"

여자는 대답하지 않았다.

그래서 그는 말했다.

"성연 씨, 조금만 참아."

여자의 눈, 즉 나의 눈을 들여다보며 그가 말했다.

"내가 어떻게든 해결할게, 조금만 참아……."

나는 대답하지 않았다.

밤이 천천히 지나가는 동안, 여자가 인형처럼 소파에 기대어 말없이 앉아 있는 동안 그는 핸드폰을 꺼내 인터넷을 검색했다.

'빙의에서 풀려나는 법'에 대해서는 예상대로 딱히 신뢰할 만한 자료가 발견되지 않았다. 가장 눈에 띄는 것은 수상쩍어 보이는 개인 블로그들이었는데, 몇 군데나 되는 서로 다른 블로그에 비슷한 내용이 게재되어 있었다. 내용인즉슨 세상의 모든 사건 사고는 물론 지진이나 해일 등 자연재해의 주된 원인도 모두 빙의라는 것이었다. 블로그의 주장에 따르면 전 세계 사람의 대부분이 빙의에 걸려 있으며 그 때문에 세계가 멸망을 향해 치닫는 중이었다.

게재된 글의 내용뿐만 아니라 사용하는 글씨체까지 비슷한 것을 보니 아마도 같은 사람이 여러 다른 곳에 개설한 블로그들인 것 같았는데, 결론은 뻔하게도 자기만이 빙의를 치료해 줄 수 있으니 치료법과 비용을 상담하고 싶으면 꼭 연락하시라는 것이었다. 읽다 보니 그런 글을 심각하게 읽고 있는 자기 자신이 한심해서 화가 날 지경이었다.

그나마 정상적인 사람들이 쓴 것으로 보이는 상식적인 답변은 역시나 정신과를 찾아가서 치료를 받으라는 내용이었다. 그러나 그런 방법은 평소였다면 그도 동의했겠지만, 즉각적인 해결책이 필요한 이런 상황에서는 전혀 도움이 될 수 없었다.

그는 낙담했다. 여자의 얼굴을 내려다보았다. 여자가 그를 마주 쳐다보았다. 그 눈에는 여전히 아무런 표정도 없었다.

그는 빙의에 대해 검색하는 것을 포기했다. 그리고 여자에게 물었다.

"당신은 이름이 뭐야?"

여자는 대답하지 않았다.

"당신 대체 누구야?"

여자는 말없이 그를 쳐다볼 뿐이었다.

그는 한숨을 쉬었다.

"이렇게 되면 꿈속에서 봤을 때나 귀신이 돼서 쫓아다닐 때하고 다를 게 뭐야."

그가 나지막하게 투덜거렸다. 여자는 말없이 고개를 숙이고 자기 무릎을 내려다보고 있었다.

그는 다시 핸드폰 화면으로 시선을 돌렸다. 여자의 이름을 알 수 없었으므로 죽은 남자의 이름을 넣었다. 이미 몇 번이나 검색해 보았지만 다시 해 보지 못할 이유도 없었다. 다만 이번에는 남자의 이름 뒤에 이제까지 검색해 보지 않은 다른 단어를 덧붙여서 찾아봐야겠다고 생각했다.

죽은 남자의 이름에 '사고'라는 단어를 덧붙여 검색했다. 오래된 신문 기사를 몇 개 찾아냈다. 그러나 기사를 읽어 보니 사고 피해자는 50대였으며 부상만 입었을 뿐 살아 있었다.

그는 별 기대 없이 이번에는 죽은 남자의 이름에 '사건'이라는 단어를 붙여 검색해 보았다. 빙의에 관한 블로그를 헛되이 다 찾아서 읽으면서 '사건 사고'라는 표현을 너무 많이 보았기 때문일 것이다. 점점 머리가 이상해지는 것 같다고 그는 생각했다.

검색 결과가 하나 있었다. 이 역시 개인 블로그였다. 검색 서비스의 미리보기 기능에 따라 내용 중에서 검색어가 포함된 몇 줄만 먼저 노출되어 있었다.

'강간, 폭행, 감금까지 자행했다는 강문석 사건에 대해서 혹시 아시는 분들은 제보 바란다. 약속 시간에 늦은 관계로 얼른 볼일부터 마치고 나와서 자세히 읽어 보려고 했는데, 대자보가 사라져 버렸다. 아마도 로펌 측에서……'

그 뒷내용은 보이지 않았다.

그는 블로그 제목을 클릭했다.

존재하지 않는 블로그라는 알림창이 떴다.

다시 검색 페이지로 돌아갔다. 똑같이 검색한 후 클릭했지만 역시나 같은 알림창이 떴다.

블로그 자체는 없어졌고, 검색엔진에 저장된 부분만 남아 있는 것이다.

그는 한숨을 쉬었다.

같은 검색어로 이미지를 검색해 보았다. 검색 결과는 역시 하나였다. 아마도 회사 건물의 입구로 보이는 장소에 대자보가 붙어 있는 사진을 축소한 조그만 섬네일이었다.

소용없다는 걸 알면서도 그는 클릭해 보았다. 역시나 존재하지 않는 블로그라는 똑같은 알림창이 떴다.

마지막으로 검색 페이지의 미리보기에 나타난 블로그 제목으로 검색해 보았다.

검색 결과는 여러 개가 나타났다. 그러나 클릭할 때마다 매번 존재하지 않는 블로그라는 알림창만 떴다.

그는 '강문석 사건'으로 검색했던 검색 페이지로 다시 돌아갔다. 저장된 페이지에 남아 있는 포스팅 날짜를 살펴보았다. 몇 달 전에 올린 글이었다.

날짜가 왠지 모르게 신경 쓰였다. 그는 가만히 기억을 더듬었다.

자료는 가게에 두고 왔으니 다시 가서 봐야만 제대로 확인할 수 있을 것이다. 그는 아쉽게 생각했다.

어쨌든 그가 기억하는 한, 죽은 남자가 자기 어머니에게 단 한 번 전화했던 것이 바로 이 무렵이었다.

눈이 아파 왔다. 머리도 지끈거렸다. 그는 핸드폰을 내던지고 소파 등받이에 등을 기댔다. 머리를 뒤로 젖혔다.

"어떻게 이렇게까지 아무것도 안 나올 수가 있냐."

그가 중얼거렸다.

"나는 경찰도 아니고 보험사도 아닌데 어쩌라는 거야……."

물론 아무도 대답하지 않았다.

그렇게 소파에 늘어져 있다가 그는 깜빡 잠이 들었다.

그는 한기를 느끼고 문득 눈을 떴다. 눈앞에 내가 서 있었다.

"왜 그래?"

그가 물었다.

"뭣 좀 먹게? 아니면 물 마시게?"

물어보면서도 그는 여자가 대답하리라고는 생각하지 않았다.

내가 말했다.

「태경 씨, 어떻게 나한테 이럴 수가 있어?」

그는 잠시 아무 말도 하지 못했다.

"성연……, 씨?"

「나한테 어떻게 이런 짓을 할 수가 있냐고!」

"미안해……."

그가 정신을 차리고 사과했다. 그리고 물었다.

"성연 씨, 돌아온 거야? 풀려난 거야?"

「네가 도로 돌려놔.」

내가 말했다.

「네가 한 짓이니까 네가 도로 돌려놔.」

그가 어리둥절해서 물었다.

"성연 씨, 도로 돌아왔잖아. 뭘 돌리라는……."

「당장 도로 돌려놔. 안 그러면 난 영원히 떠나야 돼.」

그리고 나는 사라졌다.

"성연 씨? 성연 씨!"

내 이름을 부르다가 그는 문득 눈을 떴다.

주위를 두리번거리다가 여자와 눈이 마주쳤다. 여자는 그가 잠들었을 때의 자세 그대로 소파 아래 기대앉아서 아무 말도 하지 않았다.

"성연 씨?"

그가 불렀다.

여자는 대답하지 않았다.

그는 소파에서 내려가 여자 옆에 앉았다. 여자의 얼굴을 들여다보면서 말했다.

"성연 씨, 대답해."

여자는 아무 말도 하지 않았다.

"성연 씨, 무슨 말이라도 좋으니까 좀 해 봐."

여자는 크고 검고 공허한 눈으로 그를 바라볼 뿐이었다.

그는 여자의 어깨를 감싸 안았다. 가슴으로 끌어당겨 꽉 껴안았다.

"성연 씨, 미안해."

그가 여자의 머리를 쓰다듬으며 중얼거렸다.

"정말 미안해……."

날이 밝기를 기다려 그는 집주인에게 전화했다. 그의 예상과는 달리 집주인은 곧바로 전화를 받았다.

"죄송합니다, 이렇게 이른 시각에."

그가 사과했다. 집주인이 아무렇지 않게 대답했다.

— 아뇨, 괜찮습니다. 어차피 밤샘 작업하던 중이라 깨 있었어요.

그리고 집주인은 조심스럽게 물었다.

— 그런데 어쩐 일로……. 뭣 좀 알아내신 거라도 있나요?

"아, 그게요……."

그는 더듬거리며 머릿속으로 말을 골랐다.

"……저기, 제가 지금, 자세히 말씀드릴 수는 없는데요, 그, 그 집에 한 번 더 들어가 봤으면 해서요……."

— 오늘요?

집주인이 말했다.

— 제가 지금 지방에 내려와 있어서 오늘은 힘들겠는데요.

그는 실망했다.

"아, 그러세요. 언제 올라오시는데요?"

— 며칠 걸려요. 급하세요?

그가 얼른 대답했다.

"예, 굉장히 급한 일이라서……."

집주인은 잠시 생각했다.

— 부동산 사무실에 집 열쇠가 있을 거예요. 제가 전화해 놓을게요.

그는 흥분했다.

"그래 주시겠어요? 감사합니다!"

— 아녜요. 저한테도 중요한 일이라서…….

집주인이 예의 그 느긋한 말투로 말했다.

— 전에도 말씀드렸지만 뭐든지 새로 아시게 되는 게 있으면 저한테도 꼭 연락 주세요. 부탁드립니다.

전화를 끊고 나서 그는 여자의 옆에 다가앉았다. 여자에게 물었다.

"귀걸이, 가지고 있어?"

여자가 그를 쳐다보았다. 그러나 여전히 아무런 대답도 하지 않았다.

그는 여자의 손을 보았다. 왼손은 무릎 위에 힘없이 펴져 있었지만 오른손은 가볍게 주먹을 쥐고 있었다.

그는 천천히 조심스럽게 여자의 오른손을 당겼다. 두 손으로 잡고 부드럽게 주먹을 폈다.

낯익은 귀걸이가 여자의 손바닥에서 빛났다.

그는 귀걸이를 집어 올리려 했다. 그러나 순간 여자가 주먹을 꽉 쥐었다. 손을 등 뒤로 숨기고 무릎걸음으로 그에게서 물러났다. 고개를 세차게 저었다.

여자의 눈은 다시 이전에 보았던 것처럼 겁에 질려 있었다.

그래서 그는 달랬다.

"알았어, 안 뺏을게. 미안해."

여자는 다시 한 번 고개를 저으며 손을 등 뒤에 숨긴 채로 그에게 다가오려 하지 않았다.

"알았어, 안 뺏는다니까. 겁내지 마."

그가 어린아이를 달래듯이 말했다. 천천히 팔을 뻗어 여자의 어깨를 만졌다.

여자는 피하지 않았다.

그가 여자의 어깨를 부드럽게 쓰다듬었다.

"해치려는 게 아냐."

그가 말했다.

"당신이 가야 할 곳으로 보내 주려는 것뿐이야……."

여자가 등 뒤에 숨겼던 팔을 풀었다. 그러나 주먹은 여전히 쥐고 있었다.

여자가 고개를 숙였다. 그리고 다시 한 번 가볍게 머리를 흔들었다.

그는 여자와 함께 죽은 남자의 집으로 돌아갔다.

집주인이 뭐라고 말해 두었는지, 그의 예상과는 달리 공인중개사 사무실에서는 열쇠만 그에게 내주고 집에 함께 따라가려고 하지 않았다.

"다 쓰시고 들러서 여기 돌려주세요."

부동산 사무실의 젊은 남자가 말했다. 그리고 심각한 얼굴로 다시 한 번 당부했다.

"꼭 돌려주셔야 돼요."

그래서 그도 꼭 돌려주겠다고 약속하고 열쇠를 받아 왔다.

두 번이나 가 보았으므로 집은 쉽게 찾을 수 있었다. 그러나 여자는 건물 앞에서 걸음을 멈추더니 안으로 들어가지 않으려 했다.

"왜 그래?"

그가 달랬다.

"괜찮아. 무서운 일 하려는 거 아냐."

그가 여자를 가볍게 잡아끌었다. 그러나 여자는 고개를 흔들었다. 그대로 못 박힌 듯 서서 절대로 한 걸음도 더 옮기려고 하지 않았다.

"그래? 그럼 할 수 없지."

그가 한숨을 쉬었다.

이제까지 그가 모은 정보가 사실이라면 저 집은 여자에게 절대로 좋은 기억이 남아 있는 곳이 아니다. 여자를 보내기 위해서라면 그런 곳에 억지로 들어가게 하지 않는 편이 더 나을지도 모른다고 그는 생각했다.

"하지만 난 저기 들어갔다 와야 돼."

그가 말했다.

"그럼 여기 잠깐 앉아 있을래?"

그는 여자를 건물 입구에 앉혔다. 여자는 처음에 움직이려

하지 않았으나 그가 쪼그리고 앉자 천천히 따라서 앉았다.

"귀걸이 가져왔어?"

그가 물었다. 여자는 말없이 그를 쳐다보았다.

그가 가볍게 여자의 오른손을 잡았다. 여자는 이번에는 저항하지 않았다. 그래서 그는 양손으로 조심스럽게 여자의 오른손을 펼쳤다.

귀걸이가 반짝였다.

"이거 내가 빌려 가도 돼?"

귀걸이를 집어 올리기 전에 그가 물었다.

"잠깐만 가져갈게."

그가 다시 물었다. 그리고 거짓말에 대해 속으로 여자에게 사과했다.

여자는 아무 말도 하지 않았다. 그의 얼굴을 들여다보는 표정이 마치 모든 것을 다 아는 것만 같았다. 그래서 그는 여자의 그런 시선이 어쩐지 두려웠다.

"잠깐만 가져갔다가 금방 돌려줄게."

그가 다시 한 번 말했다. 그리고 조심스럽게 여자의 손바닥에서 귀걸이를 집어 들었다.

여자는 아무 말도 하지 않았다. 움직이지도 않았다. 그저 커다랗고 검은 눈으로 그를 쳐다볼 뿐이었다.

그는 일어섰다.

"여기 꼼짝 말고 있어."

그가 여자에게 당부했다.

"어디 가면 안 돼, 알았지?"

여자는 말없이 그를 올려다보았다.

"가지 마. 나 금방 올게!"

그는 여자에게 다시 한 번 더 다짐한 뒤에 전속력으로 뛰어서 3층으로 올라가기 시작했다.

3층에 도착해서 그는 현관문을 열고 들어갔다. 집은 이전에 보았던 것과 똑같이 텅 비어 있었다. 먼지가 굴러다니는 바닥만 어쩐지 전보다 좀 더 지저분해진 것 같았다.

그는 곧장 화장실로 들어갔다. 세탁기도 지난번과 마찬가지로 그대로 놓여 있었다. 여기도 뚜껑 위에 쌓인 먼지만 좀 더 뽀얗게 짙어졌다.

그는 쭈그리고 앉았다. 세탁기와 벽 사이의 공간, 그가 처음 귀걸이를 발견했던 곳에 귀걸이를 집어넣었다.

먼지와 때 속에서 귀걸이는 불길하게 반짝반짝 빛났다. 어쩐지 믿음이 가지 않아서 그는 손가락으로 귀걸이를 꽉 눌러 먼지 안으로 밀어 넣었다.

최소한 그가 보는 앞에서는 아무 일도 일어나지 않았다.

그는 일어섰다. 화장실에서 나왔다. 다시 현관문을 열고 나온 뒤 문을 닫고 열쇠로 잠갔다. 그리고 서둘러 계단을 뛰어 내려갔다.

여자는 그가 들어갔을 때와 똑같은 모습으로 건물 입구에 오도카니 웅크리고 앉아 있었다.

"성연 씨!"

그가 외쳤다. 여자는 돌아보지 않았다.

그는 여자 앞으로 가서 웅크리고 앉았다.

"성연 씨, 돌아왔어?"

여자는 대답하지 않았다.

그가 여자의 어깨를 잡았다.

"성연 씨, 대답 좀 해 봐!"

여자는 여전히 아무 말도 하지 않았다. 그러나 그가 어깨를 잡은 순간 그 눈에 공포의 빛이 떠올랐다.

그래서 그는 여자의 어깨를 놓아주었다. 여자는 고개를 숙이고 말없이 땅바닥을 내려다보았다. 그가 기다렸으나 여자는 다시 고개를 들지 않았다. 그의 이름을 부르지도 않고 아무런 말도 하지 않았다.

"성연 씨……, 어떻게 된 거야…….."

여자는 대답하지 않았다.

그는 일어섰다. 그리고 3층 계단을 다시 전력으로 뛰어서 올라갔다.

현관문에 서둘러 열쇠를 끼워 넣었다. 너무 급해서 열쇠가 잘 들어가지 않았다. 그는 문을 비틀다시피 열고 안으로 들어갔다.

화장실로 뛰어들었다. 세탁기 앞에 웅크리고 앉았다.

귀걸이는 없었다.

그는 세탁기 옆을 손가락으로 파냈다. 손가락만으로는 안쪽까지 닿지 않았다. 그래서 열쇠도 집어넣어서 후벼 팠다.

귀걸이는 없었다.

"어떻게 된 거야……."

그가 망연자실하게 중얼거렸다.

"돌려놓으라고 해서 돌려놨잖아……."

그는 화장실에서 나왔다. 현관을 나와서 문을 다시 닫았다. 잠갔다. 계단을 있는 힘껏 뛰어 내려갔다.

여자는 아직도 건물 입구에 웅크리고 앉아 있었다. 그는 황급히 뛰어가서 여자 앞에 쭈그리고 앉았다.

"성연 씨?"

여자는 고개를 들지 않았다.

"성연 씨, 대답 좀 해 봐!"

여자는 대답하지 않았다.

그는 내 몸을 끌어당겨 꽉 껴안았다.

"성연 씨, 어떡하지……."

그가 중얼거렸다.

"이제 어떡해……. 성연 씨……."

여자도 나도, 아무 대답도 하지 않았다.

확실히 하기 위해서 그는 3층에 다시 한 번 들어가서 화장실을 샅샅이 뒤졌다. 귀걸이는 없었다. 화장실뿐만 아니라 집 안 어느 곳에도 귀걸이는 보이지 않았다.

여자를 건물 앞에 혼자 앉혀 두고 한없이 빈집을 뒤질 수는 없었다. 귀걸이를 찾을 수 없다는 절망적인 사실을 몇 번이고 확인한 뒤에야 그는 공인중개사 사무실에 들러 열쇠를 돌려주었다. 여자를 데리고 눈에 띄는 커피숍에 들어갔다. 자신이 마실 커피와 여자를 위한 차가운 음료를 주문했다.

따뜻한 커피가 몸속에 퍼지니 기분이 조금 진정되었다. 여자는 잔에 입을 살짝 대기만 했을 뿐 거의 마시지 않았다.

그는 말없이 앉아서 커피를 마셨다. 말을 걸어 보았자 어차피 여자는 대답하지 않을 것이다. 그리고 이렇게 되어 버린 지금 그는 여자에게, 나에게 뭐라고 말해야 할지 알지 못했다.

전화기가 우웅, 하고 진동했다. 그는 깜짝 놀랐다.

— 어, 태경아, 난데.

사장이었다.

— 나 오늘 집에서 점심 먹고 오후에 갈게. 손님 좀 있냐? 한나절 정도는 너 혼자 할 수 있지?

그는 속으로 아차 싶었다. 나와 여자와 귀걸이 때문에 출근해야 한다는 사실은 완전히 잊어버리고 있었다.

"어? 어……. 그래. 그렇게 해, 그럼."

그리고 그는 제정신을 차리고 물어보았다.

"근데 너 벌써 일해도 되냐? 병원에서 뭐래?"

— 다들 멀쩡하다고 그러지. 내가 보기에도 멀쩡해.

사장이 쾌활하게 대답했다.

— 사실은 이 핑계로 오늘 하루 만판 놀아 버리려고 했는데, 너 혼자 썰렁한 가게에 앉아 있을 거 생각하니까 눈물이 앞을 가려서 말이야.

사장은 정말로 기분이 좋은 모양이었다. 그는 점점 더 미안해졌다.

— 와이프도 하루 쉬라고 그러는데, 장사하는 사람이 그렇게 가게 자꾸 비우면 되냐? 안 그래도 요즘 손님 없어서 죽겠는데. 마누라랑 애기들 먹여 살려야지.

사장은 그의 상황을 전혀 눈치 채지 못하고 말했다.

— 어쨌든 오후에 간다. 잘하고 있어.

"알았어."

그는 전화를 끊었다.

앞에 앉은 여자를 바라보았다. 여자도 고개를 들어 그를 마주 쳐다보았다.

그는 난감해졌다.

그는 결국 여자를 나의 집으로 도로 데려왔다.

오는 길에 여러 가지로 머리를 굴려 보았지만 아무리 궁리해도 여자를 맡아 줄 사람은 없었다. 그의 주변에 친한 사람이라고는 사장밖에 없었다. 게다가 이런 유별난 부탁을 들어줄 만한 사람이라고는 한 명도 떠오르지 않았다. 그리고 나의 주변 사람들은 그가 전혀 알지 못했다.

나의 집으로 돌아와서 그는 내 핸드폰을 찾아보았다. 거실을 뒤졌으나 찾지 못했다가 침실에서 가방을 발견했다. 그는 핸드폰을 꺼내서 전화번호부를 열었다.

핸드폰의 전화번호부는 텅 비어 있었다. 저장된 번호가 하나도 없었다.

화를 내면서 그는 통화 기록을 살펴보았다. 그와 통화한 기록뿐이었다. 다른 기록은 전혀 없었다.

"젠장……."

그가 투덜거렸다.

내친김에 그는 내 가방을 뒤졌다. 화장품과 수첩, 휴대용 티슈, 볼펜 몇 개를 찾아냈다. 그리고 지갑을 꺼냈다.

지갑 안에는 약간의 현금밖에 없었다. 신분증도, 신용카드도, 교통카드도, 그 흔한 커피 전문점이나 빵집 체인의 회원 적립 카드조차 없었다. 지폐 몇 장과 동전 외에는 명함도 한 장 없었다.

"우와……."

그는 어이없다는 얼굴로 나의 몸을 돌아보았다. 그리고 이제 다른 사람이 되어 버린, 무표정한 나의 얼굴을 바라보며 말했다.

"성연 씨야말로 도대체 누구야? 뭐 하는 사람이야?"

물론 나도, 여자도 대답하지 않았다.

그래서 그는 여자를 나의 집에 남겨 두고 가게로 출근했다.

그가 나가려고 문가로 다가가는 것을 보고 여자는 몹시 불안해하기 시작했다. 그래서 그는 나가기 전에 한참이나 여자를 달래 주어야만 했다. 여자를 거실 바닥이 아닌 소파에 편하게 앉힌 뒤, 그는 마치 첫 출근하는 엄마가 아이에게 하듯이 공들여 설명했다.

"나 지금 일하러 나가야 돼. 우리 사장님이 아프거든. 그래서 내가 가서 가게를 봐야 돼."

여자는 전혀 이해한 것 같지 않았다. 그가 몇 번이나 보았던 그 간절하게 슬픈 표정으로 그를 애원하듯 쳐다보았다.

"아프게 된 게, 그러니까, 내 탓도 있고, 당신 탓도 있어."

그는 할 말이 궁색해져서 열심히 머릿속을 쥐어짰다.

"그래, 사실은 당신 탓도 있어. 그러니까 당신은 나 붙잡으면 안 되고, 일하게 보내 줘야 돼."

여자는 물론 수긍하지 않았다. 변함없이 슬픈 표정으로 그의 얼굴을 들여다보면서 천천히 고개를 저었다.

"미안해. 그렇지만 나 정말로 나가야 돼."

그는 일어섰다. 여자도 그를 따라서 일어섰다.

"저녁에 올게. 가게 끝나자마자 곧바로 집에 올게. 걱정하지 말고 기다리고 있어, 응?"

그는 당부하고 문 쪽으로 발걸음을 옮겼다.

여자는 천천히 한 걸음 그를 따라왔다. 그러나 그의 염려와는 달리 더 이상 다가오거나 그를 따라나서려 하지는 않았다.

"끝나자마자 얼른 올게. 잠깐만 기다리고 있어, 응?"

그가 여자를 돌아보며 다시 한 번 말했다.

그는 현관을 나와서 복도에 섰다. 주의 깊게 문을 닫고 키패드를 눌러 디지털 도어록을 잠갔다. 문이 확실히 잠긴 것을 다시 한 번 확인했다.

잠긴 문을 확인하면서 그는 묘한 기분이 되었다. 결코 좋지는 않은 기분이었다.

"이러면 내가 그 자식하고 다를 게 뭐야……."

그가 중얼거렸다.

○

사장은 건강해 보였다. 병원에서 보았을 때와는 달리 평소의 혈색으로 돌아와 있었다. 입술도 더 이상 푸르스름한 빛이 아니었다.

"진짜 잘 놀고 왔다. 가게만 아니었으면 한 이틀만 더 입원해서 놀다 왔으면 좋았을 텐데."

회복 상태를 묻는 그의 말에 사장은 넉살 좋게 대답했다. 그가 웃으면서 말했다.

"아파서 입원한 놈이 놀긴 뭘 놀아?"

"입원실에 나 말고 한 명 더 있었잖아. 구석자리 침대에 누워서 코 골던 아저씨."

그도 기억하고 있었다. 등을 돌리고 누워 있어서 얼굴은 보지 못했다. 꽤나 시끄럽게 코를 골았다는 것만 기억했다.

"그 아저씨 왜 들어와 있었는지 아냐?"

사장이 물었다. 그는 고개를 저었다.

"보험 사기야."

사장이 뭔가 거대한 음모라도 털어놓는 것처럼 목소리를 죽여서 말했다.

"있잖아 왜, 드라마 같은 데 보면, 그냥 가벼운 접촉사고 났는데 뒷목 잡고 나와서 진단서부터 떼고 드러눕는 거. 그 아저씨가 그거 하고 있는 거야. 처음도 아니래."

사장은 완전히 신이 나서 이야기했다.

"그 아저씨 그러고 코 골면서 저녁 내내 자다가 밤에 혜진이 가고 나니까 그제야 부스스 깨더라고. 같이 라면 먹고 고스톱 치면서 밤새 얘기했는데, 와, 그 사람 안 해 본 게 없어. 진짜 재미있더라."

그리고 사장은 자랑스럽게 말했다.

"그래도 고스톱은 내가 왕이다. 3천 원 따서 그걸로 김밥이랑 음료수 사다가 나눠 먹었어. 잘했지?"

"그래, 잘했다."

그는 웃지 않을 수 없었다. 그러나 한 가지 마음에 걸리는 것이 있었다.

"그런데 병원비 얼마 나왔냐?"

그가 조심스럽게 물었다.

"입원까지 했으면 많이 나오지 않았어?"

"보험으로 다 처리했어. 전부 커버되는 거 아니까 맘 놓고 입원한 거지."

사장이 기다렸다는 듯이 더욱더 자랑스럽게 대답했다.

그는 안심했다. 자신의 잘못으로 인해 사장이 병이 났을 뿐만 아니라 비싼 병원비까지 부담하게 되었다면 당연히 어떻게 해서든 물어 줄 생각이었다.

사장은 그의 속생각은 전혀 아랑곳하지 않고 계속해서 흥겹게 떠들어 댔다.

"근데 그거 아냐? 보험회사에서 대 주는 돈으로 병원에 앉아서 고스톱 치고 있으니까 정말 좋더라. 그 아저씨가 왜 그러고 있는지 알겠더라고. 나도 핸드폰 장사 안 되면 때려치우고 그쪽으로 나가 볼까 싶더라니까."

"야, 하지 마."

그가 잘라 말했다.

"너, 그런 짓 하다 걸리면 혜진 씨랑 애들은 어떡해?"

사장은 조금 기가 죽은 듯 변명했다.

"누가 진짜 하겠대? 그냥 그런 생각이 들었다는 거지."

우웅, 우웅, 하고 핸드폰 진동하는 소리가 들렸다. 그와 사장은 동시에 주머니로 손을 가져갔다. 그가 말했다.

"네 거 같은데?"

사장이 전화기를 꺼냈다.

"어, 나야. 어, 괜찮지. 그럼 내가 누군데. 강철의 사나이 아니냐, 강철."

사장 부인이 걱정이 돼서 전화한 모양이었다. 사장이 통화하는 소리를 들으며 그는 피식 웃었다. 일어나서 카운터 뒤의 노트북을 가져왔다. 브라우저를 열었다. 그리고 지난밤에 핸드폰으로 검색했던 것을 다시 검색하기 시작했다.

예상대로 결과는 같았다. 검색엔진에 저장된 내용 외에 더 알아낼 수 있는 것은 없었다. 이미지로 검색해서 대자보 사진을 들여다보았지만 너무 작아서 글자를 제대로 알아볼 수 없었다. 섬네일 위에 마우스 포인터를 올리자 이미지가 조금 커지기는 했지만 빽빽이 쓰인 글자를 읽으려면 그 정도 확대해서는 불가능했다. 그는 두 장짜리 대자보를 너무 멀리서 찍은 조그마한 이미지를 뚫어져라 들여다보며 쓰여 있는 글자들을 어떻게든 판독해 보려고 애썼다.

"뭐 하나?"

그는 깜짝 놀랐다. 사장이 전화 통화를 끝내고 어느새 옆에 와서 들여다보고 있었다.

"놀랐잖아."

그가 투덜거렸다. 사장이 대답 대신 물었다.

"강문석 사건? 그 자식 무슨 사고 쳤냐?"

그는 잠깐 고민했다. 사장은 기분이 좋았고, 죽은 남자의 이름을 보고서도 이전과는 달리 별다른 거부 반응을 나타내지 않았다. 그래서 그는 슬쩍 던져 보았다.

"문석이 딴살림 차리고 있었던 거 아냐?"

"뭐?"

"문석이가 건드렸다던 그 여자애 있잖아. 문석이 딴 여자랑 결혼한 다음에도 몰래 집 얻어서 걔 데리고 같이 살고 있었어."

사실 그 과외 하던 여학생과 죽은 여자가 같은 사람인지 그는 알지 못했다. 그러나 어차피 한번 던져 보는 것이었으므로 그는 그렇게 말했다. 그리고 검색해서 알게 된 내용을 덧붙였다.

"문석이가 굉장히 못되게 굴었나 봐. 때리고, 가둬 두고……. 그러다가 여자애가 결국은 문석이 때문에 죽은 것 같아."

사장의 눈이 커졌다.

"문석이가 걔를 죽였단 말이야?"

그는 고개를 저었다.

"아니, 직접 죽인 것까지는 아니지만, 문석이 때문에 죽은 건 확실해."

사실 이제까지 알아낸 바로는 그게 확실하게 확실하다기보다는, 그러니까 좀……, 불확실하게 확실하다고 그는 속으로 생각했다. 역시나 사장이 물었다.

"그게 무슨 소리야?"

"나도 정확히는 잘 몰라."

그는 머릿속에서 뒤죽박죽 얽히고 흩어져 있는 정보들을 조심스럽게 고르고 간추렸다. 어느 순서로 어떻게 조각들을 늘어놓아야 할지, 듣고 있는 사장을 위해서라기보다는 자기 자신을 위해서 주의 깊게 말을 이었다.

"문석이 사고 나서 죽은 지 일주일쯤 지났을 때 그 여자애랑 따로 얻어서 살던 집에 남자 둘이 와서 짐을 싹 다 정리해 가지고 갔대. 집주인한테는 문석이가 죽었다는 얘기는커녕 정식으로 방을 빼겠다는 얘기도 없이 말이야. 그냥 갑자기 정체 모를 남자 둘이 와서 짐만 싹 정리해 가지고 갔다는 거야."

"네가 그걸 어떻게 알아?"

"그 집에 가 봤으니까."

그가 간단하게 대답했다. 사장이 다시 물었다.

"그 집에는 왜 가? 어떻게 알고 갔어?"

"부탁을 받아서."

"무슨 부탁?"

죽은 남자의 부탁을 받았다고는 말할 수 없었다. 그것은 비밀이었고, 죽은 남자를 제외하면 그의 학창 시절 친구들은 아무도 그 사실을 알지 못했다.

"문석이 어머니가 부탁하셨어."

그가 말했다.

"아……."

사장이 알겠다는 표정을 지었다. 그리고 물었다.

"그러고 보니까 장례식 때 문석이 어머니 못 본 것 같다. 생각해 보니까 그것도 이상하네."

"안 오신 거야."

그가 다시 간단하게 대답했다. 사장이 되물었다.

"아들 장례식에 왜 안 오셔? 쇼크 같은 걸로 쓰러지셨대?"

"아니. 몰라서 못 오셨어."

"뭐?"

사장의 눈이 커졌다. 그가 설명했다.

"문석이 어머니는 문석이 죽은 거 모르셔. 문석이가 결혼할 때 어머니한테 돈을 드렸다는데, 굉장히 큰돈이었나 봐. 그런데 얼마 전에 문석이가 갑자기 전화해서 그 돈을 달라고 했다는 거야."

말을 하면서 그는 문석이 어머니 핑계를 대고 나니 어쩐지 이야기의 앞뒤가 훨씬 잘 맞는다고 생각했다.

"그 돈이 그냥 돈은 아니고, 말씀하시는 걸 들어 보니까 아마 문석이네 처가에서 문석이더러 어머니랑 인연 끊으라는 조건으로 준 것 같아. 그래서 문석이가 진짜로 결혼하고 연락을 한 번도 안 했대. 그러다가 갑자기 전화해서 그 큰돈을 돌려달라고 하니까 문석이 어머니는 뭔가 잘못됐다고 생각하신 거지."

"그래서 그 돈은 주셨대?"

사장이 물었다. 그는 고개를 저었다.

"아니. 돈 주기 전에 문석이가 죽었잖아."

"음……."

사장이 알겠다는 듯 콧소리를 냈다.

잠시 침묵이 흘렀다.

그가 조금 생각한 뒤에 말을 이었다.

"내가 문석이 살던 집에 갔다 오고, 문석이 어머니한테 연락한 지 얼마 안 돼서 이상한 전화가 왔었어. 혹시 기억하냐? 통신사라고 그러면서 나 찾던 목소리 굵은 남자."

"통신사에서 전화 오는 게 한두 번이냐……."

사장이 투덜거렸다. 사실 그건 그렇다. 그는 말을 이었다.

"어쨌든 그 남자가 하는 말이, 나보고 문석이가 살던 집에도 가지 말고 그 집 집주인하고 연락하지도 말고, 문석이 어머니하고도 연락하지 말라는 거야."

"통신사에서 그런 걸 어떻게 알아?"

사장이 되물었다. 그가 동의했다.

"내 말이 그 말이야. 문석이 살던 집 앞에 지켜 서서 누가 들어가나 감시하고 있지 않는 한은 내가 거길 갔는지 안 갔는지 어떻게 알겠냐고."

"야, 그럼 이거 얘기가 어떻게 되는 거냐?"

사장이 심각한 표정으로 말했다.

"문석이네 처가에서는 딸이 좋다고 하니까 할 수 없이 개천에서 난 용하고 결혼시켰는데, 그 개천 용이 알고 보니 결혼 전부터 만나던 여자랑 살림까지 차렸더라. 그래서 교통사고로 위장해서 죽여 버리고 지금은 뒷정리하는 중이라는 거야?"

그럴듯한 스토리였고, 사실 그가 내렸던 몇 가지 잠정적인 결론 중 하나이기도 했다. 그러나 막상 남의 입을 통해서 듣고 보니 솜씨 없는 작가가 쓴 막장 드라마처럼 형편없이 작위적이었다.

사장은 그 이야기를 믿는 모양이었다. 표정이 심각해졌다.

"야, 너 위험한 거 아니냐? 문석이 어머니한테는 적당히 말씀드리고 빠져."

"그게 그렇게 쉽지가 않아."

그가 대답했다.

정말로 문석이 어머니가 부탁했다면 그는 애초에 수락하지도 않았을 것이고, 그러므로 이 정도까지 오지도 않았을 것이다. 그러나 지금의 상황에서 나의 몸을 차지한 여자와 자신을 쫓아 다니는 죽은 남자에게 '적당히 말하고 빠질' 방법은 없었다.

그는 사장을 쳐다보았다.

"그래서 말인데, 너 혹시 문석이가 과외 했던 그 여자애에 대해서 아는 거 있냐?"

"아는 거라니?"

사장이 불안한 표정으로 되물었다.

"아무 거나. 이름, 나이, 뭐 그런 거 있잖아."

그러고 보니 가장 기본적인 정보인데도 그는 양쪽 다 알지 못했다.

사장이 고개를 저었다.

"나도 잘은 몰라. 문석이가 과외 했을 때 여자애가 아마 고2였나 고3이었을 거야. 이름은 정말로 기억이 안 나. 문석이가 처음부터 말한 적이 없는 것 같아."

"문석이가 다른 얘기는 했어?"

그가 다시 물었다. 사장은 잠시 망설였다. 그리고 말하기 시작했다.

"문석이 그 여자애 처음 봤을 때부터 건드릴 생각이었어. 애가 예쁘고 멍청해서, 따먹기 좋게 생겨서 과외 해 준다고 아예 처음부터 그러더라고. 그리고 여자애가 순진해 가지고 문석이가 일류 명문대 다닌다니까 '선생님, 선생님.' 하면서 엄청 우러러봤거든. 그 집 부모도 명문대라면 껌뻑 죽으니까 결국 문석이 손끝에서 놀아난 거지."

사장의 표정을 보고 그가 물었다.

"부모는 왜?"

"애가 잘못되면 부모 탓이지 누구 탓이겠냐? 문석이 그 자식이야 워낙에 개만도 못한 새끼지만, 그 여자애네 부모도 바보 천치들이야. 어떻게 같은 집 살면서 자기 딸한테 무슨 일이 일어나는지 그렇게 모를 수가 있냐?"

사장이 내뱉었다.

"문석이 그 새끼가 여자애를 어떻게 건드렸냐면 말이야. 시험 끝난 다음에 불러내 가지고 호프집에서 술을 잔뜩 먹였거든. 그리고 여자애가 해롱해롱하니까 모텔로 끌고 가서 덮친 거야. 그런데 할 거 다 해 놓고 10시 전에 여자애를 집에다 데려다줬더니 그 부모가 뭐랬는지 아냐? 고맙다고 그러더란다."

그는 기가 찼다.

"그 여자애는 아무 말 안 했대?"

"문석이 그 자식이 말발이 좀 좋냐. 거기다가 법대잖아."

사장이 말했다.

"여자애가 어리고 순진하니까 지가 무슨 일을 당한 게 아니라 술 먹고 큰 실수했다고 생각했나 봐. 거기다가 대고 문석이가 너는 미성년자니까 술 마신 것도 불법이고 모텔 간 것도 불법이고 전부 다 불법이다. 그러니까 만에 하나 누가 알게 되면 너 하나만이 아니고 네 부모님까지 전부 다 신세 망칠 줄 알라고 을러댄 거야. 그랬더니 여자애가 또 그걸 진짜로 다 믿고 겁

먹어서 한마디도 못 한 거지."

사장이 탄식했다.

"그 정도 되면 순진한 게 아니고 멍청한 거 아니냐? 8년 전이면 집에 컴퓨터 한 대씩은 다 있었을 텐데 인터넷이라도 뒤져서 좀 알아보든가."

그가 물었다.

"그 여자애, 그래서 가출한 거야?"

"아냐. 가출한 건 몇 달 지난 다음이야."

대답하면서 사장의 표정은 점차 일그러졌다.

"문석이 녀석, 그다음부터는 아예 수시로 그 여자애 불러내서 심심하면 같이 갔대. 과외 한답시고 찾아가서 그 여자애네 집에서도 몇 번 그 짓 했다더라. 아주 스릴 만점이었다고 얼마나 자랑을 해 댔는지 아냐?"

사장은 그가 이전에 단 한 번 보았던 괴상한 표정을 짓고 있었다. 지금에야 그는 그것이 무엇을 나타내는지 알 수 있었다. 그것은 역겨움과 경멸과 혐오의 표정이었다.

"내가 그때는 철이 없어서 문석이가 그런 소리 떠드는 거 솔직히 부러웠어. 문석이는 군대까지 갔다 왔고 여자애는 아직 고등학생이었으니까 여자애가 문석이보다 거의 열 살 정도 어렸거든. 여고생, 얼마나 좋냐? 어리고 예쁘고 순진하고. 근데 지금 와서 보니까 그놈 진짜 나쁜 새끼다."

사장은 침이라도 뱉고 싶다는 얼굴이었다.

"내가 딸딸이 아빠잖냐. 우리 주희, 주연이 나중에 자라서 고등학생 돼 가지고 대학 좀 가 보겠다고 과외 공부 하는데, 그 딴 쓰레기 같은 새끼가 선생입네 하고 와서 내 딸한테 껄떡거리면…… . 어휴, 나는 우리 애들 절대로 과외 시키지 말아야지."

그는 고개를 끄덕였다. 결혼도 안 하고 자식도 없었지만 사장의 말은 충분히 이해할 수 있었다. 사장이 분개하며 말을 이었다.

"그 여자애, 결국 문석이한테 꽉 잡혀서 시키는 대로 하다가 고등학교도 못 마치고 저 망쳐 놓은 그딴 새끼랑 결혼하겠다고 가출까지 해 버렸잖아. 완전히 인생 종친 거지. 그 부모가 얼마나 복장이 터지겠냐."

사장은 이제 딸 가진 부모로서 백 퍼센트 감정이입을 하고 있었다.

"세상이 너무 험해지니까 요즘 같아서는 애가 한없이 착한 것보다 못돼 먹어도 약아빠져도 좋으니까 지 앞가림 잘하는 쪽이 백번 낫겠다 싶어. 곱게 키워 놨더니 그런 쓰레기 새끼한테 반해 가지고 고등학교 졸업장이 코앞에 있는데 가출 따위를 해 버리면 그거…… ."

"그럼 그 여자애 가출한 다음에는 어떻게 됐는지 몰라?"

그가 사장의 광분을 가로막으며 물었다.

"문석이가 뭐라고 더 얘기 안 해 줬어?"

"그 새끼, 그러고 서울 가더니 고시 공부한다고 연락 끊었잖아."

그는 낙담했다. 사장은 본래의 주제로 돌아가서 대화를 이렇게 맺었다.

"너는 나중에 장가가거든 절대로 딸 낳지 마라. 어디 세상 무서워서 애들 키우겠냐."

〇

사장과 대화를 마친 후에 그는 죽은 남자가 세 들었던 집의 집주인에게 전화했다.

— 아, 예. 안녕하세요.

집주인이 반갑게 인사했다.

— 뭣 좀 알아내셨어요? 아니면 집에 다시 한 번 들어가 보시게요?

"그 자식, 죽었답니다."

그가 불쑥 말했다.

— 예?

집주인이 깜짝 놀랐다. 그가 다시 말했다.

"강문석이 그 자식, 죽었대요."

집주인이 더듬거렸다.

— 아니, 어떻게⋯⋯. 어, 언제요?

"어제요."

그가 거짓말을 했다. 그러나 집주인을 완전히 속이고 싶지는 않아서 얼른 덧붙였다.

"교통사고랍니다. 현장에서 즉사했대요."

— 저런⋯⋯.

집주인이 혀를 끌끌 찼다. 그리고 물었다.

— 그나저나 큰일 났네요. 받으실 돈도 못 받고 그 사람만 그렇게 가 버리면…….

"뭐, 어떻게 되겠죠."

받을 돈 따위 애초에 없으니 아무래도 상관없다고 생각하며 그가 가볍게 대답했다.

"어쨌든 그 집, 다시 세 주셔도 될 것 같습니다."

용건은 그뿐이었다. 전화를 끊으려는데 집주인이 걱정스럽게 물었다.

— 저기, 보증금은 어떻게 할까요?

그는 이해하지 못했다.

"예?"

— 집 보증금요. 어차피 그 사람 돈인데……. 그러니까 만약에 그분이 보증금을 제대로 찾아가셨으면 빚 갚는 데 쓰셨어야 될 돈이잖아요.

집주인이 조심스럽게 말했다. 그는 그제야 이해할 수 있었다.

"그냥 알아서 하십쇼."

— 정말이세요? 제가 채무 관계 같은 건, 법적으로 어떻게 되는지 잘 몰라서…….

집주인은 진심으로 걱정이 되는 모양이었다. 그가 말했다.

"보증금이 얼만지는 몰라도 몇억 원씩 하지는 않을 거 아닙니까."

— 그렇긴 하지만, 그래도 천만 원인데요……. 아니, 월세를

빼면 그보다는 덜되지만…….

그렇다면 더더군다나 아무것도 모르는 집주인에게서 그런 큰돈을 뜯어낼 생각은 없었다. 그는 일부러 거칠게 말했다.

"그까짓 거, 제가 떼인 돈에 비하면 새 발의 피도 안 됩니다. 그냥 가지고 계세요."

— 아니, 그래도…….

집주인이 망설이다가 소심하게 말했다.

— 저기, 그럼 조만간 서류 정리 한번 해 주시겠어요?

'서류 정리'가 무슨 뜻인지 그는 잠시 이해하지 못했다. 그가 곧바로 대답하지 않아서 집주인은 더 불안해진 모양이었다.

— 바쁘신 건 알지만, 이런 문제는 확실히 해 놔야 뒤탈이 없어서요. 편하실 때 연락 주시면…….

그는 정말로 미안해졌다.

"예, 알겠습니다. 연락드릴게요."

그리고 그는 전화를 끊었다.

죽은 사람을 더 이상 기다릴 필요가 없다는 사실만 알려 주려고 선의로 연락했는데, 오히려 걱정거리를 늘려 준 꼴이 되었다. 그는 집주인에게 전화한 것을 후회했으나, 연락하지 않고 그대로 두는 편이 더 나았을지 그것도 확신할 수 없었다. 그래서 그는 일단 해야 할 말은 전달했으니 잊기로 했다.

그는 여자와 약속한 대로 가게 문을 닫자마자 곧장 집으로 돌아왔다. 여자는 지난밤 내내 그랬듯이 소파 발치의 거실 바닥에 그대로 인형처럼 앉아 있었다. 그 모습을 보고 그는 다시 처음 꿈속에서 여자를 보았을 때의 모습을 떠올렸다.

"나 왔어."

그가 나의 얼굴을 향해서 말했다.

"잘 있었어? 심심하지 않았어?"

여자는 대답하지 않았다. 그도 특별히 대답을 기대하고 물은 건 아니었다.

그는 여자 곁으로 다가갔다.

"배고파? 뭣 좀 마실래?"

여자는 이번에도 대답하지 않았다. 그러나 바로 옆으로 다가가도 여자가 겁내거나 피하지 않았기 때문에 그는 안심했다. 그래서 그는 여자 옆에 앉았다.

"오늘 일하러 가서 여러 가지를 알게 됐어."

그가 말했다. 천천히 손을 들어서 나의 머리카락을 살살 만졌다.

여자는 움직이지도 대답하지도 않았다.

"당신에 대해서 여러 가지를 알게 됐어."

그는 나의 머리카락을 조심스럽게 쓰다듬으며 말했다.

"하지만 그게 정말로 당신인지는 아직도 확실히 모르겠어."

여자가 고개를 들어 그를 쳐다보았다.

커다란 검은 눈은 깊고 애처롭고 아름다웠다. 그러나 그는 그 안에서 아무것도 읽어 낼 수 없었다.

전화기가 우웅, 하고 진동하기 시작했다. 여자가 흠칫 놀랐다.

"괜찮아, 괜찮아. 무서운 거 아냐."

그는 아기를 달래듯이 놀란 여자를 달래면서 소파에 걸쳐 두었던 양복 상의 주머니 속의 핸드폰을 꺼내 들었다. 화면에 뜬 번호는 그가 모르는 번호였다.

"예, 여보세요?"

— 김태경 씨?

낯선 남자의 목소리가 물었다.

"예, 그런데요?"

— 지금 혹시 댁에 계십니까?

"예?"

— 아, 자택에 안 계신가 보군요. 알겠습니다.

그러더니 상대는 일방적으로 전화를 끊었다.

"뭐야, 이건?"

그가 중얼거렸다. 전화기를 소파 위에 던져 놓고 다시 나의 머리카락을 쓰다듬었다.

여자는 그가 쓰다듬어 주는 것이 마음에 드는 모양이었다. 조금, 아주 약간 몸의 중심을 기울어 거의 눈치 챌 수 없을 정도로 그에게 살며시 기댔다.

그는 나와 함께 있을 때 자주 했듯이 나의 몸을 끌어당겨 한 팔로 등과 어깨를 감싸 안았다. 여자는 고분고분 안겼다. 그렇게 껴안고 그는 다른 손으로 여자의 머리카락을 쓰다듬었다. 여자가 조그맣게 한숨을 쉬었다.

고양이 같다고 그는 생각했다.

나의 등을 받치고 있던 팔이 저리기 시작했다. 그는 살그머니 팔을 움직여 빼냈다. 여자는 가만히 있었다.

이제는 어떻게 하면 여자를 놀라게 하지 않고도 움직일 수 있는지 조금씩 터득해 가는 것 같다고 그는 생각했다.

그리고 어쩔 수 없이 이어서 이런 생각을 떠올렸다.

나에게도 전부터 이렇게 조심스럽게 대해 주었더라면…….

죽은 남자는 여자를 때렸다.

그도 나를 때렸다.

그렇게 생각하면 그는 어쩐지 견딜 수 없는 기분이 되었다.

그는 일어섰다. 여자가 겁먹지 않도록 조심스럽게, 부드러운 동작으로 몸을 일으켰다.

"뭣 좀 마실래?"

그가 여자에게 말했다. 여자는 다시 고개를 들어 그를 올려다보았으나 대답하지 않았다.

그는 부엌으로 갔다. 냉장고에서 주스를 꺼냈다. 두 잔을 따라서 들고 거실로 돌아왔다. 여자에게 내밀었다. 여자는 받지 않았다.

"마시기 싫어? 그럼 나중에 내가 마실게."

그가 주스잔을 탁자 위에 올려놓으며 말했다.

그가 주스를 마실 동안 여자는 말없이 그의 곁에 앉아 있었다.

그의 어깨에, 거의 느껴지지 않을 정도로 아주 살며시 머리를 기대고 있었다.

소파 위에 던져 놓았던 전화기가 다시 우웅, 우웅, 하고 소리를 내며 진동했다. 그는 주스잔을 옆에 내려놓았다. 여자를 놀라게 하지 않기 위해서 몸은 가능한 한 움직이지 않고 손만 힘껏 뻗어서 핸드폰을 집어 들었다.

이번에도 모르는 번호였다. 아까와는 다른 번호였다.

어쩐지 느낌이 좋지 않았다. 받지 않는 쪽이 나을 것 같았다.

그가 망설이면서 화면을 들여다보는 사이에 진동은 멈추었다. 그는 안심했다. 그러나 조금 뒤에 문자가 왔다.

김태경 씨 안에 계십니까?

느낌이 몹시 좋지 않았다. 그는 통화 버튼을 눌렀다.

아까와 같은 남자의 목소리가 전화를 받았다.

— 예, 여보세요.

"당신 누구야?"

그가 물었다.

— 아, 이번에는 안에 계시는군요?

남자가 이렇게 말하고 전화를 일방적으로 끊었다.

"뭐야, 이 자식은?"

그는 어이가 없어서 전화기를 들여다보며 중얼거렸다. 다시 전화해서 따지는 게 나을까 생각하고 있는데 갑자기 현관문의 키패드를 누르는 소리가 들렸다.

삑, 삑, 삑, 삑, 삑.

비밀번호는 아침에 출근하기 전에 그가 직접 재설정했다. 이전 비밀번호는 내가 그에게 가르쳐 준 적이 없었고, 여자는 그가 돌아왔을 때 문을 열어 줄 만한 상태가 아니었기 때문이다. 그러므로 밖에 있는 게 누구든, 설마 바로 얼마 전에 새로 바꾼 비밀번호를 알아내서 문을 열지는 못할 거라고 그는 순간적으로 생각했다.

삐리릭.

현관문이 열렸다.

그는 벌떡 일어섰다.

낯선 남자들이 집 안으로 들어왔다.

"당신들 뭐야?"

그가 소리쳤다.

"뭔데 오밤중에 남의 집에 함부로……."

"김태경 씨 본인 맞으시죠?"

가장 앞에 서 있던 젊은 남자가 그의 말을 끊고 물었다. 그가 대답도 하기 전에 젊은 남자는 소파 발치에 앉아 있는 여자를 흘끗 쳐다보았다. 그리고 뒤따라온 남자들에게 말했다.

"갑시다."

그러자 남자들이 달려들어 그와 여자의 목에 주사를 놓았다.

그들은 반항할 틈조차 주지 않았다.

머리가 몽롱하고 시야가 흐려졌지만 그는 의식을 완전히 잃지는 않았다. 그러나 말을 할 수도 움직일 수도 없었다. 남자들은 그와 여자를 한 사람씩 가뿐하게 어깨에 둘러메었다. 잡아끌어서 어깨에 얹는 그 손길은 우악스러웠지만 마구잡이 완력은 아니었다. 그보다는 능숙하게 훈련된 전문가의 솜씨였다.

그와 여자는 복도를 지나 엘리베이터에 갇혀 내려간 뒤에 다시 현관까지 남자들의 어깨에 실려 갔다. 가는 동안 내내 나의 몸을 어깨에 둘러멘 남자가 그의 바로 눈앞에 있었다. 나의 몸은 양팔과 긴 머리카락을 축 늘어뜨린 채 남자가 움직일 때마다 덜렁덜렁 흔들렸다. 마치 어딘가 고장 난 인형 같은 그 모습이 그는 너무나 무서웠다. 나의 이름을 부르려 했지만 입술을 달싹일 수도, 목소리를 낼 수도 없었다.

현관 앞에는 승합차가 서 있었다. 머릿속에 안개가 낀 것처럼 몽롱하고 흐릿한 속에서 앞도 뒤도 없이 그는 언젠가 죽은 남자가 웃으면서 했던 말을 희미하게 떠올렸다.

'봉고차를 탄 남자들이 따라온다.'

안개 속을, 혹은 꿈속을 떠가는 것처럼 아련하게 그는 그때가 참 좋았다고 생각했다. 차라리 혼자 불 꺼진 가게 안에 산산조각 난 남자의 시체와 함께 갇혀 있는 편이 지금의 상황보다는 백배 낫다.

그러나 그 생각을 마치기도 전에 그는 의식을 잃은 나의 몸과 함께 승합차 안에 아무렇게나 처박혔다.

돌이킬 수 없이 문이 닫혔다.

승합차가 출발했다.

○

정체를 알 수 없는 남자들은 차를 타고 가는 내내 아무 말도 하지 않았다. 사실 말을 했어도 그는 알아들을 수 없었다. 주사약이 제대로 효과를 발휘하는 건지, 아니면 그 반대인지 그는 잠깐씩 의식을 잃었다가 깨어나기를 반복했다. 대체로 그는 지나치게 넓은 승합차 바닥에 나와 함께 누워서 차 천장을 쳐다보고 있었다. 밖은 어두웠고, 창문을 통해 가끔씩 보이는 풍경만으로는 아무것도 알아낼 수 없었다.

기절했다 깨어나기를 반복했기 때문에 차를 타고 정확히 얼마나 달렸는지도 알 수 없었다. 그의 느낌으로는 밤새도록 이렇게 승합차 바닥에 실려 다닌 것만 같았다.

굵은 빗방울이 차창을 때렸다.
"비가 오네."
내가 말했다.
"그러니까 우산이 없어도 불은 붙여야지."
그가 대답했다.
"와이셔츠는 집에 두고 왔어."
"잘했어."
내가 대답했다.

"그거 입고 봉고차 바닥에 누워 있으면 옷이 더러워지잖아."

"맞아."

그가 동의했다.

빗방울은 차창에 닿으면 긴 물 자국을 남기며 뒤쪽으로 달려갔다. 그는 맑은 물방울들이 서로 엉기면서 까만 차창 위에서 달음질치는 모습을 홀린 듯이 바라보았다.

운전석에 앉아 있던 죽은 남자가 뒤를 돌아보았다.

「그날 밤도 이렇게 비가 내렸어.」

운전석에 앉아 있던 죽은 남자가 뒤를 돌아보며 입 끝을 올려 씨익 웃었다.

「내가 살해당한 그 밤.」

"그런 걸 다 기억하면서 왜 날 끌어들인 거야?"

그가 물었다.

「어어, 무슨 소리야? 난 아무것도 몰라. 그냥 죽었을 뿐이라고.」

죽은 남자가 다시 입 끝을 올려 씨익 웃었다.

"죽었으면 입 닥치고 저승으로 가."

그가 다시 내뱉었다. 죽은 남자가 말했다.

「그렇게는 못 하겠는데. 내가 이래 봬도 유명 로펌에서 근무하시던 일급 변호사잖아?」

죽은 남자가 여전히 웃으면서 말했다. 저렇게 계속 뒤를 돌아보고 있는데 운전은 어떻게 하는 건지 그는 궁금해졌다. 차는 여전히 빗속을 뚫고 어두운 밤길을 달리고 있었다.

죽은 남자가 자못 진지하게 읊었다.

「다른 사람을 살해하는 건 형법상 범죄거든. 형법 제24장 250조. 사람을 살해한 자는 사형, 무기 또는 5년 이상의 징역에 처한다. 자기 또는 배우자의 직계존속을 살해한 자는 사형, 무기 또는 7년 이상의 징역에 처한다.」

말을 마친 죽은 남자는 다시 입 끝을 올려 야비한 미소를 지었다.

「아이를 가졌어요.」

죽은 여자가 말했다.

「임신을 했어요……. 오빠는 이미 서울로 떠나 버렸는데.」

"그랬구나."

그가 고개를 끄덕였다.

"그래서 따라간 거야?"

「응.」

죽은 여자가 대답했다.

「부모님한테는 도저히 말할 수가 없었어요. 아빠가 엄하셔서…….」

죽은 여자가 조그맣게 중얼거렸다.

「임신한 걸 아셨으면 어차피 난 집에서 쫓겨났을 거예요.」

"그럼 어머니한테라도 얘기를 좀 해 보지……."

그가 동정적으로 말했다. 죽은 여자는 고개를 저었다.

「엄마는 그냥 울기만 했을 거예요. 엄마는 아빠 없이는 아무 것도 못 해요.」

죽은 여자가 조그맣게 한숨을 쉬었다.

「엄마도 항상 그렇게 말했어요. 네 아빠 없이 혼자서는 아무 것도 아니라고.」

그는 고개를 끄덕였다. 그 말 한마디만으로도 왠지 여자에 대해 많은 것을 이해할 수 있을 것만 같았다.

"이 여자 지금 깨어난 건가?"

승합차에 탄 남자들 중 하나가 그와 여자를 내려다보며 물었다.

"눈을 뜬 것 같은데?"

다른 남자가 몸을 살짝 움직이는 것이 보였다.

"눈만 떴지 안 움직이잖아."

"내버려둡시다."

세 번째 남자가 말했다.

"깨면 어떻고 안 깨면 또 어떻습니까."

남자는 목소리가 굵고 어조가 느긋했다.

"결국 모두 다 같은 곳으로 가는 것 아니겠습니까."

다른 남자들이 입을 다물었다.

목소리 굵은 남자가 천천히 말했다.

"빗줄기가 잦아들 줄을 모르네요……."

"꺼낼 수 있겠어?"

내가 그에게 물었다.

"지금은 못 하지."

그가 대답했다.

"움직일 수가 없잖아."

"아, 그렇구나."

내가 말했다. 그리고 그를 힐난했다.

"그러게 왜 일을 이 지경으로 만들었어."

"미안해. 나도 이럴 생각은 아니었어."

그가 대답했다.

"감당 못 할 일에 뛰어드니까 이렇게 되는 거잖아."

내가 가볍게 타박했다.

"미안하다니까."

그가 가볍게 사과했다.

「고등학교 졸업하면 어차피 오빠랑 결혼하려고 했어요.」

죽은 여자가 말했다.

「아직 1년이 남았지만, 그냥 좀 빨리 끝내는 것뿐이라고 생각했어요……. 아이가 생겼으니까, 그럼 당연히 결혼해야 하니까……. 너무너무 무서웠지만, 오빠는 명문대 다니고 능력도 있으니까 어떻게든 잘될 거라고 믿었어요…….」

오래전에 깨져 버린 희망에 대해 말하는 죽은 여자의 입술이 떨렸다.

「오빠랑 아이랑 셋이서……, 행복하게 살고 싶었어요…….」

그것이 죽은 여자가 한때 꾸었던 꿈이었다.

「그러니까 누가 됐든지 날 죽인 범인은 사형, 무기징역 또는 5년 이상의 징역형에 처해져야 하는 거라고. 정의는 승리해야 하잖아.」

"정의 같은 소리 하고 있네."

그는 피식 웃었다.

"너 같은 놈은 골로 가는 게 정의다, 미친 새끼야. 미성년자 건드려서 가출하게 만들고, 멀쩡한 여자랑 결혼해 놓고 뒤로 딴살림이나 차리고, 어머니한테서 돈이나 뜯고."

「바로 그거야.」

죽은 남자가 다시 씨익 웃었다.

「난 진짜 잘나가고 있었거든. 내 생애 최고의 전성기였어. 돈 있고 권력 있는 집 잘난 딸내미 구워삶아서 결혼도 했지, 내 맘대로 주무를 수 있는 세컨드도 있지, 지겹게 돈타령만 해 대던 그 어머니라는 주정뱅이도 드디어 떼 버렸지. 다 이뤘어. 원하던 걸 전부 다 이뤘단 말이야.」

죽은 남자의 입 끝은 미소를 지을 때마다 시뻘겋게 갈라져 올라가서 이제는 귀에 닿을 것만 같았다. 죽은 남자가 그 시뻘건 입을 크게 벌리고 갑자기 버럭 고함을 쳤다.

「그런데 너 같으면 순순히 죽을 수 있겠어? 억울해서 이대로 저승 갈 수 있겠냐고!」

「오빠는 나를 때렸어요.」

죽은 여자가 속삭였다.

연락처를 몰랐기 때문에 학교로 찾아가서 하염없이 기다렸다고 했다. 죽은 남자는 처음에 여자를 모른 척하려 했다. 여자가 울기 시작했기 때문에 자취방으로 데려갔다. 임신했다고 말하자 불같이 화를 내며 때리기 시작했다.

「아이가 죽었어요…….」

죽은 남자는 여자를 집으로 돌려보내려 했다. 사실은 집이아니라 어디로 가든 상관없으니 어떻게든 쫓아내려 했다는 표현이 맞을 것이다. 여자는 갈 곳이 없었기 때문에 필사적으로 매달렸다. 고함과 비명 소리가 주먹과 발길질로 변하고 얼마안 있어 여자는 피를 흘리기 시작했다. 그리고 유산한 후유증으로 여자는 한동안 움직일 수 없었다.

「그때는……, 오빠가 참 잘해 줬는데…….」

"시끄러워, 새끼야. 너는 인간이 그따위니까 죽는 거야."

그가 내뱉었다.

"남한테 피해나 주고 상처만 입히니까 그게 결국 다 너한테돌아온 거라고."

「어어, 그런 식으로 오해하면 곤란해.」

죽은 남자가 반박했다.

「어디 가서 떵떵거리면서 대접받고, 어리고 예쁜 여자 끼고 다니면서 돈도 펑펑 쓰는 거. 그런 건 누구나 다 원하는 거 아니겠어? 난 능력이 되니까 그런 걸 다 성취했을 뿐이야.」

"그러니까 좀 움직여 봐."
내가 그에게 말했다.
"저 남자들 보지 못하게 살살."
그가 조금씩 몸을 움찔거리면서 내게 알려 주었다.
"저 사람들, 아까 당신 눈뜬 것 같다면서 자기들끼리 뭐라고 그러던데."
"괜찮아. 눈떠도 별로 신경 안 써."
내가 말했다.
"어차피 장기 빼내고 토막 쳐서 야산에 묻어 버릴 거니까."

「아픈 동안 오빠가 잘해 줘서……, 난 오빠가 마음을 돌린 줄 알았어요…….」
아이를 잃은 것이 확실해지자 죽은 남자는 갑자기 여자에게 상냥하게 대했다. 여자가 움직이지 못하는 동안 정성을 다해서 돌봐 주었다.
그리고 죽은 남자는 아직 회복되지 않은 여자의 상처 입은 몸을 범했다.

"묻어 버리는 게 좀 문제겠네요."
남자의 굵고 낮은 목소리가 말했다.

"비가 이렇게 많이 오면 토사가 쓸려 내려가기도 하거든요."

"구덩이를 평균보다 깊이 파면 되지 않겠습니까?"

또 다른 남자가 제안했다.

"들켜도 할 수 없겠다. 꺼내야겠어."

내가 그에게 말했다.

"생각보다 시간이 별로 없는 것 같아."

"나도 애쓰고 있어⋯⋯."

그가 움찔움찔 몸을 움직이려 애쓰면서 중얼거렸다.

"성취 좋아하네."

그는 기가 막혀서 웃었다.

"사기 치고 협박하고 바람피운 것도 성취냐?"

「그렇게 말하면 섭하지. 나는 정말로 최선을 다했어.」

죽은 남자가 다시 웃으며 말했다.

「그 나이 먹고서 아직도 모르겠냐? 당하는 놈들이 멍청한 거야. 난 내가 가질 수 있는 걸 가졌을 뿐이라고. 나 때문에 피해를 봤네, 상처를 입었네 하는 것들은 다 병신 머저리들이야.」

죽은 남자는 자신의 주장을 강조하게 위해서인지 기괴한 모습으로 고개를 까딱거렸다.

밥값을 해야 한다고 죽은 남자는 여자에게 말했다.

「오빠가 아직은 학생이고, 오빠네 집에는 아버지도 안 계시니까……, 오빠가 학교를 그만두고 날 책임질 수는 없다고 했어요. 그러는 순간 우리 둘의 미래가 다 사라질 테니까…….」

'우리 둘의 미래'라는 그 말에 죽은 여자는 모든 희망을 걸었다.

「그러니까 우선은 내가 밥값을 해야 된다고, 오빠가 그랬어요…….」

그래서 여자는 밥값을 벌기 시작했다.

「자기들도 갖고 싶은데 못 가지니까 괜히 나 같은 사람을 깎아내리는 거지. 아주 저열한 태도야.」

여기까지 말하고 죽은 남자는 아주 슬프다는 듯이 입술을 일그러뜨리며 고개를 숙였다.

「그래도 너만은 내 친구니까 그러지 않을 줄 알았는데.」

그는 역겨워졌다.

"친구 같은 소리 하네. 내가 언제부터 네놈 친구냐?"

"꺼냈어?"

내가 물었다.

"잠깐 있어 봐. 손가락에 뭐가 걸렸어."

그가 낑낑거리며 대답했다.

손가락을 필사적으로 움직이며 그가 물었다.

"죽은 저 자식도 여자를 때렸고 나도 당신을 때렸어."

그는 고개를 돌려 나를 쳐다보려 했으나 실패했다. 대신 그는 승합차 천장을 바라보며 물었다.

"내가 저 자식이랑 다른 게 뭐야?"

"그 남자는 여자를 천천히 죽이고 있었지. 자기는 나를 천천히 살리고 있고."

그는 이해하지 못했다.

죽은 남자가 그 말에 천천히 고개를 들었다.

「하긴 그렇구나.」

죽은 남자의 입가에 또다시 서서히 야비한 미소가 떠올랐다.

「다시 생각해 보니까 너도 그것밖에 안 되는 놈이네.」

여자는 오랫동안 일했다.

고등학교 중퇴 학력으로 얻을 수 있는 일자리는 그다지 많지 않았다.

그러나 어리고 예쁜데다 미성년자라는 사실을 숨길 수 있을 만큼 성숙해 보이는 여자로서 찾을 수 있는 일자리는 수없이 많았다.

「힘들었지만……, 참을 수 있었어요…….」

그렇게 벌어 온 '밥값'으로 뒷바라지해서 죽은 남자가 고시에 합격했을 때 여자는 세상을 다 얻은 것처럼 행복했다. 다만 합격한 뒤에도 죽은 남자는 결혼하려 하지 않았다.

또다시 아이가 생겼고, 죽은 남자는 또다시 화를 내며 중절을 강요했다. 같은 일이 몇 번씩 반복되면서 여자는 죽은 남자가 말했던 둘만의 미래가 점점 멀어지는 것을 느끼기 시작했다.

그러나 여자에게는 달리 갈 곳이 없었다.

"꺼냈어?"

내가 물었다. 그가 대답했다.

"응."

"켤 수 있겠어?"

내가 다시 물었다.

그는 아무 대답 없이 다시 굳어 버린 몸을 꼼지락거리기 시작했다.

죽은 남자는 말해 놓고 보니 자기가 참 옳다는 듯 고개를 끄덕였다.

「고등학교 때부터 너는 그것밖에 안 되는 놈이었어.」

'고등학교 때부터'라는 죽은 남자의 말을 들으니 그는 화가 나기보다는 갑자기 지겨워졌다. 생각해 보니 고등학교 시절의 대부분을 죽은 남자의 손끝에서 놀아났다. 술김에 대체 무슨 말을 지껄인 것일까 자책하고, 정상적이지 못한 자기 자신을 증오하고, 죽은 남자가 비밀을 발설하지나 않을까 걱정하고, 부모님이 아시게 되면 어떡하나 두려움과 불안에 떨었다. 그러다가 결국은 견딜 수가 없어서 무조건 집에서 가장 먼 지방에 있는 대학을 골라서 원서를 넣어 버렸다. 핑계는 학교였지만 진짜 목적은 어떻게든 전부 떠나서 아는 사람이 하나도 없는 곳으로 가는 것이었다.

그러나 그는 학교생활에도 타지 생활에도 적응하지 못했다. 휴학과 복학을 반복하며 어영부영 세월을 보내다가 군대를 다녀왔고, 그제야 마음을 먹고 학교를 완전히 그만두었다. 부모님과 함께 사는 집으로 돌아와서 진로를 바꿔 보겠다고 학원도 다녀 봤고 이런저런 일자리도 구해 보았지만 결과는 전부 신통치 않았다.

죽은 남자를 만나기 전 고등학교 시절의 그는 얌전하고 눈에 띄지는 않지만 그래도 공부 또한 곧잘 하는 괜찮은 학생이고 착한 아들이었다. 그런 평온무사한 나날들이 이어졌다면 지금쯤 그의 인생은 완전히 달라졌을 것이다. 그 인생이 꼬이기 시작한 것은 죽은 남자가 전학 왔을 때부터였다. 죽은 남자가 그의 약점을 잡고 달라붙은 순간부터였다.

그리고 죽은 남자는 여전히 똑같은 방식으로 그에게 달라붙어 있는 것이다. 15년 세월이 지났는데도.

그렇게 생각하니 정말 견딜 수 없을 정도로 지긋지긋해졌다. 뱃속에서부터 짜증이 치솟았다. 그는 죽은 남자와 대화를 하거나, 죽은 남자에게 화를 내거나, 죽은 남자의 말에 어떤 식으로든 반박을 할 모든 의욕을 잃어버렸다.

「시험도 붙었고 취직도 했으니까 결혼하자고 말해 봤지만……, 오빠는 화만 냈어요.」

여자가 속삭이듯이 말했다.

「화를 내면서 나를 때렸어요.」

여자의 눈에서 천천히 눈물방울이 흘러내렸다.

「그러다 신문에서, 오빠의 사진을 보았어요…….」

고위 관료 일가족의 사진이 실린 신문 기사에 딸과 사위가 나란히 유명 로펌에서 일한다는 언급이 있었다.

「'딸과 사위'라고 했어요……. '부부가 함께' 일한다고…….」

「날 죽인 인간들도 꼭 너 같은 것들이야. 피해망상에 절어 있는 패배자들이라고.」

죽은 남자의 표정이 점차 험악하게 변해 갔다.

「너 같은 것들이 뭔데 날 죽여?」

죽은 남자가 시뻘건 입을 벌렸다. 붉은 핏빛 구멍 같은 입을 점점 더 크게 벌리며 쩌렁쩌렁한 소리로 고함쳤다.

「버러지 같은 것들이 어떻게 감히 날 죽이냔 말이야!」

"넌 인마, 죽을 만하니까 죽은 거야."

그가 한숨을 쉬었다.

"그러니까 그냥 죽어. 저승 가서 돌아오지 마라, 제발."

그가 라이터 뚜껑을 젖혔다. 불을 켜려 할 때 내가 말했다.

"거꾸로 들어."

"뭐?"

그가 되물었다.

설명할 시간이 없다. 나는 짧게 되풀이했다.

"라이터, 거꾸로 들고 켜."

"거꾸로 들고 무슨 수로……."

"숨 쉬지 마. 뒤쪽, 석유통 쪽으로 던져."

내가 그의 말을 끊고 빠르게 속삭였다.

그는 내 얼굴을 쳐다보았다. 얼른 손을 돌려 라이터를 거꾸로 들었다.

엄지손가락이 부싯돌 휠을 돌리자 슈웃, 하는 소리와 함께 라이터의 양끝에서 반투명한 초록색 연기가 아련하게 피어올랐다.

"냄새가 좋네요."

굵고 낮은 남자 목소리가 말했다. 어쩐지 꿈꾸는 듯 느긋한 말투가 몹시 거슬린다고 그는 생각했다. 다른 목소리가 비슷하게 몽롱한 말투로 동의했다.

"그러네요. 무슨 가스일까요?"

초록색 연기에서 하얗게 불꽃이 일기 시작했다. 그는 승합차 뒷부분에 가득 실린, 가짜 연료가 든 플라스틱 통을 향해 있는 힘껏 라이터를 던졌다.

승합차 내부에 불이 붙었다.

불길은 마치 만개한 꽃처럼 순식간에 확 타올랐다.

「죽여 버리겠다고, 오빠가 말했어요…….」

여자의 눈에서 핏방울이 흘러내렸다.

「자기 발목을 잡는 것들은 다 죽여 버리겠다고…….」

활짝 피어난 불꽃 속에서, 선홍색 핏줄기가 흘러내리는 여자의 새하얀 얼굴은 더없이 아름다웠다.

「너희들은 어차피 다 버러지 같은 것들이야.」

불길 속에서 죽은 남자의 얼굴이 녹아내리기 시작했다.

「평생 땅바닥을 기어 다니다가 밟혀 죽는 굼벵이나 지렁이 같은 것들이라고!」

녹아내리는 얼굴로 죽은 남자는 다시 시뻘건 구멍 같은 입을 벌리며 비웃었다.

그는 죽은 남자가 운전석에 앉은 채로 뒷좌석을 향해 목만 완전히 돌아가 있다는 것을 알았다.

순간 눈부신 빛이 차의 앞 유리창을 뒤덮었다.

트럭이 차를 덮쳤다는 것을 그는 직감적으로 깨달았다.

비 오는 밤에 남자는 차를 몰고 있었다. 옆자리에는 여자가 앉아 있었다.

남자는 도시를 벗어나 외곽 도로로 들어섰다. 남자는 여자를 죽일 생각이었다.

여자는 남자가 운전해 가는 밤길의 풍경을 바라보았다. 여자는 남자가 자신을 죽일 생각임을 알고 있었다.

차를 타기 전에 남자는 음료수를 마셨다. 음료수에는 여자가 탄 약이 들어 있었다. 남자는 그 사실을 알지 못했다.

차를 타기 전에 여자는 전화를 했다.

남자는 그 사실 또한 알지 못했다.

"이제 나가야지?"

내가 그에게 말했다.

"움직일 수 있겠어?"

"잘 모르겠어."

그가 대답했다.

"움직일 수 없을 겁니다."

목소리가 굵고 어조가 느린 남자가 말했다. 남자의 얼굴은 녹아내리고 있었다.

"움직이기는 힘들지요."

또 다른 남자가 맞장구쳤다. 두 번째 남자의 얼굴 또한 녹아 내리고 있었다.

"힘들면 움직이지 않는 게 좋겠지요."

세 번째 남자가 말했다. 그리고 녹아내리는 얼굴의 검은 구 멍 같은 입을 벌려 껄껄 웃었다.

녹아내려 승합차 좌석과 한 덩어리가 된 모습으로 세 남자 모두 껄껄 웃기 시작했다.

불꽃이 아지랑이처럼 가볍게 공기 중을 떠다녔다.

"불⋯⋯."

내가 속삭였다.

"움직여야 돼……."

"말하지 마."

그가 가로막았다.

"힘드니까 말하지 마."

그리고 그는 나를 안았다.

몸을 가누지 못하는 채로, 그는 역시 몸을 가누지 못하는 나를 떠메다시피 업고 비틀거리며 산을 내려왔다.

그가 마지막으로 돌아보았을 때 승합차는 영화에서 보던 것처럼 '펑!' 소리를 내며 폭발하지는 않았다. 그래도 살짝 일말의 기대는 가지고 있었다고, 그가 나중에 웃으며 말했다.

승합차는 단지 불타고 있었다. 비가 쏟아지는데도 불은 꺼지지 않았다. 오히려 빗방울을 먹으며 더 밝게 더 기운차게 날아올랐다.

아름답다고, 그는 앞뒤 없이 생각했다.

◯

그가 나를 떠메고 나온 곳은 산길이었다. 주위는 어두웠고 비가 내리고 있었다. 어디가 어디인지 분간할 수 없었다.

그래서 그는 불타는 승합차를 등지고 나를 떠멘 채로 걸었다. 비를 맞으며 헐떡대면서도, 비틀거리면서도 한없이 무작정 걸었다.

걷다가 그는 땅이 경사져 있다는 사실을 알았다. 그때부터는 경사면을 내려갔다. 나를 업은 채 넘어지기도 했고 같이 균형을 잃고 구르기도 했다.

상처투성이, 진흙투성이의 홀딱 젖은 몰골로 그는 마침내 불빛과 도로 표지판이 있는 곳을 찾아냈다.

차들이 지나다녔다. 그러나 멈추어 서려고 하지 않았다. 그는 거의 찻길을 가로막다시피 하고 운전자의 욕을 먹어 가며 택시를 한 대 세웠다.

기사는 흠뻑 젖고 진흙으로 범벅이 된 그를 보고 질색을 했다. 그러나 그는 막무가내로 나를 좌석에 집어넣고 이어서 자기도 올라탔다. 택시 기사는 무척 불안해했고, 그래서 그는 협박하다시피 기사를 몰아붙였다. 기사는 오랜 시간을 달려 그의 원룸이 있는 건물 앞에 그와 나를 내려주었다.

택시 안에서 그는 내 어깨를 안고 차창에 부딪치는 빗방울을 쳐다보았다.

차창은 점차로 검고 어둡지만은 않게 되었다.

도시로 돌아왔을 때, 비는 그치고 창밖으로 동이 트고 있었다.

"하늘이 파래."

그가 내 귀에 대고 속삭였다.

"그러니까 이젠 괜찮을 거야……."

내가 대답하려 했지만 그가 손가락으로 부드럽게 내 입을 막았다.

그는 진흙을 대충 닦아 내고 옷을 갈아입히고 나를 침대에 눕혔다. 내가 고르게 숨을 쉬고 있으며 추위에 떨거나 열이 나거나 또 별다른 이상을 나타내지 않는 것을 확인하고 그는 씻으러 갔다.

따뜻한 물줄기를 맞다가 그는 무심코 내가 준 샤워젤을 집어 들었다.

그는 조금 울었다.

그가 방으로 돌아왔을 때 나는 깨어나 있었다.

"괜찮아?"

그가 물었다.

"뭣 좀 먹을래? 아니면 마실 거 갖다 줄까?"

"괜찮아."

내가 속삭이듯이 대답했다.

"지금은 아무것도 못 먹겠어."

기운이 없어서 말을 제대로 할 수 없었다.

"좀 쉬어."

그가 달랬다.

나는 눈을 감았다.

"성연 씨지?"

그가 물었다.

"성연 씨 맞지?"

내가 대답했다.

"응."

그가 속삭였다.

"보고 싶었어."

내가 대답했다.

"나도 보고 싶었어."

우리는 함께 아침을 맞이했다.

"성연 씨."

그가 말했다.

"사랑해."

내가 대답했다.

"나도 태경 씨 사랑해."

그가 나를 끌어당겨 껴안았다.

내 이마에 입 맞춘 후에 말했다.

"때리고 싶어."

"응."

내가 대답했다.

"때려 줘……."

그래서 그는 나를 때렸다.

그는 나를 때렸다. 이제까지 마음속에 눌러 두었던 공포와 불안과 긴장과 슬픔과 분노가 한순간의 안도감을 타고 넘쳐흘렀다.

그를 막아야 했다.

내가 말했다.

"그만해."

"입 다물어."

그가 속삭였다. 내가 다시 말했다.

"그만해."

그가 손을 내렸다. 내 얼굴을 쳐다보았다.

"화났어?"

나는 대답하지 않았다. 대답할 수 없었다.

"많이 아파?"

그가 다시 물었다.

사실 내게는 그의 나머지 절반이 더 필요했다. 아직 완전히 살아나지 못했다. 그가 한계점을 스스로 넘도록 내버려두었어야 했다.

그렇게 하고 싶지 않았다.

"때리지 마."

내가 속삭였다.

그는 나를 안았다. 나는 뿌리칠 힘이 없었다. 그의 체온은 유리벽을 통해 전해지는 것처럼 중간에 막혀 있었다. 그래서 나는 안도했다.

"괜찮아?"

그가 물었다.

"아파."

내가 대답했다.

"많이 아파?"

그가 물었다.

나는 대답하지 않았다.

"미안해."

그가 말했다.

"미안해……."

내가 대답했다.

"괜찮아."

말하고 나니 잠깐이지만 정말로 괜찮은 것 같은 기분이 들었다.

○

우웅, 우웅, 하고 핸드폰 진동하는 소리가 났다.

"자기 거 아냐?"

내가 속삭였다. 그가 대답했다.

"안 받아도 돼."

전화기는 끈질기게 우웅, 우웅, 하고 진동했다.

"지금 몇 시야?"

내가 다시 물었다.

"자기네 사장님이 전화한 거 아냐?"

"괜찮아."

그가 말했다.

"그냥 이대로 잠깐만 이렇게 있어……."

그리고 그는 나를 끌어당겨 꽉 안았다.

따뜻했다.

그의 온기는 나를 감쌀 뿐 내게 스며들지 못했다.

"자기는 도대체 누구야?"

그가 물었다.

"어떻게 전화번호부에 저장된 번호가 하나도 없어?"

"당신이 있잖아."

내가 대답했다. 그가 반박했다.

"그렇지만 지갑 속에 신분증도 없고, 하다못해 신용카드도 한 장 없고……."

"태경 씨, 내 뒷조사했어?"

내가 그를 쳐다보았다.

"내 신용카드를 노렸던 거야?"

"무슨 소리야. 노리긴 내가 뭘 노려."

그가 변명했다.

"연락할 사람 찾다가 그런 거야. 그, 그러니까 저기, 저번에, '그렇게' 됐을 때……."

"자기가 고집 부려서 그렇게 된 걸 가지고 내 지갑은 왜 뒤 져?"

그는 풀이 죽었다.

"미안하다니까."

그리고 그는 내 품으로 파고들었다.

"이렇게 사과하잖아. 나 미워하지 마."

"내가 누구인지가 그렇게 중요해? 그런 소소한 건 다 사랑으로 극복해야 되는 거 아냐?"

내가 말했다.

"자기는 내 신용카드를 노리고 지갑도 뒤지고 그랬지만, 나는 이렇게 사랑으로 다 극복하고 있잖아."

그는 웃었다.

사실 내가 누구인지는 그에게 더 이상 중요하지 않다.

냉기가 사라지지 않는다. 시간이 지나도 전혀 나아지지 않았다.

그것이 무슨 뜻인지 나는 알고 있었다.

나의 몸은 죽어 가고 있었다.

전화기는 우웅, 우웅, 하고 끈질기게 울렸다. 끊어졌다가는 다시 울리고, 또 끊어졌다가 다시 울리기를 반복했다.

"아, 젠장."

그가 투덜거렸다. 그리고 천천히 힘겹게 몸을 일으켰다.

"도영이 자식 급한가 보네."

"출근해야 돼? 많이 늦었지?"

내가 걱정했다. 그가 태평하게 말했다.

"괜찮아. 오늘 하루 쉰다고 할 거야."

그는 핸드폰을 집어 들었다. 화면에는 '가게'라고 떠 있었다.

그는 전화를 받았다.

"어, 도영아."

— 김태경 씨 본인 맞으시죠?

굵은 남자의 목소리가 전화기 저편에서 말했다.

— 이거 지난번에는 실례가 많았습니다.

본능적으로 전화를 끊으려다가 그는 생각을 바꿨다.

"당신 누구야?"

내가 듣지 못하도록 목소리를 낮추어 그가 으르렁거렸다.

"도영이 어떻게 했어? 당장 바꿔. 안 바꾸면 경찰에 신고한다!"

— 그렇게 흥분하지 마십시오.

남자가 느릿한 말투로 대답했다.

— 사장님은 지금 다른 손님 응대하고 계십니다. 업무 중에
방해하지 않으시는 게 좋을 겁니다.

"도영이 바꿔."

그가 다시 으르렁거렸다.

그러나 남자는 어디까지나 침착하고 정중했다.

— 계좌번호를 알려 주시면 바로 사장님을 바꿔 드리겠습니다.

"계좌번호?"

그는 이해하지 못했다. 목소리 굵은 남자가 설명했다.

— 지난번에 저희 쪽에서 여러 가지로 폐를 끼쳐드렸으니, 저희가 성의 표시를 좀 하려는 겁니다.

"성의 표시 좋아하네."

그가 코웃음을 쳤다. 그리고 반복했다.

"도영이 바꿔, 당장."

— 할 수 없죠.

목소리 굵은 남자가 느긋하게 말했다.

그리고 조금 뒤에 사장이 전화를 받았다.

— 야, 김태경, 너 어디야?

사장은 다짜고짜 짜증을 냈다.

— 집에 일이 있으면 있다고 말을 해야 될 거 아냐!

"그게, 저기⋯⋯."

그는 얼른 변명거리가 떠오르지 않아 머뭇거렸다. 사장이 아랑곳없이 말을 이었다.

— 그래도 매상 톡톡히 올려 줬으니 내가 참는다. 너, 이런 손님들 어디서 몰아왔냐?

사장은 목소리를 낮추었다.

— 이 아저씨들 어째 일반인은 아닌 거 같다? 너, 무슨 조직

같은 데 엮인 거 아니지?

"그런 거 아냐."

그가 허둥지둥 말했다. 그리고 불안해져서 물었다.

"몇 명이나 왔는데?"

— 다섯 명. 전부 최신형 스마트폰으로 달래.

사장이 다시 목소리를 낮추었다.

— 다 제일 비싼 무제한 요금제에다가 부가서비스까지 해 달란다. 핸드폰에 돈 퍼부으려고 환장한 사람들 같아.

전화기 밖에서 누군가의 목소리가 '사장님, 이거 어떻게 쓰는 겁니까?' 하고 불렀다. 남자의 목소리였으나 이전에 들어 본 것 같지는 않았다.

— 아무튼 너 무슨 일인지는 몰라도 끝나면 총알같이 들어와라.

그리고 사장은 가 버렸다.

목소리 굵은 남자가 다시 전화를 받았다.

— 이제 안심하셨지요?

일단 안심한 것은 사실이었다. 그러나 완전히 마음을 놓을 수는 없었다. 그래서 그는 이렇게 물었다.

"대체 원하는 게 뭐야?"

— 그건 이미 말씀드린 걸로 압니다.

상대방 남자가 낮은 목소리로 웃었다.

— 저희가 실례를 했으니 성의 표시를 하겠다는 겁니다.

"너희들 돈 필요 없어."

그가 말했다.

"아무것도 필요 없으니까 경찰 부르기 전에 귀찮게 하지 말고 꺼져."

— 흐음. 아무래도 제대로 이해를 못 하시는 모양입니다.

목소리 굵은 남자가 말했다.

— 지난번에 저희 차량에 화재가 발생해서 저희 쪽 직원 세 명이 지금 위독한 상태입니다.

그는 대답하지 않았다. 숨이 턱 막혔다는 사실을 상대가 알아채지 못하기를 빌었다.

목소리 굵은 남자가 느릿하고 차분하게 말했다.

— 여기에 대한 저희의 입장은 이렇습니다. 이런 경우에는 보통 두 가지로 대응할 수 있습니다. 직원들을 더 보내서 김태경 씨 측에 피해 보상을 요구하거나, 아니면 합의를 유도하는 것입니다.

그는 대답하지 않았다. 목소리 굵은 남자의 말투가 더욱 느려졌다.

— 쉽게 말해 계속 싸움을 거는 방법이 있고, 좋은 게 좋은 거니까 서로 악수하고 끝내는 방법이 있습니다. 그리고 지금 저희는 김태경 씨께 두 번째 해결책을 제안하고 있는 겁니다.

"내가 댁들이 주는 돈을 왜 받아야 되는데?"

그가 물었다. 목소리가 떨리지 않게 하려고 애써야 했다.

상대방 남자가 느긋하게 대답했다.

— 계좌번호를 알려 주시고, 저희가 드리는 사례금을 받으시

고, 고인의 추억은 그냥 좋은 추억으로만 간직하시고, 유가족 여러분께 더 이상 연락을 취하지 않으시면, 김태경 씨 본인은 물론 저희 쪽도 여러모로 일처리가 편해지니까요.

목소리 굵은 남자는 의사를 효율적으로 전달하기 위해 잠깐 사이를 두었다가 말을 계속했다.

— 그러지 않을 경우, 주지하시다시피 저희 쪽에서는 김태경 씨 자택과 직장 정보는 물론 김태경 씨 가족분들의 세부 정보, 근무하시는 핸드폰 판매점 사장님의 자택 주소 및 가족 정보와 김태경 씨 여자 친구 되시는 분의 자택 주소도 확보하고 있습니다.

"아……."

'가족분들의 세부 정보'라는 말을 듣자 그는 등줄기에 소름이 끼쳤다. 상대방의 말을 가로막으려 했지만 목소리가 잘 나오지 않았다.

목소리 굵은 남자는 변함없이 느긋한 어조로 말을 이었다.

— 그러므로 저희 쪽에서 다시 직원들을 파견해야 하는 상황을 만드시는 것보다는 계좌번호를 알려 주시고 추억은 추억으로 묻어 두시는 편이 김태경 씨 본인은 물론 주변의 가까운 분들을 위해서도 좋은 일일 겁니다.

목소리 굵은 남자가 조용히 덧붙였다.

— 솔직히 저희는 김태경 씨 아버님 사업체 정보와 동생 되시는 분 약혼녀의 직장 정보 등도 파악하고 있습니다. 지난번에는 김태경 씨 여자 친구분의 집으로 찾아뵙는 실례를 저질렀

습니다만, 이번에는 다른 쪽으로 직원들을 파견할지도 모릅니다. 저희가 어디로 찾아갈지는 김태경 씨 입장에서도 알 수 없는 일 아니겠습니까.

아버지.

태준이. 지영이.

그는 재빨리 대답했다.

"나도 생각 좀 해 봅시다."

저절로 존댓말로 바뀐 것이 자기가 생각해도 참 비겁하다고 느껴졌다.

상대방이 다시 낮은 소리로 웃었다.

— 좋습니다. 생각해 보시고, 저희가 조만간 다시 연락드리겠습니다.

그리고 전화는 끊어졌다.

"누구야?"

내가 물었다.

"도영이야."

그가 말했다.

사장과 통화한 것은 사실이다. 그러므로 최소한 전부 다 거짓말은 아니라고 그는 생각했다.

"출근해야 돼?"

내가 물었다.

"아니."

그가 대답했다.

"오늘은 그냥 당신이랑 있을래."

그가 침대 속으로 파고들어 와서 내 어깨를 안으며 말했다.

○

내가 말했다.

"태경 씨."

"응."

"나 냄새나지 않아?"

"안 나."

그가 눈을 감은 채로 대답했다.

"그래?"

내가 중얼거렸다.

"다행이네."

그는 눈을 감고 아무 말도 하지 않았다.

규칙적으로 오르내리는 가슴과 고른 숨소리로 보아 잠든 것 같았다.

그를 깨우고 싶지는 않았다.

그러나 나의 가슴은 더 이상 규칙적으로 오르내리지 않았다.

내가 다시 그를 불렀다.

"태경 씨."

"음."

그가 졸음에 겨운 목소리로 대답했다.

"나 차갑지 않아?"

"아니."

그가 여전히 눈을 감은 채로 대답했다.

"기분 나쁘지 않아?"

내가 다시 물었다.

"안 나빠."

그가 눈을 뜨지 않고 중얼거렸다.

"다행이네."

내가 다시 말했다.

그가 퍼뜩 눈을 떴다. 나를 돌아보았다.

"아까 한 말, 무슨 뜻이야?"

"무슨 말?"

내가 되물었다.

"아까 나한테 물어봤잖아. 냄새 나지 않냐, 차갑지 않냐고."

"그냥 물어본 거야."

내가 대답했다.

"죽으면 차갑고 냄새 나잖아."

"뭐?"

그가 벌떡 몸을 일으켰다.

"성연 씨, 왜 그래? 어디 잘못됐어?"

나는 대답하지 않았다.

그가 이불을 젖혔다. 내 몸을 살펴보았다.

"보지 마."

내가 속삭였다.

"흥해."

그러나 그를 막을 힘이 내게는 없었다. 이불을 도로 끌어당겨 덮을 만큼 몸을 움직일 기운도 남아 있지 않았다.

피부가 핏기 없는 납빛으로 변해 가고 있었다. 그가 때린 곳은 전처럼 혈색이 돌아오거나 생기를 띠지 못했다. 반대로 멍이 들고 부어올라 거무스름하게 물들었다.

"왜 그래? 나 때문이야?"

그가 소리쳤다.

"내가 때려서 그래?"

"아니야."

그가 때리지 않았기 때문이라고는 말할 수 없었다.

"더 이상 살아가는 몸이 아니라서 그래……. 살아갈 수 없어서 그래."

내가 속삭였다. 목소리가 점점 작아졌다.

그가 이불을 끌어당겼다. 내 몸에 정성스럽게 덮어 주었다. 그리고 이불 밑으로 내 어깨를 안았다.

"미안해, 성연 씨."

그가 나를 꽉 끌어안고 속삭였다.

"미안해. 다 나 때문이야. 정말로 이렇게 만들 생각은 아니었어."

"아니야."

나는 할 수 있는 유일한 대답을 했다.

그는 나를 더 세게 끌어안았다.

"내가 어떻게 하면 되는지 말해 줘."

그가 말했다.

"성연 씨는 알 거 아냐. 내가 어떻게 하면 돼? 뭘 하면 되는 거야?"

나는 대답하지 않았다.

모든 살아 있는 것에는 수명이 있다. 죽지 않은 것도 마찬가지다.

나는 그의 수명을 갉아먹고 싶지 않았다. 그의 마지막 남은 온기를 빼앗아 차가운 몸으로 혼자 살아나고 싶지 않았다.

그러므로 그가 할 수 있는 일은 없다.

"말해 줘, 성연 씨."

그가 내 어깨에 얼굴을 묻었다.

"내가 어떻게 하면 되는지 말해 줘……."

그가 내 어깨에 얼굴을 묻고 울었다.

나는 눈물을 흘릴 수 없었다.

○

전화기가 우웅, 우웅, 하고 진동하는 소리가 들렸다.

그는 받지 않았다.

전화기는 이전과 비슷한 방식으로 끊어졌다가 다시 울리고, 끊어졌다가 다시 진동하기를 반복했다.

그는 나를 꽉 껴안은 채 움직이려 하지 않았다.

○

초인종이 울렸다.

그는 움직이지 않았다. 결사적으로 나를 품 안에 끌어안고 있었다.

초인종이 다시 울렸다.

그는 나가지 않았다.

초인종은 계속 울렸다.

이 역시 핸드폰이 진동하던 것과 비슷한 방식이었다. 두세 번쯤 울리고, 기다렸다가, 아무런 기척이 없으면 다시 두세 번쯤 울리고, 기다린다. 시간차를 충분히 두고 천천히 벨을 눌렀으며 신경질적이거나 위협적으로 들리지 않았다. 문을 두드리지도 않았다.

단지 아무 기척이 없어도 사라지지 않고 계속해서 초인종을 울릴 뿐이었다.

"잠깐만 나가 볼게."

그가 속삭였다.

"가 버리면 안 돼. 금방 다시 올 거니까 기다려 줘."

방을 나가려다 그는 다시 한 번 나를 돌아보았다.

"알았지? 가 버리면 안 돼."

그리고 그는 문을 열기 위해 현관으로 나갔다.

○

문밖에 서 있는 사람은 죽은 남자의 아내였다.

그는 목소리 굵은 남자, 혹은 나의 집에 침입했던 사람들과 비슷한 유형의 남자들을 예상했었다. 상당히 뜻밖이었다. 그래서 그는 어떻게 반응해야 할지 몰라 멍하니 서 있었다.

"들어가도 될까요?"

죽은 남자의 아내가 조용히 물었다.

그는 당황하며 문에서 비켜섰다.

죽은 남자의 아내가 거실로 들어왔다. 그리고 하얀 봉투를 꺼내 거실 탁자 위에 조용히 내려놓았다. 봉투는 아주 얇았다.

"이게 뭡니까?"

그가 물었다.

"생각할 시간이 필요하다는 말씀을 하셨다고, 그렇게 들어서요."

죽은 남자의 아내가 낮은 목소리로 차분하게 말했다.

"생각하시는 데 도움이 될까 해서 가져왔어요."

그리고 죽은 남자의 아내는 봉투를 열어 볼 것을 권하는 몸짓을 했다.

그는 움직이지 않았다.

"저는 제 힘으로 생각하는 게 더 좋습니다."

그가 조심스럽게 말했다. 목소리 굵은 남자를 대할 때처럼 나오는 대로 말할 수는 없었다.

"생각해 보고 제가 연락드리겠습니다. 지금은 가 주셨으면 좋겠습니다."

죽은 남자의 아내는 쉽게 물러서지 않았다.

"가능하면 확답을 듣고 갔으면 하는데요."

죽은 남자의 아내가 여전히 낮은 목소리로 조용히 말했다.

"충돌이나 갈등을 즐기는 건 절대로 아니구요. 저도 이제까지 겪은 일들이 있다 보니 여기까지 찾아온 성의를 생각하셔서라도 답변을 해 주시면 좋겠습니다."

또 저 '성의'다. 정말로 마음에 들지 않는 단어라고 그는 생각했다. 그러나 역시 죽은 남자의 아내에게 짜증을 낼 수는 없는 일이었다.

"답변은 충분히 드렸다고 생각합니다."

그가 여자의 말투를 흉내 내어 목소리를 낮게 깔고 차분하게 말했다.

"제가 몸이 많이 안 좋습니다. 중요한 사람하고 심각한 이야기도 하던 중이었구요. 지금 여러 가지로 힘든 상황입니다. 그러니 돌아가 주시면 좋겠습니다."

그리고 그는 덧붙였다.

"생각해 보고, 제 상황이 나아지면 바로 연락드리겠습니다."

"저한테도 중요한 사람이 있었어요. 그 사람은 죽었구요."

죽은 남자의 아내가 탁자 위의 하얀 봉투를 내려다보며 조용히 대답했다.

"저도 힘든 상황이에요. 빨리 마무리하고 제 생활을 되찾고 싶어요."

그러면서 죽은 남자의 아내가 시선을 들었다. 그를 똑바로 쳐다보았다.

"길게 생각하실 것도 없고 어려운 대답도 아닙니다. 그냥 저 봉투만 받아 주시면 돼요."

죽은 남자의 아내는 재촉하듯이 그의 눈을 들여다보았다. 그가 마주 쳐다보았으나 시선을 돌리지 않았다.

앞에 서 있는 조그마한 여자를 들여다보면서 그는 어쩐지 비현실적이라는 기분이 들었다.

치정과 배신과 돈과 음모와 폭력⋯⋯. 결국 살인으로 이어진 이 모든 일들의 배후에는 목소리 굵은 남자와 그 비슷한 사람들이 모인 조직이나, 혹은 엄청난 권력을 가진 한 집안이 있을 것이라 생각했다. 그런데 지금 자기 몸집의 절반밖에 안 되는 여자가 나타나서 한 치의 물러섬도 없이 자기 얼굴을 들여다보며 양단간에 결정을 내리라고 재촉하고 있는 것이다. 누가 이기고 누가 또다시 죽는지 직접 볼 때까지 언제 끝날지도 알 수 없는 싸움을 계속할 것인지, 아니면 주는 돈을 받고 꼬리를 내릴 것인지.

그가 불쑥 물었다.

"그 정도로 사랑하셨습니까?"

죽은 남자의 아내는 분명 이런 질문은 예상하지 못한 것 같았다. 눈을 가늘게 뜨고 한동안 그의 얼굴을 쳐다보았다. 그리고 대답 대신 물었다.

"미혼이시죠?"

그는 고개를 끄덕였다.

"예."

죽은 남자의 아내가 다시 눈을 가늘게 뜨고 그의 얼굴을 들여다보았다. 봉투를 받으라고 다시 한 번 독촉하려는 것 같다고 그는 생각했다. 그러나 예상과는 달리 죽은 남자의 아내는 바닥을 내려다보았다. 작게 한숨을 쉬는 것 같았다. 그리고 말했다.

"모든 인간관계가 다 그렇지만 남녀 간의 관계도 순전하게 한 가지 감정만으로 유지되지는 않아요. 연애 관계가 아니고 부부간의 관계라면 더더욱 그렇죠."

죽은 남자의 아내는 눈을 내리깔고 변함없이 낮고 조용한 목소리로 차분하게 이야기했다.

"2년 반 연애에 2년간 결혼 생활까지, 합쳐서 4년 반 동안 그 사람은 줄곧 저를 속였어요. 저는 분명히 기회를 주었고 합의점을 찾으려고 노력했지만, 그 사람은 받아들이지 않았고 전혀 노력하거나 개선하려 들지도 않았어요. 견디기 힘든 상황들을 만들었고, 이해할 수 없는 행동도 많이 했고요⋯⋯. 저도 계속 당하고만 있을 수는 없었어요."

죽은 남자의 아내는 시선을 들어 그를 쳐다보았다. 이번에야 말로 대답을 독촉하는 것이라 생각했다. 그러나 그는 한 가지 더 확인하고 싶었다.

"그 여자에게서⋯⋯, 전화가 왔습니까? 문석이가 죽던 날 밤에?"

말해 놓고 그는 '그 여자'라는 표현이 불분명하다고 생각했다. 그러나 죽은 남자의 아내는 곧바로 알아들었다.

"이미 말씀드렸듯이 저는 분명히 기회를 주었어요."

죽은 남자의 아내가 다시 시선을 내리깔고 조용히 말했다.

"강간과 폭행에 대한 고소를 취하하고 회사 정문 앞에 대자보를 붙이는 행위, 혹은 다른 방식으로 남편의 명예와 저의 명예를 훼손하는 행위를 중지하면 피해 보상은 충분히 해 주겠다고 했어요."

'저의 명예'라는 부분을 어쩐지 좀 큰 소리로 말한 것 같다고 그는 생각했다.

"그쪽에서 입었다고 주장하는 피해를 몇 배나 보상할 수 있을 정도, 어디든 원하는 곳으로 가서 새 인생을 시작할 수 있을 정도로 성의를 보이겠다고 약속했어요."

또 그 '성의'다.

"강간은 고소 기한도 이미 지났고, 두 사람이 사실상 내연 관계로 지내고 있었기 때문에 성립이 어려운 상황이었어요. 폭행은 증거가 불충분하고, 혼인 빙자 간음은 그 죄목 자체가 위헌 결정이 났기 때문에 재판까지 간다 해도 그쪽에 승산은 없었어요. 이런 사실은 그쪽에도 모두 전달했구요. 학력 수준의 문제도 있고, 아무래도 일반인이 법률 지식을 이해하기 힘든 면이 있으니까 저로서는 충분히 공들여서 설명했어요.”

공을 들였다.

그는 죽은 여자를 이해할 수 있을 것 같았다. 죽은 남자의 아내, 혹은 그와 같은 사람들은 '성의를 표시'하기 위해 돈을 주고 '공을 들여서' 협박을 한다. 그런 태도를 받아들이기에 죽은 여자는 이미 너무 오랫동안 너무 많은 것을 잃었다.

“말씀하신 대로, 그 여자가 저한테 전화했어요.”

죽은 남자의 아내가 바닥을 내려다보며 말을 이었다.

“다시는 만나지 말라고 했는데……, 전화해서, 지금 같이 있다고 했어요.”

그때까지 차분하고 조용하던 목소리가 떨렸다.

“절대로 뺏기지 않을 거라고 했어요. 절대로, 이렇게 놓아줄 수 없다고…….”

목소리가 갈라졌다. 죽은 남자의 아내가 입술을 깨물었다.

그 한순간 비로소 그는 보았다. '성의를 표시하고' 또 '공을 들이지' 않는 진짜 인간의 모습, 깊이 상처 입은 한 여자의 모습이 거기에 있었다.

죽은 남자는 사람을 잘못 보았던 것이다. 상대가 여자라는 이유로, 여자도 사람이라는 사실을 잊고 얕보았던 것이다. 그리고 얕보았기 때문에, 상처 입은 사람들은 절박해진다는 사실을 간과했던 것이다.

살인은 분명 범죄다.

그러나 그놈은 죽을 만해서 죽은 거라고, 그는 다시 한 번 생각했다.

"돈은 도로 가져가셔도 됩니다."

그가 말했다.

"제가 알고 싶은 건 전부 알았습니다. 앞으로는 심려 끼쳐드리는 일 없을 겁니다."

죽은 남자의 아내가 재빨리 고개를 들고 그를 쳐다보았다. 석연치 않다는 표정이었다. 그는 쓴웃음을 지었다.

"제가 저 돈을 받는 편이 안심이 되시면 감사히 받겠습니다."

죽은 남자의 아내는 정중하게 고개를 숙였다.

"저도 감사합니다."

그리고 죽은 남자의 아내는 현관 쪽으로 향했다.

죽은 남자의 아내가 몸을 돌렸을 때 그는 등에 묻은 작지만 또렷한 검은 얼룩을 보았다.

현관문은 닫힐 때 자동으로 잠겼기 때문에 그가 열어 주어야 했다. 죽은 남자의 아내가 다시 정중하게 인사했다. 마주 인사하고 나서 고개를 들었다가 그는 문밖에 서 있는 죽은 남자와 정면으로 눈이 마주쳤다.

그가 흠칫 놀라는 것을 보고 죽은 남자는 웃었다.

「기쁠 때나 슬플 때나, 죽음으로 나를 갈라놓으려 해도 말이지.」

그리고 죽은 남자는 다시 웃었다. 그가 기억하는 야비한 웃음이 아닌, 영정 사진에서 보았던 것과 같은 무구한 웃음이었다.

복도를 걸어 엘리베이터 쪽으로 가는 죽은 남자와 죽은 남자의 아내를 그는 오랫동안 지켜보았다. 등의 검은 얼룩은 소리 없이 조금씩 커졌다. 그리고 그 등 뒤로 죽은 남자와 함께 얼굴이 녹아내리고 온몸이 흉하게 뒤틀린 남자의 형상 셋이 따라가고 있었다.

엘리베이터의 문이 열리기 전에 죽은 남자가 얼굴을 돌려 그를 바라보았다. 눈이 마주치기 전에 그는 몸서리치며 황급히 문을 닫았다.

현관문을 닫은 후에 그는 거실로 돌아왔다. 잠시 탁자 앞에 서서 봉투를 바라보았다.

"성의의 표시라."

중얼거리면서 그는 쓸쓸하게 웃었다.

그는 봉투를 열어 보지 않은 채 방으로 돌아왔다.

"성연 씨."

그가 방에 들어서서 불렀다.

"성연 씨, 괜찮아?"

나의 몸은 대답하지 않았다.

"성연 씨, 자?"

그가 침대로 다가왔다. 내 뺨을 만졌다.

뺨은 차갑게 식어 있었다.

"성연 씨."

그가 불렀다.

나의 몸은 여전히 대답하지 않았다.

"성연 씨……."

그가 속삭였다.

나의 몸은 더 이상 대답할 수 없었다.

그는 한참이나 나의 차가운 뺨을 만지며 침대 가에 서 있었다.

죽은 여자가 그의 곁으로 살그머니 다가왔다. 곁에 서서 눈치 채지 못할 만큼 아주 가볍게, 살짝 몸을 기댔다.

몸에 스며드는 냉기를 느끼고 그는 무심코 고개를 돌렸다. 죽은 여자를 보고 그는 펄쩍 뛰었다. 팔을 한껏 벌려 침대에 누운 나의 몸과 죽은 여자 사이를 막아섰다.

"안 돼!"

그가 소리쳤다.

"절대로 안 돼. 저리 가. 가까이 오지 마. 저리 가!"

위협적으로 외치면서 그는 죽은 여자를 향해 팔을 휘둘렀다.

죽은 여자는 한 걸음 물러섰다. 다시 한 걸음. 몹시 슬픈 눈으로 그를 쳐다보았다. 뭔가 말할 듯이 애처롭게 입을 벌렸다.

그는 죽은 여자가 말할 틈을 주지 않았다.

"내가 좋아하는 사람이야."

그가 말했다.

"내가 사랑하는 사람이야. 지난번에는 내가 멍청했지만 더는 안 돼. 이번에 또 가 버리면 정말로 다시는 못 돌아온단 말이야."

죽은 여자가 팔을 들었다. 그를 향해 애원하듯 양손을 벌렸다.

그는 고개를 저었다.

"나도 알아. 나도 다 알아. 그렇지만 안 돼. 당신은 죽은 사람이야. 당신이 가야 할 곳으로 가."

죽은 여자는 팔을 내리지 않았다. 양손을 벌린 채 그대로 그를 쳐다보았다.

그는 완강하게 고개를 저었다.

여자의 등 뒤, 유리창 너머로 그는 허공에 떠 있는 하얀 손을 보았다.

"그놈은 죽었어."

그가 설명했다.

"당신이 탄 약을 먹고 차를 몰다가 그 여자가 보낸 트럭에 치였어. 그래서 죽었어."

죽은 여자는 여전히 양팔을 벌린 채 그를 간절하게 바라보고 있었다.

"당신이 죽였다고 할 수도 있어. 사실 절반은 당신이 죽인 거야. 그러니까 됐잖아."

그가 달랬다.

"더 이상 할 수 있는 일은 없어. 그놈은 죽었어. 그러니까 당신도 이젠 가야 돼."

그는 모호하게 손을 들어 여자의 어깨 너머를 가리켰다.

"어딘지는 모르겠지만 당신에게도 더 좋은 곳이 있을 거야. 그러니까 거기로 가."

여자는 검고 무거운 눈으로 그의 얼굴을 말없이 들여다보았다. 그리고 천천히 그의 손짓을 따라 창밖의 어둠을 향해 고개를 돌렸다.

다음 순간 죽은 여자는 사라졌다.

여자가 있던 자리에 반짝이는 귀걸이가 남았다.

그는 죽은 여자가 서 있던 자리로 다가갔다. 귀걸이를 집어들었다. 창문을 열었다.

하얀 오른손이 기다렸다는 듯이 손바닥을 내밀었다. 그는 그 손바닥에 귀걸이를 얹었다. 손바닥은 마치 귀걸이를 보호하려는 듯 살짝 오므라들었다.

반짝이는 귀걸이를 소중히 감싼 채 하얀 오른손은 가볍고 투명한 어둠 속으로 둥실 떠올라 유유히 흘러갔다.

o

그는 침대에 누웠다. 내 몸을 끌어당겨 꽉 껴안았다.

"성연 씨, 미안해."

그가 나의 죽은 귀에 속삭였다.

"정말 미안해……."

그의 눈물이 나의 죽은 얼굴을 적셨다.

「괜찮아.」

내가 말했다.

그는 사장에게 전화했다. 사장은 전화를 받자마자 소리를 꽥 질렀다.

— 야, 너 어떻게 된 거야? 어제는 어디 갔었어? 오늘은 또 왜…….

"차 좀 빌릴 수 있냐?"

그가 사장의 말을 끊고 소리쳤다. 사장이 화를 냈다.

— 이 새끼가 돌았나, 무단결근을 해 놓고 차 빌리겠다는 소리…….

"성연 씨…….."

그는 사장의 말을 가로막으려 했다. 그러나 내 이름을 말하자 목소리가 갈라졌다. 그는 말을 하다 말고 침을 삼켰다.

"성연 씨가, ……큰일 났어."

사장의 목소리가 조금 가라앉았다.

— 성연 씨? 네 여자 친구? 왜? 무슨 일인데?

설명할 시간이 없었다. 그가 다시 외쳤다.

"급해. 차 빌릴 수 있어, 없어?"

— 그렇게 급한 일이야?

사장이 말했다. 목소리가 심각해졌다.

— 너 어디냐? 내가 차 가지고 거기로 갈까?

"나 지금 집이야."

그가 말했다.

"빨리 와 줘. 제발 빨리 좀 와 줘, 빨리⋯⋯."

— 너, 우냐?

사장이 놀라서 물었다.

— 알았어, 빨리 갈게. 뭔 일인지 몰라도 진정하고 좀 기다리고 있어.

사장은 정말로 빨리 왔다. 그는 사장의 도움을 받아 이불로 감싼 나의 죽은 몸을 차에 옮겨 실었다. 팔과 다리를 각각 맡아서 떠안고 가며 사장은 어색한 표정으로 걱정스럽게 말했다.

"성연 씨 진짜 많이 아픈가 보다. 어떻게 얼굴색이 저럴 수가 있냐?"

그는 대답하지 않았다. 운전석에 앉았다. 조수석에 조심스럽게 앉힌 내 몸 위로 안전벨트를 매 주었다.

사장이 창문을 톡톡 쳤다. 그가 차창을 내렸다. 사장이 말했다.

"운전 조심하고, 병원에서 무슨 얘기든 듣는 대로 연락해라. 내일은 출근 안 해도 돼."

"고마워."

그가 말했다. 그리고 차를 출발시켰다.

위치는 정확히 알지 못했으나 그는 도로 표지판에서 보았던 지명을 기억하고 있었다. 내비게이션에서 지명을 검색하고 목적지에 가장 맞을 것으로 보이는 장소를 적당히 지정해서 입력했다.

도시를 벗어나기 전에 그는 철물점에서 삽을 샀다. 계산할 때 손이 몹시 떨렸다. 철물점 주인이 조금 이상한 눈으로 쳐다보았다.

그는 나의 죽은 몸을 짊어지고 산으로 올라갔다.

비가 그친 지 이미 며칠이 지났다. 찻길에 가까운 곳은 흙이 마르고 경사도 심하지 않았으나, 위로 올라갈수록 나무가 우거지면서 흙도 아직 머금은 물이 마르지 않아 발이 푹푹 빠지고 경사도 심해졌다. 그는 가끔씩 넘어져서 바지가 흙투성이가 되면서도 끙끙거리며 계속 산을 올랐다.

「태경 씨, 힘들잖아.」

내가 설득했다.

「이러지 마. 이렇게까지 안 해도 돼.」

"이렇게 해야 돼."

그가 말했다.

그리고 그는 다시 나의 죽은 몸을 짊어지고 올라갔다.

나도 곁에서 말없이 따라갔다.

도로에서 적당히 떨어진 곳까지 올라간 그는 공터를 찾았다. 나의 죽은 몸을 한옆에 조심스럽게 눕혔다. 그리고 땅을 파기 시작했다.

「어쩌려고 그래?」

내가 그의 생각을 눈치 채고 말했다.

「정말로 이렇게까지 할 필요 없어. 그냥 보통 하듯이 장례를 치러 주면 되잖아.」

그는 묵묵히 흙을 파내다 말고 고개를 돌려 나를 잠깐 쳐다보았다.

그리고 말없이 다시 땅을 파기 시작했다.

시간이 오래 걸렸다. 일은 힘들었고, 그는 이런 종류의 작업을 혼자 하는 데 익숙하지 않았다.

구덩이가 완성되었을 때 시간은 자정을 지나 있었다.

그는 머리서부터 발끝까지 흙투성이가 된 채로 구덩이에서 기어 나왔다. 이불에 감싼 나의 죽은 몸을 안아 들었다. 그리고 조심스럽게 구덩이 안으로 들어갔다.

「태경 씨.」

내가 말렸다.

「이러지 마. 이러면 안 돼.」

그는 대답하지도 돌아보지도 않았다.

흙은 젖어서 푹신푹신했다. 두 사람의 몸무게를 지탱할 만한 힘이 없었다. 그는 나를 안은 채 균형을 잃고 구덩이 안으로 미끄러졌다.

"으억!"

구덩이 안에 처박히면서 그는 비명을 질렀다. 나도 함께 비명을 질렀다.

그러나 그는 얼른 일어섰다. 내가 다급하게 물었다.

「괜찮아? 안 다쳤어?」

그는 대답하지 않았다. 이불을 헤치고 나의 죽은 몸이 무사한지, 부러지거나 찢어진 곳은 없는지 점검했다. 이불에 싸여 있었기 때문에 나의 몸은 전혀 다치지 않았다.

"다행이다."

그가 속삭였다. 구덩이 안에 나를 반듯하게 눕혔다. 그리고 자신도 옷을 벗어 하나씩 구덩이 밖으로 던졌다.

내가 애원했다.

「태경 씨, 제발 이러지 마. 이럴 필요까진 없어…….」

그는 대답 대신 내 곁의 흙 위에 맨몸으로 누웠다. 이불을 펼쳐서 덮었다. 내 몸 위에도 꼼꼼하게 덮어 주었다.

「태경 씨.」

내가 말했다.

「지금이라도 나가. 응? 이러지 마.」

"그냥 이렇게 있게 해 줘."

그가 대답했다.

그리고 그는 나의 죽은 몸을 끌어당겨 꽉 껴안았다.

"당신이랑 같이 있고 싶어."

그가 나의 죽은 귀에 입 맞추고 속삭였다.

"이렇게 항상 옆에 있을 거야. 언제까지나."

그가 양팔로 내 죽은 몸을 힘껏 감쌌다.

살아 있는 그의 체온이 차갑게 식은 나의 죽은 몸으로 전해져 왔다.

따뜻했다.

그리고 더 이상 아프지 않았다.

『죽은 자의 꿈』 끝

폭력과 죽음의 이야기

내가 대학생이던 야만의 20세기 말에 어느 학교에서 실제로 있었던 일이다. 뒤늦게 대학에 입학한 나이가 좀 많은 남성이 같은 학과 신입생이었던 여학생에게 학과 회식 자리에서 술을 많이 먹이고 집에 데려다 준다는 명목으로 끌고 나가 성폭행했다. 사람이 술에 취해서 제정신이 아닐 때 다른 사람이 성행위를 하는 것은 "술 먹고 실수"가 아니다. 그런 상황에서는 동의를 얻지 않고 행동한 사람이 의식불명이었던 피해자에게 성폭력을 저지른 것이다. 그러나 당시에는 신체적 자주권이나 동의에 대한 인식이 별로 없던 시절이었다. 여학생 쪽은 자신이 술을 먹고 실수했다고 생각했다. 그리고 여성은 자신보다 나이가 훨씬 많고 훨씬 어른처럼 보이는(물론 술 취한 여성을 의제강간하는 물건이 제대로 된 어른일 리는 없다) 남성이 설득하자 그런 방식으로도 연애관계가 성립할 수 있으며 이미 성립되었다고 믿어버렸다.

이후 남성은 여성의 자취방에서 살면서 여성을 끊임없이 폭행하고 위협했다. 여성은 혼자 살고 있었고 도움을 청할 인적 관계망이 마땅히 존재하지 않았다. 그리고 여성은 자신이 참으면 남성이 마음을 돌리고 잘 해주게 될 것이라 믿고 견뎠다. 무엇보다도 여성은 자신이 의식을 잃은 사이에 일어났던 성관계에 상당한 의미를 두었으며 자신이 가해자인 남성과 결혼을 약속한 깊은 사이라고 생각했다. 그러므로 여성은 어떻게든 관계를 유지하려 했다.

남성의 폭력은 점점 심해졌으며 상습적으로 집에 있는 칼로 여성을 위협했다고 한다. 목숨이 위험한 상황들, 아주 좋지못한 상황들이 여러 번 일어났으나 그래도 여전히 여성은 참고 견뎠다. 여성이 참지 않게 된 이유는, 그리하여 내가 이 이야기를 알게 된 이유는, 여성이 우연한 기회에 그 남성이 이미결혼했다는 사실을 알게 되었기 때문이었다. 게다가 여성이 알지 못했던 남성의 아내는 당시 임신하여 출산이 임박한 시기를맞이하고 있었다. 여성은 남성이 자신의 남편이 될 수 없고 애초에 자신과 결혼할 의향도 없었으며 자신과 그 어떤 장기적인관계도 맺을 자격이 없음을 깨달았다. 그래서 여성은 다니던학교 도서관 앞에 대자보를 붙여 사건을 폭로했다.

학교측에서는 이 상황을 개인적인 관계로 치부하고 손을 놓았다. 남성이 여성을 성폭행하는 것으로 관계를 시작했고 장기간 여성에게 폭력을 사용하고 목숨까지 위협했다는 사실에 대해서 학교 측은 논평하지 않았다. 남성은 상황이 폭로되고 학과 내에서 동기와 선후배들의 지탄을 받게 되자 자퇴를 했다. 학교는 남성이 자퇴하기 전에 퇴학이나 출교 등의 징계를 내렸어야 했지만 그렇게 하지 않았다. 남성은 성폭력과 물리적인 폭력, 살인미수, 협박, 공갈, 당시 범죄였던 결혼빙자사기 등 여러 가지를 저지르고도 무사히 조용히 학교에서 사라져서 지금도 어딘가에서 잘 살고 있을 것이다.

세상에는 잊지 않는 사람들이 많다. 세상 사람들은 대체로 남의 일에 관심이 없지만 관심 가질 일에는 관심을 갖고 화낼 일에는 오래 분노하는 사람도 많다는 사실을 알려드리고 싶다.

타인을 괴롭히고 폭행하고 위협하고 성적으로 학대하면서 삶의 즐거움과 쾌락을 찾는 인간들은 하루빨리 땅에 파묻혀 동물과 곤충의 먹이가 되고 궁극적으로는 식물의 비료가 되기를 기원한다. 산 채로 묻혀서 산 채로 먹히면 더 좋겠다.

이런 어둡고 괴로운 이야기와 분노에 가득 찬 작가후기를 읽어주신 독자님들께 감사드린다.

정보라 드림

초판 후기

아무 상관이 없는 여러 가지 서로 다른 사건과 상황들이 조각 조각 모여서 하나의 이야기가 되었다. 이런 식으로도 소설이 써 질 줄은 몰랐고 이야기가 완성될 거라는 생각도 하지 못했다.

가장 기본적인 밑바탕이 되는 이야기는 대학교 졸업할 무렵 에 접했던 어떤 사건이었다. 지금의 이런 형태로 변할 줄은 몰 랐지만 그때부터 비슷한 이야기를 언젠가는 쓸 것이라고 생각 했다.

그리고 세월이 10년 남짓 흘러서 할머니가 돌아가셨다. 바로 옆 분향소에서 젊은 사람의 장례를 치르고 있었다. 아직 결혼 도 안 한 청년이었던 것 같다. 발인하던 날 아침에 영정 사진을 든 남자분이 앞장을 서고 그 뒤로 고인의 어머니와 이모님들로 보이는 연세 드신 여자분들이 서로서로 부축한 채 따라가며 통곡했다.

그 무렵에 친한 친구에게 매우 괴로운 일이 있었다. 위로해 주고 위로받기 위해서 자주 찾아갔었다. 그때 친구 집에서 장례식 장면만 먼저 썼다. 보통은 쓰다 보면 뒷 이야기가 계속 나왔는데, 장례식 장면을 다 쓰고 나니 더 이상 아무것도 쓸 수 없었다.

그렇게 그냥 1년이 지나갔다. 친구의 괴로운 일은 좋은 쪽으로 해결이 됐다. 나도 조금은 마음이 회복되었다. 친구 집에 다시 놀러 가서 친구와 친구의 남편과 이런저런 잡담을 하던 중에 죽은 여자를 땅에 묻으면 시체가 되살아난다는 아이디어가 다분히 느닷없이 떠올랐다. 거기서부터 실타래가 풀리듯이 줄줄 쓰기 시작해서 초고는 한 달 안에 완성했다. (여기서 강조하겠는데 친구 부부는 둘 다 지극히 정상적인 사람들이다. 내가 이런 발상을 한 것은 아마 좀비 영화를 너무 많이 봤기 때문일 것이다.)

여러 조각들을 모아 놓은 이야기이고 근본적으로 불편한 이야기이기 때문에 편집부와 심도 깊은 회의를 거쳐 줄거리를 많이 고쳤다. 처음 고칠 때는 원래 쓰려던 이야기에서 방향이 너무 많이 달라졌다고 생각했는데, 웬만큼 고쳐 놓고 보니 이쪽이 더 괜찮겠다는 생각이 들기 시작했다. 그런데 작가 후기를 쓰는 지금까지도 어쩐지 책이 실제로 나온다는 건 안 믿어진다.

그래도 어쨌든 여기까지 올 수 있게 결정적인 순간에 결정적인 실마리를 주신 평자 엄마와 호랑 선배에게 감사드린다. (평자 사랑해. 아프지 말고 건강해야 해.) 그리고 언제나 정곡을 찌르는 조언을 해 주시고 굶주린 작가에게 맛있는 거 많이 사 주시는 파란미디어 편집부 여러분께도 감사드린다.

독자들께 어떤 식으로든 마음에 남는 이야기가 됐으면 좋겠다.

2012년 6월
정보라